Die erste Menschheit lebt

Klaus Seibel

Über den Autor

Klaus Seibel, geboren 1959, verheiratet, drei (erwachsene) Kinder.
Er hat Theologie studiert, arbeitete als Manager in einem Softwarehaus und ist seit 2014 hauptberuflich Schriftsteller. Eine interessante Mischung, aus der spannende Geschichten geboren werden. Neben Spannung gehören zu seinen Markenzeichen: aktuelle Themen, gut recherchiert, leicht verständlich und angenehm zu lesen. Mit anderen Worten: Die Leser sollen Spaß am Lesen haben.

Er hat 2009 den Krimipreis der Frankfurter Neuen Presse gewonnen und war bereits in vielen Shops auf Rang #1 in den jeweiligen Genres. Mit mehr als 150.000 verkauften Büchern zählt er zu den erfolgreichsten unabhängigen Autoren des Landes.

Homepage: www.kseibel.de
Facebook: Klaus Seibel Autorenseite

Klaus Seibel

Die erste Menschheit lebt

Die erste Menschheit Band II

Lektorat Inez Corbi

Die Deutsche Nationalbibliothek verzeichnet diese Publikation in der Deutschen Nationalbibliografie, detaillierte bibliografische Daten sind im Internet über www.dnb.de abrufbar.

© 2014 Klaus Seibel
2. Auflage 2016

Lektorat: Inez Corbi

Coverfoto Front: © Sergey Nivens - Fotolia.com
Covergestaltung Front: Heike Ponge, Grafikdesign
Coverfoto Back: © JohanSwanepoel - Fotolia.com
Covergestaltung Back: Klaus Seibel

Herstellung und Verlag:
BoD – Books on Demand, Norderstedt

ISBN 9783741283505

Dieses Buch ist ein Roman. Handlungen und Personen sind erfunden. Ähnlichkeiten mit lebenden oder toten Personen sind zufällig.

1.

Anne Winkler drückte die Haustür mit ihrer Schulter auf, in beiden Händen trug sie Einkaufstüten. Ihr Mann Olaf kam ihr im Hausflur entgegen.

„Na, hast du Frankfurt leergekauft?"

„Ein paar Reste gibt's noch", entgegnete Anne. „Nimm mir mal was ab."

Olaf gab seiner Frau einen Kuss und nahm ihr dann die Hälfte der Tüten ab. „Lust auf einen frischen Tee?"

„Ja. Diese Einkauferei macht mich immer ganz fertig." Anne sah sich im Wohn-Ess-Bereich um. „Wo ist Yra?"

„Wo soll sie schon sein? Wenn sie nicht in ihrem Zimmer am Computer sitzt und im Internet surft, liegt sie draußen in der Sonne."

Er stellte die Tüten ab, um in der Küche Wasser aufzusetzen.

Anne ging zum großen Terrassenfenster, durch das sie einen guten Blick nach draußen auf ihr ausgedehntes Gartengrundstück hatte. Da lag Yra, diese Frau, deren Gen-Code die Lantis vor fünfundsechzig Millionen Jahren auf einen Speicherchip gebannt hatten, und deren Gedächtnis in einer faustgroßen Kristallkugel ebenfalls gespeichert worden war. Vor genau vier Wochen war es einem Wissenschaftlerteam gelungen, Yras Körper nachzuzüchten und ihr Gehirn wieder mit den alten Daten zu füllen. Fast wäre Yra dabei gestorben, aber durch Annes Eingreifen konnte sie gerettet werden. Danach hatte Anne sie in ihre Obhut genommen, damit Yra sich erholen konnte.

Anne musste genau hinschauen, um Yra zu entdecken. Sie war schlank und so groß wie ein Teenager, aber das Besondere war ihre Farbe. Sie war grün. Genauso grün wie das Gras, auf dem sie lag und von dem sich ihr Körper kaum unterschied. Eigentlich wäre Yra so braun gewesen wie ein starker Milchkaffee, aber sie hatte ihre Haut gentechnisch mit Chlorophyll anreichern lassen, das es ihr möglich machte, sich wie Pflanzen von Sonnenlicht zu ernähren. Nur ein handtellergroßer Fleck an ihrer Hüfte zeigte die ursprüngliche Farbe, weil dort die Genbehandlung nicht angeschlagen war. In den ganzen vier Wochen, die Yra jetzt bei ihnen war, hatte sie drei Äpfel und vier Orangen gegessen. Ansonsten hatte sie viel getrunken und in der Sonne gelegen. Sie schien zu wissen, was sie tat, denn sie sah von Tag zu Tag besser aus.

Eigentlich ist Yra sogar ausgesprochen schön, dachte Anne. *In ihrer Zeit war sie sicher sehr begehrt gewesen.*

Der Tee war fertig, und Anne setzte sich zu Olaf an den Tisch.

„Die Kinder sind wieder bei Freunden?"

„Klar, ihre Freunde können ja nicht herkommen. Ich bin erstaunt, dass Benny und Laura bisher dicht halten. Sie haben noch kein Wort über Yra verloren, aber irgendwann wird es doch passieren." Olaf sah zu den Einkaufstüten. „Was hast du eingekauft?"

„Kleidung für Yra. Sie wird nicht den Rest ihres Lebens auf unserem Rasen herumliegen wollen, und wenn sie in die Stadt geht, sollte sie das nicht nackt tun."

Olaf lächelte. „Das wäre sicherlich keine gute Idee."

„Das Schwierigste war die Theaterschminke", sagte Anne. „Selbst mit Kleidung würde Yra wegen ihrer Farbe für einen Menschenauflauf sorgen."

„Du hättest ihr ja eine Burka kaufen können." Olaf grinste über das ganze Gesicht.

Anne musste lachen. „Ich glaube kaum, dass das ihr Stil ist."

„Das glaube ich auch nicht. Andererseits - was wissen wir überhaupt von ihr? Sie hat noch nichts von sich erzählt, surft meistens im Internet und liegt ansonsten im Gras und scheint zu schlafen."

„Sie muss sich erst mal zurechtfinden, das ist doch klar." Anne nippte an ihrer Tasse, aber der Tee war noch zu heiß. „Stell dir vor, du wächst in einer fremden Welt auf, fünfundsechzig Millionen Jahre nach deiner Zeit. Die ganze Umwelt ist anders, du bist der Einzige deines Volks, kennst keinen Menschen und verstehst kein Wort. Wie würde es dir dann gehen?"

„Echt schwer, sich so etwas vorzustellen. Aber verstehen tut sie viel. Ich bin erstaunt, wie schnell sie unsere Sprache lernt. Wenn sie spricht, ist es fast schon perfekt. Ich frage mich, wie sie das macht."

„Yra arbeitet hart mit einem Sprachlernprogramm, und während sie schläft, lässt sie Hörbücher laufen. Dass sie nackt herumläuft, darf einen nicht dazu verleiten, sie für eine primitive Wilde zu halten. Sie muss ihr Chlorophyll aktivieren und braucht viel Energie, um ihren Körper aufzubauen. Sie ist sehr aufnahmefähig und hochintelligent." Anne blies über die Oberfläche ihres Tees und nippte einen kleinen Schluck. Er schmeckte fruchtig und aromatisch.

„Das weiß ich", sagte Olaf. „Eben deshalb frage ich mich umso mehr, wer sie eigentlich ist. Warum gerade Yra? Und welche Aufgabe hat sie?"

„Misstraust du ihr?"

„Ich weiß viel zu wenig von ihr, mit mir redet sie kaum. Meistens ist sie mit dir zusammen, und dann sitzt ihr euch stumm gegenüber, habt die Augen geschlossen und haltet eure Handflächen gegeneinander. Was soll das? Ist das eine lantische Art von Meditation?"

„Nein, das ist ein Training für mich. Yra möchte meine Nerven sensibilisieren."

„Bist du nicht sensibel genug?"

Anne schmunzelte. „Nicht, was meine Hände angeht. Da ist mir Yra meilenweit voraus."

Anne betrachtete ihre Handflächen und fuhr mit dem rechten Zeigefinger die Konturen der linken Hand ab.

„Yra besitzt in ihren Handflächen und Fingerkuppen ein Mehrfaches an Nervenzellen wie wir. Der Unterschied ist vielleicht nicht ganz so stark, wie sich eine Hundenase von einer menschlichen Nase unterscheidet, aber es geht in die Richtung. Genau, wie ein Hund Dinge riecht, die wir nicht mal ahnen, kann Yra Dinge spüren, die wir uns kaum vorstellen können."

„Und was will sie dir beibringen?"

„Yra meint, ich hätte gute Voraussetzungen. Mit ausreichend Training würden sich die Nervenzellen vermehren und sensibler werden. Im Idealfall könnte man darüber sogar kommunizieren."

„Jetzt wechseln wir aber ins Reich der Phantasie", sagte Olaf mit hochgezogenen Augenbrauen. „Kommunizieren über Handflächen scheint mir ziemlich abgehoben."

Anne sah ihn herausfordernd an. „Etwa so abgehoben wie, dass man mit seinen Fingern lesen kann? Was tun Blinde anderes? Sie haben durch Übung ihre Sensorik so weit fortgebildet, dass sie ganze Bücher fließend lesen können. Das kann ich mir auch kaum vorstellen, aber es funktioniert. Wer sagt denn, dass man mit entsprechender Anleitung nicht noch mehr erreichen kann?"

Jetzt betrachtete auch Olaf seine Hände. „Du kannst mir ja erzählen, wenn es klappt." Er lehnte sich zurück und begann, mit seinem Löffel zu spielen. „Ich glaube jedenfalls nicht, dass es Zufall ist, dass die Lantis die Gene und den Geist von Yra in den Container gepackt und für die Zukunft konserviert haben. Die Lantis sind in allem, was wir bisher von ihnen wissen, äußerst planvoll und logisch vorgegangen. Und Yra macht nicht den Eindruck, als wäre sie verstört über ihr Schicksal. Sie hat sich kein bisschen gewundert, wieder zu neuem Leben erweckt worden zu sein. Nur wie weit sie in die Zukunft gereist ist, hat sie überrascht. Ansonsten geht sie ausgesprochen souverän mit ihrer Situation um und eignet sich systematisch Wissen an."

Anne sah Richtung Terrassentür, konnte Yra aber von ihrem Platz aus nicht sehen. „Du meinst, man hat sie bewusst ausgewählt? Es könnte aber auch sein, dass sie ein besonders gutes Muster darstellt, quasi die ideale Lantis."

„Das ist natürlich möglich, aber ..." Olaf schüttelte den Kopf, „nein, das glaube ich nicht. Du hast mir von einem Splitter aus Yras Erinnerung erzählt. Sie hat in einem gehobenen Wohngebiet gewohnt und dort eine Penthouse-Wohnung über eine ganze Etage besessen. Sie war mit jemandem zusammen, der direkte Beziehungen zum Hohen Rat hatte, der Weltregierung der Lantis. Yra ist nicht irgendwer. Und dass sie hier ist, ist kein Zufall. Nie im Leben."

Anne sah Olaf in die Augen. „Und dann kommt dir automatisch die Frage: Warum?"

Olaf nickte.

„Redet ihr über mich?"

Anne hatte Yra gar nicht kommen gehört, und Olaf offensichtlich auch nicht, denn er zuckte überrascht zusammen.

Yra war barfuß und bewegte sich so geräuschlos und geschmeidig wie eine Hauskatze, aber das tat sie immer. Deshalb war ihr Auftritt sicher kein heimliches Anschleichen gewesen.

Da stand sie nun, nackt, wie sie bisher immer gewesen war. Yra. Nicht ganz einen Meter fünfzig groß, eine Figur wie ein schlanker Teenager. Auf dem anfänglich wegen der Elektroden geschorenen Kopf wuchsen pechschwarze Haare, inzwischen streichholzlang. Ihre grüne Haut schimmerte, als ob ein dünner Feuchtigkeitsfilm darüber liege, etwa so wie bei jemandem, der gerade aus einer milden Sauna kam. Dabei war die Haut weich und trocken, wie Anne wusste. Mehr noch als Yras Farbe fielen ihre Augen auf. Die Pupillen waren schwarz und umgeben von einem grünen Strahlenkranz. Und auch dort, wo bei den Menschen das Weiße war, leuchte es bei Yra grün, aber das konnte je nach Stimmung unterschiedliche Tönungen und Muster annehmen. Im Moment strahlten Yras Augen Gelassenheit aus, wie ein mit Algen besiedelter, ruhig daliegender Teich.

Yra bemerkte, wie Olaf sie von oben bis unten musterte. Sie lächelte und entblößte dabei blendend weiße Zähne. Das Grün ihrer Augen wurde eine Nuance feuriger.

„Gefalle ich dir?"

Sie ging langsam zwei Schritte auf Olaf zu, wobei sie nichts vor seinen Augen verbarg. Anne hatte das Gefühl, als würde sich die Luft mit einer unsichtbaren Spannung aufladen.

„Ich fühle mich gut", sagte Yra, „und könnte etwas Aktivität gebrauchen."

Sie schien mit ihrem Blick Olafs Augen in den ihren festzunageln. Der rührte sich jedenfalls nicht, und zu atmen schien er auch nicht mehr.

Yras Augen leuchteten heller. „Wir könnten etwas Sex haben. Das wäre jetzt genau das Richtige für mich."

Olaf zuckte zurück, aber Yra folgte ihm mit einem weiteren Schritt. Sie stand jetzt dicht vor ihm und sah ihm aufmerksam ins Gesicht. Olaf konnte nicht mehr weiter zurück und musste Yra so dicht vor sich aushalten.

„Ich wusste gar nicht, dass ihr Menschen eure Farbe ändern könnt." Yra sah Anne an. „Geht das auch anders als rot?"

„Nein, das geht nicht anders als rot", sagte Anne streng. „Und Sex wird es auch nicht geben. Olaf ist *mein* Mann."

„*Dein* Mann? Er gehört dir? Das wusste ich nicht." Sie überlegte eine Sekunde. „Okay, wenn das so ist, dann hätte ich auch gerne einen. Wie viel kostet so jemand?"

Anne wusste auf die Schnelle nicht, was sie darauf antworten sollte. Was Yra wohl falsch deutete.

„Wenn das zu teuer ist, könntest du ihn mir vielleicht ausleihen. Ich werde ihm nicht schaden." Sie musterte Olaf nun auch von oben bis unten. „Es wird ihm bestimmt Spaß machen."

„Nichts da", sagte Anne und zog Yra mit sanftem Druck auf einen freien Stuhl. „Ich glaube, es wird Zeit, dass wir dir einiges über unsere Sitten und Gebräuche erklären. Sie scheinen sich von euren doch zu unterscheiden."

Das Feuer in Yras Augen erlosch und machte einem dunkleren Grün Platz.

„Das klingt kompliziert", sagte sie. „Lasst uns das später machen, jetzt möchte ich feiern."

„Feiern?", fragte Olaf, der seine Fassung und auch seine normale Gesichtsfarbe wiedergefunden hatte. „Was willst du feiern?"

„Dass ich genesen bin. Das überhastete Brüten hat eine Menge Schäden in meinem Körper hinterlassen. Ich musste mehrere Heilungsprozesse in Gang setzen, aber jetzt bin ich fertig."

Yra streckte sich, wohl um zu zeigen, wie gesund und fit sie wieder war.

Olaf konnte nicht anders, als sie dabei anzusehen. „Du hast Heilungsprozesse in Gang gesetzt?"

„Klar. Ich bin doch Herr über meinen Körper. Du etwa nicht?"

„Natürlich bin ich Herr über meinen Körper", sagte Olaf. „Er tut, was ich will."

Yra grinste. „Bis auf Farbwechsel, wenn ich deine Reaktion richtig deute. Der war wohl nicht beabsichtigt gewesen."

Olaf räusperte sich. „Nein, das geschah automatisch. Wie übrigens auch Heilungsprozesse bei uns Menschen automatisch ablaufen. Wir müssen sie nicht extra in Gang setzen."

Olaf war sichtlich erleichtert, wieder auf harmloses Terrain wechseln zu können.

„Jedenfalls bin ich ab heute gesund - und das möchte ich feiern", sagte Yra. „Ihr wisst doch, was feiern ist, oder?"
„Was willst du tun?", fragte Olaf. „Willst du zur Feier des Tages *zwei* Erdbeeren essen?"

Anne schüttelte den Kopf, um Olaf zu signalisieren, dass er so nicht mit Yra reden konnte. Die Lantis waren den Menschen in Vielem voraus, aber was Humor anging, waren sie Waisenknaben, und mit Ironie konnten sie absolut nichts anfangen. Anne wusste das, weil sie häufiger mit Yra zusammen war, aber sie hatte Olaf noch nichts davon erzählt. Das musste sie unbedingt nachholen, denn Olaf konnte mit seinen Bemerkungen manchmal recht bissig sein, wenn man sie für bare Münze nahm.

Dieses Mal war kein Schaden angerichtet, denn Yra nahm Olafs ‚zwei Erdbeeren' einfach so hin.

„Ich meinte, richtig essen. Ich will wissen, was es bei euch so gibt."

„Ich dachte, du brauchst nichts."

„Brauche ich auch nicht", sagte Yra. „Aber manchmal mache ich etwas einfach aus Spaß." Sie wandte sich an Anne. „Müsste ich deinem Mann jetzt zuzwinkern, wie ich das irgendwo gesehen habe?"

Anne lachte. „Nicht nötig. Ich glaube, Olaf versteht die Anspielung auch so."

„Gut. Also gehen wir essen."

„Raus? Aus dem Haus?", fragte Olaf.

„Natürlich. Ich kann doch nicht den Rest meines Lebens hier eingesperrt bleiben. Ich will eure - unsere - Welt kennenlernen."

Yra stand auf, als ob sie gleich losmarschieren wollte.

„Moment. Moment!", bremste Olaf und erhob sich ebenfalls. „So schnell geht das nicht. Wenn du so durch Hofheim läufst, könntest du gleich eine Bombe explodieren lassen."

Yra sah Anne fragend an. „Wie meint er das? Was habe ich mit einer Bombe zu tun?"

Anne seufzte. „Olaf meint damit, dass du für sehr viel Aufsehen sorgen würdest, wenn du einfach so herumläufst. Und das wäre nicht gut."

„Warum denn das? Weil ich anders aussehe als ihr? Habt ihr was gegen Farbige?"

Anne grinste Olaf zu. „Jetzt zeig mal, dass du wirklich ein guter Kommunikationswissenschafter bist."

Olaf hob entschuldigend die Handflächen. „Kommunikation mit Außerirdischen und mit Menschen aus der Urzeit stand nicht auf dem Lehrplan."

Und zu Yra gewandt: „Wir haben nichts gegen Farbige, wenigstens die meisten Menschen nicht. Braun, Schwarz, Gelblich oder mit roter Tönung ist okay, aber Grün passt nicht so gut. Außerdem ..." Er maß Yra nochmals mit seinen Blicken. „Außerdem musst du dir etwas anziehen. Nackt durch die Fußgängerzone von Hofheim zu laufen, kommt auch nicht so gut an."

Yra stemmte die Hände in die Hüften und sah Olaf von unten her ins Gesicht. Sie schüttelte den Kopf. „Heiliger Saurus. In was für einer komplizierten Zeit bin ich denn gelandet?"

Dann wandte sie sich an Anne. „Du hast bestimmt etwas, das du mir geben kannst."

Anne zeigte auf die noch unausgepackten Plastiktüten. „Ich bin eben erst vom Einkaufen gekommen. Da ist einiges für dich drin."

„Warum fällt es mir schwer, jetzt an einen Zufall zu glauben?", murmelte Olaf leise vor sich hin.

Yra sah für eine Sekunde auf ihre Fingerkuppen und lächelte.

2. Vier Wochen vorher

Professor Geoffrey Hawker drückte zum wiederholten Mal auf den Knopf des Aufzugs. Es passierte nichts. Wie auch? Man hatte ihn abgeschaltet. Einfach so. Ohne zu fragen und ohne jegliche Vorankündigung.

Er hieb mit der flachen Hand gegen die Metalltür, dass es krachte.

Hawker erschrak. Was war plötzlich in ihn gefahren? Sonst war er die Beherrschung in Person, wie es sich für den Bürgermeister von Lantika, der wichtigsten Stadt der Erde, gehörte. Und jetzt rastete er aus. So weit war es also schon gekommen mit ihm. Die untätige Warterei zerrte an seinen Nerven. Seit drei Tagen schon steckte er in diesem verdammten unterirdischen Labor fest.

Kaum war diese verflixte Anne Winkler mit der gerade erst erschaffenen Lantis entkommen, hatten Agenten der NSA das Labor gestürmt. Walter Bullrider, der Partner von Anne, hatte sie über die Zusammenhänge aufgeklärt. Ihn hatten die Agenten überhaupt nicht gefragt. Als Erstes hatten sie die Tür zum Geheimausgang verschlossen. Durch den Gang dahinter hatte Anne mit der Lantis und seinem Assistenten, Dr. Aroon Bakshi, kurz vorher das Labor verlassen. Dann hatten die Agenten die Videoaufzeichnungen eingepackt und waren gegangen.

„Sie warten hier!", hatten sie bloß gesagt, kein Wort mehr.

Worauf sollte er warten? Auf seinen Tod? Und auf den seiner Kollegen, die mit ihm hier unten festsaßen? Er verfluchte den Tag, an dem er die Idee zu diesem geheimen Labor gehabt hatte. Ruhm hatte er erringen wollen, einen sicheren Nobelpreis. Und jetzt? Nichts.

Hawker machte sich auf den Weg zurück ins Labor. Die Sicherheitsschleuse stand weit offen, denn es gab nichts mehr zu sichern. Er kam an den wenigen, viel zu kleinen Schlafräumen vorbei und an der winzigen Küche. Es gab nichts, was einen längeren Aufenthalt erträglich gemacht hätte. Aus Gründen der Geheimhaltung hatte man das geheime Labor nach dem gleichen Grundriss wie die anderen, oberirdischen Labors gebaut, und dort oben gab es keine Nebenräume. Die hatte man hier unten notgedrungen von der vorhandenen Fläche abzwacken müssen, und so sahen sie auch aus.

Fred Brown, Physiker und Materialwissenschaftler des Teams, stand vor einer Versuchsanordnung und führte verbissen einige Experimente durch. Cathy Waringer, IT-Expertin und Spezialistin für moderne Speichertechnologien, arbeitete an einem Computer der Lantis. Der anfängliche Elan, mit dem sie sich auf diese alte, aber hochwertige Technologie gestürzt hatte, war verflogen. Ihre Haare standen wirr ab, die Ringe unter ihren Augen waren dunkler als je zuvor.

„Zurück vom Ausflug?", fragte Gerd Möbius höhnisch. Er war Ingenieur und ihr Experte für die Ausstattung von Genlaboren. In der Hand hielt er die obligatorische Tasse Kaffee, aus der bei einer heftigen Bewegung ein Schluck schwappte. Möbius achtete nicht darauf. Schon früher hatte er die freiwillig gewählte Abgeschiedenheit des Labors nur schwer ertragen können. Jetzt, wo man sie hier eingesperrt hatte, kam er an seine psychischen Grenzen. Man konnte es förmlich riechen; die Schweißflecken unter seinen Achseln wuchsen mit den Kaffeeflecken auf der Vorderseite seines Hemds um die Wette. Geduscht hatte Möbius schon länger nicht mehr.

„Wie lange sollen wir noch hier unten bleiben?"

„Das weiß ich genauso wenig wie Sie. Wir müssen warten." Hawker versuchte, ruhig zu antworten, aber es half nichts.

„Worauf sollen wir warten? Dass wir hier verrotten? Ich will hier raus!"

„Das geht nicht, und das wissen Sie."

„Nicht mal telefonieren können wir. Kein Fernsehen, kein Internet. Alles ist tot."

Das war die Kehrseite der Sicherheit, die Muhammad Arman, ihr Sicherheitsberater, verordnet hatte. Es gab keine Leitung nach draußen, damit sich niemand von außen in das Netzwerk des Labors hineinhacken konnte. Mobilfunk ging auch nicht. Die Störsender, die kurzzeitig abgeschaltet worden waren, arbeiteten wieder, eingeschaltet von den Agenten. Hawker hatte es mehrfach versucht, aber es gab keinen Empfang.

Möbius knallte seine Tasse auf den Tisch. Weiterer Kaffee schwappte heraus. „Tun Sie etwas!", herrschte er Hawker an. „Oder ..."

„Oder was?", herrschte Hawker zurück.

„Ach Scheiße", sagte Möbius. Er setzte sich und starrte auf die Kaffeepfütze vor sich auf dem Tisch.

Muhammad Arman bekam von alledem nichts mit. Er saß abseits, hatte einen Helm aufgezogen und spielte ein Computerspiel. Nachdem er Anne Winkler, Bakshi und die Lantis durch den Geheimgang nach draußen geführt hatte, war er zurückgekommen. Pech. Jetzt war auch er eingeschlossen.

Arman machte wilde Bewegungen mit seinen Händen, wahrscheinlich spielte er ein Ballerspiel. Leises Rattern klang durch den Helm nach draußen, unter dem Helm musste es höllisch laut sein.

Hawker ging weiter. Der Brüter, in dem die Lantis entstanden war, stand verlassen da. Aroon Bakshi kannte sich gut damit aus, aber Aroon war nicht da. Und wenn, hätte es auch nichts geändert. Das Ausgangsmaterial, mit dem man aus den Informationen einer Gen-Schablone einen Körper wachsen lassen konnte, war aufgebraucht. Neues hatten sie nicht, und auch keine Gen-Schablonen mehr. Die lagen in dem extra gesicherten Raum, den Hawker selbst eingerichtet hatte. Jetzt waren sie unerreichbar für ihn, denn die Agenten hatten den Zutrittscode geändert.

Vor dem Regal mit Reihen voller Kisten blieb der Professor stehen. Hier lagerten kiloweise Mondgestein und Mondstaub aus der Umgebung der Fundstelle des fünften Containers. Die Bergungsmannschaften hatten es eingesammelt, damit nicht zufällig etwas Wichtiges auf dem Mond zurückblieb. Vor einigen Jahren noch hätten sich Institute darum geschlagen und Millionen gezahlt, um das Material für Forschungszwecke nutzen zu dürfen. Jetzt lag es hier und war einfach nur noch Dreck.

Ein dezenter Klang schallte durch das Labor, ein Zeichen, dass Besucher unterwegs waren. Professor Hawker ging mit großen Schritten in Richtung Aufzug. Die anderen waren auch schon unterwegs, nur Arman bekam von alldem nichts mit. Er fuchtelte immer noch mit seinen Armen in der Luft herum und versuchte, virtuelle Gegner zu erschießen.

Möbius verpasste ihm einen heftigen Schlag auf den Rücken. Arman riss sich den Helm herunter. Seine Augen sahen Möbius wild an, so als wolle er seinem realen Gegenüber auch an die Gurgel springen. Dann realisierte er, was los war, und sprang auf. Besuch wollte auch er nicht verpassen.

Eine ganze Gruppe kam ihnen vom Aufzug her entgegen, angeführt von einem mittelgroßen Mann, der eine Figur wie ein Durchschnittsamerikaner hatte, aber eine starke Autorität ausstrahlte. Neben ihm ging ein etwa zehn Zentimeter kleinerer Chinese mit nicht weniger Ausstrahlung. Ihnen folgten zwei Frauen, eine große Weiße und eine zierliche Chinesin. Den Schluss bildeten zwei bullige Männer mit dunklen Brillen, der eine war dunkelhäutig, der andere wieder ein Chinese, beide vermutlich Agenten. Fast hätte Hawker den kleinen Mann zwischen den Agenten übersehen, Dr. Aroon Bakshi. Das war eine echte Überraschung.

Außer Bakshi kannte Hawker niemanden aus der Gruppe - Arman dagegen offenbar schon. Als dieser den Anführer sah, straffte er sich.

„General Myers", flüsterte er.

Jetzt standen sich die beiden Gruppen gegenüber.

„Professor Hawker, nehme ich an", sagte der General.

Hawker nickte.

„Mein Name ist General William Myers. Ich leite diese Aktion - zusammen mit meinem chinesischen Kollegen General Yan Haishan."

Haishan deutete eine minimale Verbeugung an, ließ dabei Hawker aber nicht aus den Augen.

„General Myers", sagte Hawker erstaunt. „Ich habe von Ihnen gehört. Was führt den Leiter der NSA persönlich in mein Labor?"

„*Ihr* Labor?" Myers' Mund verzog sich zur Andeutung eines Lächelns. Nur seine Augen lächelten nicht mit.

Er wandte sich an Arman. „Mr. Muhammad Arman, ich bin erfreut Sie wiederzusehen, noch dazu an solch einem besonderen Ort."

Arman nahm Haltung an, obwohl er General Myers schon lange nicht mehr unterstand. Arman hatte die NSA vor Jahren verlassen und war nach einiger Zeit in einem privaten Sicherheitsdienst bei Scheich Al-Qummi gelandet und dort jetzt für alle Sicherheitsfragen verantwortlich.

Myers' Lächeln wurde eine Spur breiter, aber nicht wärmer. „*Sie* haben dieses Labor aufgebaut, und es tatsächlich geschafft, es eine Zeitlang vor uns zu verbergen. Eine achtbare Leistung, und ein Zeichen, dass Sie etwas bei uns gelernt haben."

„Danke, Sir."

„Was Sie aber nicht gelernt haben, ist, dass man nichts vor uns auf Dauer verbergen kann."

Arman hielt dem durchdringenden Blick von Myers stand, aber seine Haltung verlor etwas von ihrer Kraft.

„Zeigen Sie uns das Labor!", forderte Myers.

Hawker wollte protestieren, hielt dann aber doch den Mund.

„Ja, Sir", sagte Arman, drehte sich um und marschierte los.

Er führte die Gruppe durch das Labor und erklärte die Geräte, so gut er es konnte. Hawker ging schweigend hinterher. Ihm gefiel das alles nicht. Zuletzt kamen sie am Brüter an.

„Hier ist also die Lantis entstanden", bemerkte General Myers.

„Das haben Sie sich mit Sicherheit schon auf den Videos angesehen", erwiderte Hawker.

„Natürlich", sagte Myers beiläufig, während er in die Brutröhre hineinsah. Er richtete sich wieder auf. „Ich gehe nie irgendwo hin, ohne bestens informiert zu sein."

Möbius drängte sich nach vorne. „Dann sind Sie sicher auch darüber informiert, dass wir schon seit Wochen hier unten leben und endlich nach oben wollen."

„Ich habe andere Pläne." Myers deutete auf General Haishan. „Und mein Kollege auch."

„Was soll das heißen?", fragte Möbius aggressiv.

„Setzen Sie sich! Alle!"

„Ich will mich nicht setzen", gab Möbius gereizt zurück. „Ich will hier raus!"

Myers fixierte ihn mit seinem Blick. „Setzen, habe ich gesagt!"

Möbius wollte weiter protestieren, aber Arman fasste ihn fest am Arm. „Seien Sie still! Gegen Myers haben Sie keine Chance. Wenn Sie hier rauskommen wollen, hören Sie zu!"

Möbius befreite sich aus Armans Griff, warf erst Arman und dann Myers einen bösen Blick zu, setzte sich aber. Die anderen setzten sich ohne Protest, aber nicht weniger unwillig.

Myers sah sie der Reihe nach an. „Meine Damen und Herren, Sie haben in den vergangenen Wochen gute Arbeit geleistet."

Niemand freute sich über das Kompliment. Auch Hawker ahnte, dass es nur die eine Seite einer insgesamt unschönen Medaille war.

„Deshalb haben wir beschlossen, dass Sie die Arbeit fortsetzen werden. Warum sollte man ein eingespieltes Team vergeuden?"

Myers machte eine Pause, um seine Worte wirken zu lassen.

Selbst Möbius rührte sich nicht. Sein Gehirn schien die Bedeutung dieser Worte gar nicht verarbeiten zu wollen.

„Können Sie das etwas näher erläutern?", fragte Hawker. „Ich dachte, dieses Labor sollte aufgelöst werden."

„Das denken *Sie*, aber nicht *wir*. Da dieses Labor nun mal vorhanden ist und Sie wertvolles Know-how aufgebaut haben, werden wir es nutzen. General Haishan wird Ihnen die Details erklären."

Myers trat einen Schritt zur Seite, um General Haishan an der Kopfseite des Konferenztischs Platz zu machen.

„In Container 6 haben wir weitere Speicherchips und die dazugehörenden Lebenskristalle gefunden. Der Container enthielt daneben einen Brüter, von dem wir annehmen, dass er für die Erzeugung von Hominiden optimiert ist. Wir werden diesen neuen Brüter mit dem vorhandenen Brüter dieses Labors tauschen. Oben werden die Wissenschaftler Saurier züchten, aber hier unten werden Sie neue Lantis erzeugen."

Hawker sah General Myers an. Der hatte es wohl doch nicht verwunden, dass diese Anne Winkler ihm die Lantis vor der Nase weggeschnappt hatte. Das hätte er nicht verhindern können, ohne einen öffentlichen Skandal zu verursachen - und öffentliche Skandale konnten die Geheimdienste nicht mehr gebrauchen. Sie waren das einzige Mittel, womit man sie erpressen konnte, und das hatte diese Winkler getan, ohne mit der Wimper zu zucken. Damals hatte Myers klein beigeben müssen, aber fertig war er damit offensichtlich noch nicht. Er wollte seinen Lantis, und er würde ihn bekommen. Wahrscheinlich würde er dabei sogar über Leichen gehen.

Hawker hatte keine Lust, zu diesen Leichen zu gehören. Also hatte es keinen Zweck, den General von seinem Plan abzubringen. Er musste auf andere Weise versuchen, etwas für sich herauszuschlagen.

Haishan erklärte gerade, dass aus Gründen der Geheimhaltung niemand aus dem Team das Labor verlassen dürfe. Dazu gehörte auch Arman, der im Grunde nichts zur Arbeit beitragen konnte.

Arman machte ein finsteres Gesicht, aber er schwieg. Er kannte die Gepflogenheiten der Geheimdienste am besten von allen und wollte das Labor vermutlich lieber später, dafür aber lebend verlassen.

„Man wird mich oben vermissen", sagte Hawker. „Ich bin schließlich der Bürgermeister von Lantika, und man erwartet von mir öffentliche Auftritte und die Leitung der wissenschaftlichen Arbeiten."

Möbius sah den Professor an, als wolle er ihn auf der Stelle erwürgen. Es war offensichtlich, dass Hawker für sich ein Privileg herausschlagen wollte, aber das war Hawker egal. Bloß nicht hier unten eingesperrt sein.

„Das haben wir selbstverständlich berücksichtigt", sagte General Myers.

Er wandte sich zu der Frau, die mit ihm und den anderen hinunter gekommen war. Hawker hatte sie bisher kaum wahrgenommen. Sie hatte nicht die Schwelle der Attraktivität überschritten, die seine Aufmerksamkeit erregte. Diese Frau war einfach nur anwesend gewesen, und da sie nichts getan hatte außer hinter Myers herzulaufen, war sie für Hawker bedeutungslos gewesen. Das änderte sich schlagartig.

„Darf ich vorstellen?", sagte Myers. „Doktor Charlotte Fuller, Ihre neue Assistentin."

Charlotte Fuller trat vor und blickte Hawker in die Augen. Ihr Blick ließ keine Gefühlsregung erkennen.

Ein wandelnder Eisberg, dachte Hawker, und ihm war, als würde er frieren.

Für eine Frau war die Fuller nicht klein, aber doch um zwei Handbreit kleiner als er selbst mit seinen fast zwei Metern. Sie trug ihre Haare streng hinter dem Kopf zu einem Knoten zusammengefasst. Ihr Make-up war so dezent, dass man es erst auf den zweiten Blick sah, in jedem Ohrläppchen trug sie einen kleinen Perlenstecker. Das Auffälligste war ihre Brille. Das Gestell war schwarz und die Bügel kräftiger, als es nötig gewesen wäre. Hawker erkannte eine leichte Spiegelung im rechten Glas, und jetzt sah er auch die beiden winzigen Punkte rechts und links der Gläser.

Eine Datenbrille mit zwei Kameras. So etwas konnte man nicht kaufen, das war eine Spezialanfertigung, wie es sie wohl nur bei der NSA gab. Wahrscheinlich würde die Fuller damit ununterbrochen mit Myers in Verbindung stehen - und dieser konnte jederzeit sehen, was sie sah. Es war, als wäre sie eine Verlängerung von Myers.

Hawker fröstelte.

Charlotte Fuller hielt ihm die ausgestreckte Hand hin. „Professor Hawker."

Hawker ergriff die Hand nach einem kurzen Zögern. „Frau Doktor Fuller."

Ihr Händedruck war überraschend kräftig. Wahrscheinlich war sie austrainiert und ihm körperlich zweifellos überlegen.

Hawker ließ die Hand schnell wieder los. Der Eisberg zog sich einen Schritt zurück.

„Ich sehe, Sie verstehen sich", sagte Myers. „Doktor Fuller wird Sie von nun an begleiten. Wenn Sie telefonieren oder etwas schreiben möchten, wird das Doktor Fuller für Sie erledigen. Und falls Sie eine Rede halten oder ein Statement abgeben wollen, werden Sie das vorher mit ihr absprechen. Ich möchte Ihnen ernsthaft raten, sich nicht von Doktor Fuller zu entfernen, ohne dass sie das gestattet. Ihre Position als Bürgermeister von Lantika und Leiter der Forschungen ist nicht unersetzbar."

Hawker kniff die Lippen zusammen. Die kaum versteckte Drohung wäre überflüssig gewesen. Er verstand auch so, dass man ihm mit dieser Charlotte Fuller eine Fußfessel angelegt hatte.

Er musterte sie von oben bis unten – und überlegte, ob er doch lieber hier unten im Labor bleiben wollte.

General Haishan räusperte sich. „Nachdem das geklärt ist, möchte ich Ihnen Doktor Meng Kang vorstellen."

Er machte ein Zeichen, und die chinesische Frau trat vor. Sie hielt einen Koffer in der Hand.

„Dr. Kang wird Dr. Aroon Bakshi bei der Züchtung eines neuen Lantis assistieren."

Und das Know-how bestmöglich abgreifen, dachte Hawker.

Er sah auf den Koffer. Er war aus Metall und schien besonders gesichert zu sein. Er würde seine Seele dafür verwetten, dass darin der Speicherchip und der Lebenskristall für den neu zu züchtenden Lantis enthalten waren.

Bakshi machte keinen begeisterten Eindruck, er wirkte müde. Hawker konnte sich gut vorstellen, dass ihn Myers und sein chinesischer Kollege in die Mangel genommen und alle möglichen Informationen aus ihm gequetscht hatten. Moderne Geheimdienste hinterließen keine sichtbaren Spuren, aber es war eindeutig, dass Bakshi mehr als einen netten Plausch hinter sich hatte.

Trotzdem. Bakshi durfte wieder einen Lantis schaffen, und er selbst musste sich mit dieser Charlotte Fuller herumplagen.

2.

Die Sonne stand merklich tiefer, als sie endlich startklar waren. Olaf hatte die Kinder abgeholt und sie mit Essen versorgt - was alles zügig klappte. Währenddessen hatte Anne versucht, Yra für ihren ersten Auftritt in der Öffentlichkeit zu präparieren - was sich als ziemlich schwierig erwies. Lantis hatten eine Abneigung gegen Kompromisse, und bei Yra war sie besonders ausgeprägt.

„Kompromisse geht man ein, wenn man in einer schwachen Position ist. Ich bin nie in einer schwachen Position."

Anne konnte von Glück sagen, dass sie den Kristallsplitter mit Yras Erinnerungen lange getragen hatte. Dadurch kannte sie einige Ausschnitte aus Yras Leben vor fünfundsechzig Millionen Jahren.

„Du hattest damals auch Kleidung getragen, wenn du unterwegs warst."

Es schien Yra nicht zu gefallen, dass Anne so viel von ihr wusste. Das Grün ihrer Augen wurde dunkler.

„Der Stoff, den ich früher anhatte, ließ fünfundneunzig Prozent des Sonnenlichts durch. Aber dieser hier ..." Yra zupfte verächtlich an dem Sommerkleid, das Anne ihr herausgesucht hatte. „Der lässt nichts durch. Ich verderbe mir mein ganzes Chlorophyll."

„Das ist das leichteste Kleid, das ich finden konnte. Außerdem wird es ohnehin immer dunkler, und dein Chlorophyll wird ohne Sonne auskommen müssen. Das wird es verkraften."

Yra sagte ein lantisches Wort, das Anne nicht kannte. Schimpfworte kamen in dem übermittelten Sprachschatz, den sie gelernt hatte, nicht vor.

„Und diese Schmiere auf der Haut. Das ist ja ätzend."

„Das ist hautfreundliche Theaterschminke. Olaf hat recht, du kannst unmöglich in Grün gehen."

„Die Sonnenbrille muss wirklich sein? Dann sieht ja niemand meine Augen."

„Das ist genau der Sinn der Sache", sagte Anne. „Niemand soll sie sehen. Überhaupt soll niemand etwas Besonderes in dir sehen. Wir können keine Aufmerksamkeit gebrauchen."

„Was seid ihr kompliziert. Mich wundert es, dass eure Gesellschaft überhaupt funktioniert."

„Sie tut es." Anne zeigte auf ihr Auto. „Steig ein!"

Yra sah den Wagen skeptisch an. Natürlich kannte sie ihn, aber darin gefahren war sie noch nie.

„Du versprichst mir, dass der wirklich elektrisch angetrieben wird? Ich steige in keine fahrende Benzinbombe."

„Das verspreche ich dir. Und nun los."

Olaf saß bereits am Steuer. Die Unterhaltung schien ihn mächtig zu amüsieren. Mit einem leisen Summen rollte der Wagen aus der Einfahrt.

„Dann wollen wir uns mal zum Restaurant beamen."

„Beamen?", fragte Yra. „Ich dachte, wir fahren. Von Beamen war nie die Rede gewesen."

„Das hat Olaf nur so dahergeredet", sagte Anne. „Er hat nicht daran gedacht, dass ihr nichts mit Ironie anfangen könnt. Jetzt genieß die Fahrt und sieh dir alles an. Das ist deine neue Welt."

Yra sah eine Zeitlang schweigend durch die Fenster. Nach Hofheim ging es kurvig hinab durch einen Wald. Dann kamen sie in die Stadt.

„Alle eckig, eure Häuser, und ihr scheint Steine zu lieben", sagte Yra. „Das ist sicher noch ein Relikt der Höhlen, in denen eure Vorfahren gelebt haben."

Olaf sah in den Rückspiegel zu Yra. „Oh, wir kennen auch Leute, die in Baumhäusern leben. Tarzan und Jane zum Beispiel."

„Echt? Die sollten wir besuchen."

„Olaf! Lass das!", sagte Anne streng. „Yra kann mit deinen Witzen nichts anfangen."

Olaf schmunzelte. „Lass einem Höhlenmenschen doch auch mal seinen Spaß."

Anne schüttelte ihren Kopf. „Männer! Yra, du darfst Olaf nicht immer ernst nehmen."

„Männer sind manchmal etwas speziell", sagte Yra.

Anne wusste zwar nicht, was Yra damit meinte, aber sie nickte trotzdem.

Den Weg vom Parkplatz zum Restaurant hatte Anne noch nie bewusst wahrgenommen. Man ging ihn einfach. Mit Yra war das anders. Sie lief hierhin und dahin, sah in jede Nische und fasste alles an. Zwischendurch sog sie die Luft ein wie ein Tier, das Witterung aufnimmt. Yra schien ihre neue Welt mit allen Sinnen wahrnehmen zu wollen. Anne schnupperte probeweise auch, aber da war nichts. Wenigstens nichts für ihre Nase. Olaf schien in Sorge, was die Leute denken mochten. Einige sahen kurz zu Yra, gingen aber kommentarlos weiter. Für sie wirkte Yra wie ein Teenager, der mit seinen Eltern unterwegs war, und Teenager verhielten sich eben manchmal seltsam.

Im Restaurant wählte Olaf einen Tisch etwas abseits. Er wollte das Risiko, unangenehm aufzufallen, minimieren.

Yra sog wieder die Luft ein. Im Lokal roch es nach Essen, vor allem nach Pfannengerichten. Was Yra dachte, konnte Anne nicht erahnen, denn sie verzog kaum das Gesicht, und ihre Augen waren durch die Sonnenbrille verdeckt.

Dann ging Yra zu den Fenstern und berührte die Zimmerpflanzen, eine nach der anderen. Die wenigen anwesenden Gäste beobachteten sie verstohlen.

„Was ist?", fragte Anne.

„Die Pflanzen sind unglücklich", sagte Yra. „Sie fühlen sich einsam. Sie quälen sich in viel zu engen Töpfen, die

Luft ist schlecht und manche haben noch nie die Sonne gesehen. Einige würden am liebsten sterben."

„Das alles kannst du fühlen?"

„Du etwa nicht?" Yra schüttelte den Kopf. „Du spürst aber einen Unterschied, ob du eine lebendige oder eine künstliche Pflanze berührst, einen Baum oder einen Brückenpfeiler?"

„Sicher."

Yra schien erleichtert. „Immerhin etwas, aber du musst noch viel lernen. Zu Hause haben wir jede Menge Arbeit vor uns."

„Okay", sagte Anne. „Aber jetzt wollten wir feiern, oder hast du keine Lust mehr?"

„Was ich gesagt habe, habe ich gesagt."

Yra setzte sich Olaf gegenüber an den Tisch, Anne setzte sich neben sie.

„Jetzt bin ich mal gespannt, was eine Lantis so alles isst", sagte Olaf. „Ich habe mich schon die ganze Zeit gefragt, ob du nicht doch Nährstoffe brauchst. Chlorophyll versorgt Pflanzen mit Energie, mehr aber nicht. Das bisschen Obst kann deinen Körper sicherlich nicht genug mit Spurenelementen und Nährstoffen versorgen."

„Ich habe ausreichend Nährstoffe."

„Wie kann das sein? Ich kann mir nicht vorstellen, dass dein Körper sie selbst herstellt."

Yra zog ihren linken Fuß aus dem Flip-Flop und hielt ihn Olaf hin. Der sah sich schnell um, aber keiner der Anwesenden nahm Notiz von ihnen.

„Was soll ich damit?"

„Damit nehme ich Nährstoffe auf."

„Durch deine Füße?" Olaf starrte ungläubig auf Yras Fuß.

Yra nahm den Fuß wieder herunter, setzte ihn aber neben dem Flip-Flop auf den Boden.

„Durch die Fußsohlen. Deshalb gehe ich am liebsten barfuß."

Ihr rechter Fuß verließ ebenfalls seinen Platz im Flip-Flop.

„Wie soll das denn funktionieren?"

Yra wedelte mit der Hand. Das hatte sie schon öfters getan, immer dann, wenn sie über Annes Unwissenheit verwundert war.

„Ihr Menschen habt aber auch gar keine Phantasie. Da macht ihr euch Sorgen, dass von manchen Plastikschuhen Giftstoffe über die Füße in den Körper gelangen können, aber auf die Idee, dass das mit Nährstoffen genauso funktioniert, kommt ihr nicht."

„Auf so eine Idee könnte man theoretisch kommen, sie scheint mir aber unnatürlich", sagte Anne. „Mir ist von keinem Tier bekannt, das Nahrung durch die Füße aufnimmt."

„Ein Geschenk meines Vaters zum sechsunddreißigsten Geburtstag."

Yra sagte das so, als wäre es das Selbstverständlichste auf der Welt, so dass Olaf einen Moment benötigte, um die Bedeutung zu begreifen.

Anne war etwas schneller und hatte auch schon weitergedacht. „Noch eine genetische Veränderung, ähnlich wie das Einbauen des Chlorophylls in dein Genom?"

Yra hob einen Zeigefinger, ihre Geste der Zustimmung. „Genau. Die Grundveranlagung ist bei jedem vorhanden, aber sie reicht nicht aus. Man muss gentechnisch die Transportfähigkeit der Haut erhöhen, dann hat man die perfekte Ergänzung zum Chlorophyll. Wenn ich wollte, käme ich ein Leben lang mit Wasser und Sonnenlicht aus."

„Aber du willst nicht. Warum?"

„Endlich eine kluge Frage. Ich will nicht, dass mein Magen verkümmert. Wer weiß, wann ich darauf angewiesen bin." Yra rieb auf der Haut ihres Unterarms. „Vor allem, wenn ich diesen Schmier trage."

„Dann wollen wir jetzt dafür sorgen, dass dein Magen etwas zu tun bekommt", sagte Olaf und nahm die Speisekarte. „Ich bin immer noch gespannt, was Lantis essen. Was möchtest du zur Feier des Tages?"

„Ich halte mich an euch", sagte Yra. „Ich weiß nicht, was bei euch üblich ist, und ich möchte lernen. Was isst du?"

„Ich liebe Steak", sagte Olaf. „Die sind hier ausgezeichnet, von original argentinischen Rindern, und superlecker."

Yra nahm ihre Sonnenbrille ab und starrte Olaf an. Ihre Augen glühten wie ein grünes Feuer.

„Du isst *Tiere*?"

Sie wollte aufspringen, aber Anne hielt sie energisch zurück. „Warte! Lass uns das klären."

„Was gibt es hier zu klären? Ich will nicht mit einem Kannibalen an einem Tisch sitzen."

„Bei uns ist es üblich, Fleisch zu essen", sagte Olaf. „Ich dachte, das wüsstest du, wo du seit Wochen alles Erreichbare über uns Menschen liest."

Anne hielt Yra immer noch am Arm. Sie spürte, wie Yras Puls raste.

„Ja, ich habe es gelesen. Aber ich dachte, ihr seid anders. Ich dachte, wenigsten *ihr* wärt zivilisierte Menschen. Und jetzt muss ich feststellen, dass ich bei Kannibalen wohne. Wie eklig." Sie tat so, als müsste sie sich übergeben. „Was habe ich mich in euch getäuscht!"

Yra entzog ihren Arm Annes Griff, blieb aber sitzen. "Wisst ihr nicht, dass Tiere Schmerz und Zuneigung empfinden? Sie können trauern, sie pflegen Freundschaften, sie können Freude am Leben empfinden. Und ihr liebt es, das Blut dieser Wesen in eurem Mund fließen zu lassen?" Yra schüttelte in einer menschlichen Geste den Kopf. „Fehlt ein Stück Stoff am Körper, ist das ein Riesenproblem, aber ein

Stück Lebewesen auf dem Teller ist ganz normal. Was ist denn das für eine Moral?"

Anne war klar, dass jetzt nicht der richtige Zeitpunkt für eine weiterführende Diskussion war. Sie legte ihre Hand wieder auf Yras Arm und versuchte, Beruhigung auszustrahlen.

Yra atmete tief durch, ihr Puls verlangsamte sich tatsächlich.

„Also gut", sagte Anne und blickte zu Olaf. „Es ist Yras Feier, verzichten wir auf Fleisch und lasst uns Salat essen."

Yras Puls beschleunigte sofort wieder. „Du isst *Pflanzen?*"

In diesem Moment kam der Kellner, um die Bestellung aufzunehmen.

„Brille auf!", zischte Anne.

Yra setzte sie tatsächlich auf. Weglaufen konnte sie nicht, denn auf der einen Seite saß Anne und auf der anderen stand der Kellner und versperrte ihr den Weg.

„Was darf ich Ihnen bringen?", fragte er freundlich.

„Wir überlegen noch", sagte Olaf.

Der Kellner ging.

Anne spürte, wie Olafs Stimmung sank. Erst wurde er um sein geliebtes Steak gebracht, und jetzt wurde es noch komplizierter.

„Hör mal. Wir können nichts dafür, dass du eine halbe Pflanze bist", sagte er. „*Wir* können nicht von Sonne und Wasser leben und fröhlich barfuß herumlaufen. *Wir* brauchen Nährstoffe, und dazu essen wir Fleisch und Pflanzen. So ist das bei uns üblich."

„Ich bin keine halbe Pflanze. Das Chlorophyll macht nur null Komma siebenunddreißig Prozent meines Genoms aus."

Anne hatte ihre Hand immer noch auf Yras Unterarm liegen. Yra schien das nicht zu stören. Im Gegenteil. Yra schloss die Augen, ihr Atem wurde ruhiger.

„Du machst das gut", sagte sie zu Anne. „Ohne dich wäre ich zur Bombe geworden."

„Du meinst wohl: Ohne dich wäre ich explodiert. So sagt man das bei uns. Aber - *was* mache ich gut?"

„Mich beruhigen."

„Was habe ich gemacht, außer dass ich meine Hand auf deinen Arm gelegt habe?"

Yra lächelte sogar schon wieder. „Du machst mehr. Sehr viel mehr. Du weißt es nur noch nicht."

„Was weiß ich nicht? Sag es mir."

„Nicht jetzt", sagte Yra leise. „Später."

Anne spürte, dass sie nicht mehr erfahren würde. Sie wollte ihre Hand zurückziehen, weil Yra sich wieder gefasst hatte, aber Yra hielt sie fest.

„Lass deine Hand bei mir. Ich will ruhig bleiben, und du hilfst mir."

„Okay. Aber erkläre uns, warum wir keine Pflanzen essen sollen."

„Wisst ihr das auch nicht? Pflanzen mögen Musik und wachsen dann besser. Sie kommunizieren mit Düften und elektrischen Signalen, sie können sich vor Feinden warnen und Hilfe herbeirufen. Eure ganz normalen Kartoffeln können das. Und der Wald vor eurer Haustür ... Die Buchen werfen nicht einfach nur ihre Samen ab. Sie kümmern sich um ihre Kinder, versorgen sie oft jahrelang, bis sie so weit sind, dass sie sich selbst versorgen können. Sind das etwa unintelligente, wertlose Lebewesen? Nur, weil sie fest an einem Platz stehen?"

„Woher willst du das alles wissen?", fragte Olaf. „Du bist erst seit ein paar Wochen hier."

Yra beugte sich vor und zeigte mit dem Finger ihrer linken Hand auf Olaf. „Das steht in eurem Internet. Frei zugänglich. Auch *du* könntest das wissen. *Alle* könnten das wissen. Aber ihr wollt nicht. Und weißt du, warum? Damit ihr sie weiterhin mit euren Zähnen zermalmen könnt, ohne ein schlechtes Gewissen zu haben."

Yra lehnte sich wieder zurück. „Aber *ich* will diese Tatsachen nicht verdrängen."

Auch Olaf lehnte sich wieder zurück. Er machte absolut keinen zufriedenen Eindruck.

„Soll ich den Rest meines Lebens Äpfel essen?"

„Du kannst vieles essen, alles, was die Pflanzen und Tiere dir geben, ohne dafür leiden und sterben zu müssen. Früchte, Nüsse, Getreide, Milch, Eier in jeglicher Form. Dazu kommt alles, was man synthetisch herstellen kann. Du ahnst gar nicht, wie gut das schmecken kann."

Olaf verzog das Gesicht. „Äh. Synthetisches Essen. Wie furchtbar. Ich liebe es gesund und natürlich."

„Was du natürlich nennst, ist kannibalisch. Ihr fahrt Autos, aber beim Essen seid ihr nicht über Steinzeitniveau hinausgekommen. Euer einziger Fortschritt ist, dass ihr das rohe Fleisch nicht mehr mit den Zähnen von den Knochen nagt, sondern es erhitzt. Das soll schon zivilisiert sein? Wie erbärmlich. Ich dachte, zivilisiert ist man, wenn man keinem anderen Leid zufügt."

Yra sah Olaf herausfordernd an, aber der winkte genervt ab. „Wenn wir jetzt noch lange diskutieren, sterbe ich vor Hunger. Ich brauche unbedingt etwas zu essen."

Olaf sah Yra an. Anne kannte diesen Blick: Olaf führte etwas im Schilde.

„Du isst Milch in jeder Form?", fragte er.

Yra nickte. „Das habe ich gesagt, und dann ist das auch so."

„Gut. Dann lade ich dich zu einer Frankfurter Spezialität ein: Handkäse, dir zuliebe ohne Musik."

„Olaf!", sagte Anne eindringlich. „Willst du, dass es Yra schlecht wird? Lass uns was anderes essen!"

Olaf grinste. „Sie hat gesagt, dass sie Käse isst."

„Was ist Handkäse?", fragte Yra. „Und warum soll der Kellner die Musik ausmachen?"

„Handkäse ist eine regionale Käsezubereitung aus Sauermilch", erklärte Anne. „Sie ist etwas exotisch und Fremde finden den Geschmack oft seltsam. ‚Musik' nennt man die Zwiebeln in der dazugehörenden Soße, aber die will Olaf weglassen. Ich würde dir nicht zu Handkäse raten, nicht als erste Mahlzeit. Fang mit etwas Normalem an."

Yra war anderer Meinung. Ohne Zwiebeln war gut - und den Käse wollte sie unbedingt probieren.

Olaf bestellt drei Portionen und grinste. Für ihn war das eine kleine Rache, weil Yra ihm die Lust auf seine Steaks verdorben hatte.

Anne konnte nicht anders, als den Dingen ihren Lauf lassen.

„Probier erst mal ein bisschen", riet sie Yra. „Wenn du ihn nicht magst, musst du ihn nicht aufessen."

Der Käse kam, aber Olaf wollte nicht anfangen. Er war zu neugierig auf Yras Reaktion. Es dauerte einen Moment, bis Anne ihr den Gebrauch von Messer und Gabel erklärt hatte, schließlich hielt Yra sie zum ersten Mal in der Hand.

Yra schnitt ein winziges Stück vom Handkäse ab, spießte es mit der Gabel auf und hielt es sich unter die Nase. Sie inhalierte den intensiven Duft, zeigte aber keine Reaktion. Dann berührte sie den Käse vorsichtig mit der Zunge. Immer noch keine Reaktion.

Olaf sah erwartungsvoll zu.

Dann steckte Yra das Stück in ihren Mund und kaute.

Olaf sah aus, als hätte er ihr am liebsten schon einen Kotzbeutel hingehalten, aber Yras Gesicht hellte sich auf.

„Ausgezeichnet", sagte Yra, als sie den ersten Bissen hinuntergeschluckt hatte.

„Wie?", fragte Olaf nur.

„Hervorragend", erklärte Yra. „Schmeckt wie gequirlter Saurierschweiß."

Olafs Gesichtszüge entgleisten. „Wie gequirlter was?"

„Saurierschweiß", gab Yra ungerührt zurück. „Der vom Triceratops schmeckt am besten."

Olaf sah erst Yra an, dann Anne.

Anne zuckte die Schultern. „Du weißt, dass Yra dich nicht auf den Arm nehmen will. Sie hat keinen Humor."

„Gequirlter Saurierschweiß", sagte Olaf tonlos.

Er sah auf seinen Handkäse - und schob den Teller von sich weg.

3.

Dr. Aroon Bakshi sah nach rechts oben unter die Decke. Dort hing sie, die Kamera, deren Objektiv wie ein kaltes Auge auf ihn herabschaute. Drei Meter nach links hing die nächste, auch auf ihn und seinen Arbeitsplatz gerichtet. Hinter sich wusste er zwei weitere Kameras. Er konnte nicht die geringste Bewegung machen, ohne dass sie aufgenommen und wahrscheinlich für Ewigkeiten archiviert wurde.

Anfangs hatte er versucht, die Kameras zu ignorieren. Es war ihm nicht gelungen. Dann hatte er ein paar Mal in die Kameras gewunken. Nichts. Natürlich nicht, so funktionierte Überwachung: Der eine musste alles preisgeben, der andere gab nichts preis. Er blieb anonym, versteckte sich hinter Kameras, Mikrofonen, hinter Software im infizierten Computer, die jeden Tastaturanschlag registrierte.

Dr. Meng Kang, die neben ihm saß, schien das nicht zu stören. Wie auch? Sie war Teil der Überwachung, sah ihm bei jeder Bewegung auf die Finger und ließ sich selbst den kleinsten Handgriff erklären. Denn das konnten die Kameraaugen nicht: verstehen. Dafür war Kang da. Und sie verstand viel, sie war überaus intelligent. Sie hatte ein schön geschnittenes chinesisches Gesicht, in dem Bakshi genauso wenig lesen konnte wie in dem Auge einer Kamera. Immerhin strahlte sie Wärme aus, weil sie so dicht neben ihm saß. Sie war lebendig. Vielleicht hatte sie sogar ein Herz, das Bakshi nur noch nicht entdeckt hatte.

Bakshis Gedanken wanderten zu Yra. Er musste unwillkürlich lächeln, als er an sie dachte. Er hatte eine Lantis geschaffen, das bedeutendste Werk seines Lebens, aber Yra war mehr für ihn als ein Forschungsobjekt. Yra erinnerte ihn an seine Frau und seine Tochter, die er beide bei einem Verkehrsunfall verloren hatte. Natürlich war Yra anders, aber da war eben dieses Gefühl, das ihn mit Yra verband. Ein Gefühl der Verantwortung? Der Verantwortung des Schöpfers? Oder zumindest des Vaters?

Bakshi bedauerte, nicht bei Yra geblieben zu sein, in Hofheim bei Anne und ihrer Familie. Als feststand, dass Yra es schaffen würde, war er gegangen. Er hätte nichts mehr für sie tun können, und so hatte er sich zurückgezogen wie ein Vater, der alles getan hat, damit sein Kind seinen eigenen Weg in der Welt finden kann. Anne und ihr Mann hatten ihm angeboten zu bleiben, aber er wollte niemandem zur Last fallen. Also war er gegangen.

Eigentlich hatte er in Lantika nur seine Sachen holen wollen. Ihn hielt nichts mehr in der Nähe von Professor Hawker. Die einst vertrauensvolle Beziehung war zerbrochen. Hawker wollte Ruhm um jeden Preis, auch um den Preis von Menschenleben. Da machte Bakshi nicht mit. Lantis waren in seinen Augen Menschen. Natürlich waren sie anders, aber er selbst war auch anders. Gegenüber den meisten Menschen war er ein Zwerg, und er wusste, wie weh es tat, wegen Andersartigkeit für minderwertig erachtet zu werden. So wollte er niemals denken. Er wollte sein eigenes Leben leben – aber sie dachten anders, die Leute hinter den Kameras. Sie brauchten sein Know-how und zwangen ihn zu bleiben. Nur deshalb saß er hier.

„Es ist Zeit für die nächste Statuskontrolle", riss Meng Kang ihn aus seinen Gedanken.

„Dieses Mal sind Sie dran", sagte Bakshi.

Kang gab einige Befehle in die Steuerkonsole. Der darüber projizierte Monitor verschwand, und das dreidimensionale Bild eines Lantis entstand. Es war etwa dreißig Zentimeter groß und transparent. Bakshi konnte in den Körper hineinsehen und einzelne Organe erkennen. Sie bewegten sich im Rhythmus des Herzschlags, exakt wie bei dem Originalkörper im Brüter. Es war, als würde er in einen lebendigen Körper hineinschauen. Eigentlich war dieses Gerät nur eine Weiterentwicklung des herkömmlichen Ultraschalls, und doch war Bakshi jedes Mal neu beeindruckt.

Kang machte mit ihrem Zeigefinger eine schnelle Bewegung über die Leber des projizierten Körpers, worauf diese bis auf einen schwachen Schatten verschwand. Jetzt konnten sie die dahinterliegenden Organe erkennen. Sie erschienen in einem schwachen Grün, dem Zeichen, das alles in Ordnung war. Kang arbeitete sich systematisch vor. Gelegentlich tauchte sie zwei Finger in ein Organ und zog die Fingerspitzen auseinander, worauf sich das Organ im gleichen Maße vergrößerte. Diese intuitive Bedienung, die es bei menschlichen Geräten erst seit Kurzem gab, hatten die Lantis schon vor fünfundsechzig Millionen Jahren erfunden.

Bakshi ahnte, was Kang mit dem letzten verbliebenen Organ, dem Herzen, tun würde. Zuerst vergrößerte sie es, dann drehte sie ihre Finger. Das Herz drehte sich mit, so dass sie es von allen Seiten betrachten konnten. Es schlug schneller als sein eigenes Herz, aber das war normal. Lantis hatten eine etwas höhere Pulsfrequenz als heutige Menschen.

Zuletzt schnippte Kang gegen das Herz, und in derselben Sekunde erschien alles, was zum Blutkreislauf gehörte. Ein komplexes Geflecht aus Adern erfüllte den transparenten Körper, es pulsierte im Gleichklang mit dem Herzen. Kang strich so lange über das Herz, bis die Transparenz groß genug war, dass sie den Herzklappen bei der Arbeit zuschauen konnte. Hier floss das Blut eines neuen Wesens.

Diese Statusfeststellung war eigentlich unnötig, denn der Brüter arbeitete vollautomatisch und hätte sie bei der geringsten Abweichung gewarnt. Vorgeblich machten sich Bakshi und Kang diese Arbeit, weil sie die Sicherheit erhöhen wollten, aber jeder wusste vom anderen, dass sie es taten, weil diese Einblicke einfach zu faszinierend waren. Einem werdenden Leben beim Entstehen zuzusehen, war einmalig schön. Bakshi meinte zu spüren, wie sogar Meng Kangs nach außen gezeigte emotionslose Maske löcherig wurde.

In einer anderen Ecke des Labors klirrte es, gefolgt von einem ärgerlichen Schrei von Gerd Möbius.

„Verdammt!", fluchte Fred Brown. „Pass doch auf!"

„Pass selber auf!"

Ein Stuhl kippte um, noch etwas fiel zu Boden, wieder klirrte es.

Bakshi und Meng Kang gingen hin, um nachzusehen. Arman kam ebenfalls von seinem Platz.

Möbius und Brown standen sich gegenüber und starrten sich an. Hinter Möbius lag der umgekippte Stuhl, mit einem Fuß stand er in einer Lache Kaffee.

„Arman!", rief Brown. „Halten Sie mir diese Furie vom Leib!"

Möbius ballte die Fäuste.

Mit einem einzigen Satz stand Arman hinter ihm und griff in seinen Nacken. Möbius schrie auf.

„Was ist hier los?", fragte Bakshi.

„Dieser Kerl bringt meine ganze Versuchsanordnung durcheinander", beschwerte sich Brown. „So kann ich nicht arbeiten!"

„Der hat doch überhaupt keine Ahnung", protestierte Möbius. „Der ..."

Arman drückte fester zu, Möbius schrie wieder.

„Lass mich los!"

„Ich würde gerne noch fester zudrücken", sagte Arman. „Und ich glaube, General Myers würde mir verzeihen."

„Myers erwartet Ergebnisse", sagte Brown, „und solange dieser Kerl hier ist, kann ich sie nicht liefern. Schaffen Sie ihn weg!"

Arman drückte Möbius zur Seite und führte ihn in die Richtung der Schlafkabinen. Möbius wand sich unter Armans Griff, kam aber nicht los.

„Ich werde nicht zulassen, dass wir wegen Ihnen auch nur eine Minute länger hier unten sind als nötig", sagte Arman.

Er stieß Möbius in seine Kabine.

„Hier bleiben Sie, bis Sie sich wieder beruhigt haben."

„Ich will mich aber nicht beruhigen. Ich will hier raus!"

„Wenn Sie noch einmal unsere Arbeit verzögern, wird General Myers Sie hier unten vergessen, wenn er uns hier rauslässt. Dafür werde ich sorgen."

„Arschloch!", brüllte Möbius und schlug die Tür hinter sich zu.

Brown machte sich wieder an seine Arbeit. Myers hatte ihn mit neuesten Unterlagen versorgt und sogar einige neue Geräte für materialwissenschaftliche Untersuchungen herbeigeschafft. Brown sollte möglichst schnell einen Weg finden, das Material der Lantis herzustellen, aus dem sie ihre Geräte bauten. Die NSA wollte unbedingt einen Vorsprung vor den öffentlichen Forschungsprojekten haben.

Arman stieß den umgekippten Stuhl mit einem Fuß zur Seite und machte sich daran, die Scherben aufzusammeln. „Und ich muss wieder die Drecksarbeit machen."

Neuer Besuch meldete sich an.

Meng Kang und Bakshi gingen zu einer Stelle, von der aus sie gut sehen konnten, wer kam.

Zwei Soldaten tauchten auf, ein Chinese und ein Amerikaner. Seit der Entdeckung des unterirdischen Labors gab es andauernd solche Paare, was aber wohl kein Zeichen besonders enger Freundschaft, sondern besonders großen Misstrauens war.

Beide Soldaten trugen Maschinenpistolen, als ob es hier ein Terroristennest auszuheben galt, dabei waren die schärfsten Waffen des Labors die Scherben von Möbius'

Tasse. Der steckte immer noch in seiner Schlafkabine. Zum Glück, denn die Soldaten sahen nicht so aus, als hätten sie Lust auf einen ausrastenden Wissenschaftler.

Hinter den bewaffneten Soldaten folgten zwei weitere mit einer Truhe. Bakshi fand, dass sie edel und kostbar aussah, wenn man das bei einem Gegenstand einer völlig fremden Kultur überhaupt sagen konnte. Sie strahlte einfach etwas Besonderes aus.

Noch zwei Soldaten kamen mit einer Truhe, die zwar genau so groß war wie die edle Truhe, ansonsten aber so funktionell schlicht aussah wie die anderen Behälter der Lantis.

Den Schluss machte ein Agent, ein Afroamerikaner, der mit seiner Datenbrille mit der Außenwelt in Verbindung stand. Hier genügte ein Mann, denn durch die Brille war er sowieso nur der verlängerte Arm seines Vorgesetzten. Wahrscheinlich saßen auf der anderen Seite wieder paritätisch ein Amerikaner und ein Chinese.

Der Agent sprach leise in ein Mikrofon, horchte auf eine Antwort und zeigte in Richtung des Sicherheitsraums.

„Da hinein!"

Die Soldaten mit den Truhen mussten in der Nähe von Bakshi und Meng Kang vorbei. Bakshi ging zwei Schritte vor, um sich die edle Truhe besser ansehen zu können. Sie hatte zu seiner Überraschung einen transparenten Deckel. Innen schimmerte etwas.

„Weg da!", fuhr der Agent Bakshi an.

Bakshi drehte sich so um, dass er eine Sekunde auf seinen Zehenspitzen stand. So konnte er in einen kleinen Teil der Truhe hineinsehen. Zu blöd, dass er so klein war. Was er sah, jagte ihm eine Gänsehaut über den Rücken: Lebenskristalle. Die Truhe enthielt Lebenskristalle – und mit ziemlicher Sicherheit auch die dazugehörigen Speicherchips mit den Gen-Schablonen.

Bakshi nahm nur am Rande wahr, wie ihn einer der Soldaten unsanft beiseite schubste. Zu sehr war er in Gedanken bei den Kristallen. Sie waren komplexe Speichermedien, die seiner Erfahrung nach ein Back-up eines Lantis-Gehirns beherbergten, also dessen Wissen und Persönlichkeit. Zusammen mit einer Gen-Schablone zur Züchtung des leiblichen Körpers konnte man somit einen vor Millionen Jahren gestorbenen Lantis wieder neu erschaffen.

Bakshi hatte drei Lebenskristalle erkennen können, umgerechnet auf die Größe der Truhe konnte sie zwölf beinhalten. Das würde gut zu den Lantis passen, die im Zwölfersystem rechneten und bei denen die Zwölf häufig dann auftauchte, wenn etwas wichtig war. Seltsam war allerdings, dass er überhaupt in die Truhe hineinsehen konnte. Sie war nicht mit dem gelben Buckyball-Pulver angefüllt, wie es die Lantis sonst verwendeten. Die Lebenskristalle schienen in eine Art transparentes Gel eingebettet zu sein. Anscheinend wollten die Lantis, dass man diese Kristalle sah. Im Gegensatz zu den Soldaten. Als Bakshi versuchte, sich erneut zu nähern, machte eine Bewegung der Maschinenpistole deutlich, dass das sehr unerwünscht war.

Die zweite Truhe wurde vorbeigetragen. Ob in ihr ebenfalls zwölf Lebenskristalle lagen, konnte Bakshi nur von ihrer Größe her vermuten, denn diese Truhe bestand aus dem üblichen undurchsichtigen Material der Lantis. Gegenüber der ersten Truhe wirkte es jetzt richtig gewöhnlich.

Nachdem die Soldaten die Truhen im Sicherheitsraum deponiert hatten, schloss der Agent wieder zu.

„Sollen wir nicht damit arbeiten?", fragte Bakshi.

„Nein", sagte der Agent nur, wobei er Bakshi nicht einmal ansah. Er ging einfach an ihm vorbei zum Aufzug. Die Träger folgten, und zuletzt die beiden mit den Maschinenpistolen.

Die Soldaten agierten wie Roboter, und Bakshi fühlte sich behandelt, als wäre er auch nur eine Maschine. Kein

Gespräch, keine Erklärungen, nichts. Wenn im Sicherheitsraum jetzt vierundzwanzig Lebenskristalle lagerten, sollten sie dann genauso viele Lantis erschaffen? Das würde ganz schön eng hier unten werden, und es würde lange dauern. Zu lange. Das würde niemand aus dem Team aushalten.

Meng Kang beobachtete ihn mit ihrer undurchdringlichen Miene. In seinem Gesicht konnte sie seinen Ärger ablesen, er sah bei ihr dagegen nichts.

„Lass uns weitermachen", sagte sie.

„In den Truhen sind Lebenskristalle", sagte er leise zu ihr. „Wahrscheinlich vierundzwanzig. Wo kommen die vielen Kristalle her? Was sollen wir hier unten damit? Willst du das nicht wissen?"

Kang zuckte mit den Schultern. „Wir werden es nicht erfahren, wenigstens jetzt nicht. Wir können nichts tun außer arbeiten."

Bakshi biss die Zähne zusammen. Sie hatte Recht. Trotzdem, so wollte er nicht behandelt werden. Er wollte wissen, was auf sie zukam.

Er konnte sich noch nicht wieder still hinsetzen und ging deswegen langsam um den Brüter herum. Durch die transparente Hülle konnte er in den Brutraum sehen. Dort lag der Originalkörper ihres neuen Lantis. Bei Yra hatte er tiefe Empfindungen gehabt, die er jetzt nicht mehr spürte. Das erste Mal ein neues Wesen zu schaffen, war einmalig. Das konnte man gefühlsmäßig nicht wiederholen, aber das war nicht alles. Yra hatte ihn zuerst an seine Tochter und später an seine Frau erinnert. Yra ...

Er stand jetzt am Kopfende des Brüters. Hier gab es eine Vertiefung, in die man den passenden Lebenskristall legen musste, wenn die Zeit reif war. Das hatte es bei Yras Brüter nicht gegeben. Im Vergleich zum ersten Brüter war Yras Brüter geradezu primitiv gewesen.

Das war eigenartig. Warum hatten die Lantis Yra nicht in solch einem fortgeschrittenen Brüter erschaffen wollen? Fast wäre Yra dabei gestorben.

4.

„Guten Morgen", murmelte Olaf.

Anne sah von ihrem Tablet hoch. Sie hatte wieder die neuesten Ergebnisse der Lantis-Forschung gelesen.

„Das hat schon mal frischer geklungen", sagte sie.

Olaf verzog das Gesicht. „Wie soll man klingen, wenn man einen Kater hat?"

„Du hättest gestern nicht so viel Apfelwein trinken sollen, vor allem nicht auf nüchternen Magen."

„Am nüchternen Magen ist Yra schuld. Kein Fleisch, kein Salat, und Handkäse soll wie Saurierschweiß schmecken. Igitt."

Anne lachte. „*Gequirlter* Saurierschweiß, vergiss das nicht. Man kann ihn sicher auch anders zubereiten."

„Sei still, sonst kotze ich in die Küche."

„Okay. Klingt ‚eine große Tasse starker Kaffee' besser?"

„Ja", sagte Olaf sehnsüchtig. „Das klingt viel besser."

„Setz dich. Ich mach uns was. Ich habe auch noch nicht gefrühstückt."

Der Kaffeeautomat mahlte geräuschvoll die Bohnen. Olaf setzte sich an den Frühstückstisch. Neben zwei sauberen standen drei gebrauchte Müslischalen.

„Yra hat auch gegessen?"

„Sie wollte wissen, wie Müsli schmeckt."

„Und?"

„Sie fand's gut. Haferflocken, Nüsse, Rosinen, Milch. Das ist alles kein Problem. Willst du auch?"

Olaf nickte, und Anne machte ihm und sich selbst eine Schale.

„Der kulturelle Unterschied zwischen den Lantis und uns ist größer, als ich dachte", sagte Olaf. „Das ist mehr als nur die grüne Farbe."

„Wie man's nimmt", sagte Anne und setzte sich zu ihm. „Bei uns Menschen sind die Unterschiede kaum kleiner, wir haben uns nur daran gewöhnt. Vergleiche mal einen australischen Aborigine mit einem Japaner oder Italiener. Oder, was die Kleidung angeht: An der Côte d'Azur tragen die Frauen nicht viel mehr als Yra, und wenn du übers Mittelmeer fliegst, laufen sie in langen Schleiern herum. Für einen Araber, der zum ersten Mal in Europa landet, dürfte der Schock größer sein als für dich, wenn du Yra siehst. Von den Farbwechseln mal abgesehen."

Auf das Letzte wollte Olaf nicht näher eingehen. „Die Kinder scheinen sich nicht an Yra zu stören. Sie mögen sie."

„Laura hat heute Morgen gefragt, ob sie auch grün werden darf, wenn sie groß ist."

Olaf verschluckte sich an seinem Müsli und musste heftig husten.

„Gefällt dir das etwa nicht?", fragte Anne mit einem verschmitzten Grinsen. Sie sah auf die Uhr. „Gleich kommt Besuch für die Kinder. Yra sollte auf ihr Zimmer gehen."

Sie trat auf die Terrasse und rief Yra, Laura und Benny herein.

Die Drei kamen. Auf der Terrasse stellten sie sich in einem Kreis auf und fassten sich an den Händen.

„Unser Geheimnis bleibt bei uns", sagte Yra eindringlich. „Wir schweigen. Wiederholt das."

Alle drei sagten die Sätze erneut. Dann ging Yra nach oben in ihr Zimmer.

„Was war das jetzt gerade?", fragte Olaf.

„Das Versprechen der Kinder, nicht über Yra zu reden", sagte Anne.

„Mir schien, dass das mehr war als nur ein Versprechen. Manipuliert Yra unsere Kinder?"

„Yra hilft ihnen. Meinst du, den Kindern fällt es leicht, kein Wort über Yra zu verlieren?"

„Ich habe mich schon gewundert, warum sie nichts von Yra herumerzählt haben. Sonst können sie nichts für sich behalten und verbreiten jede Kleinigkeit in der ganzen Nachbarschaft." Olaf dachte einen Moment nach. „Also manipuliert Yra sie doch. Das gefällt mir nicht."

„Wenn die Nachbarn von Yra wissen, weiß es bald die ganze Stadt, und dann rennt dir alle Welt die Bude ein. Das würde dir auch nicht gefallen. Die Kinder wollen schweigen, und Yra hilft ihnen nur, das zu tun, was sie selbst wollen. Ich habe es ihr erlaubt."

„Du hast ...?"

Die Türglocke ertönte. Laura und Benny stürmten durchs Zimmer und öffneten. Drei Kinder aus der Nachbarschaft kamen herein.

Nach der Begrüßung sagte Anne zu Olaf: „Ich gehe nach oben. Yra und ich müssen üben. Du hast heute Küchendienst."

Olaf sah auf den Kalender, es war der Vierzehnte. An allen geraden Tagen war er dran.

Die Küche war schnell in Ordnung, die Korrektur seines Vortrags, den er demnächst halten sollte, dauerte deutlich länger. Sein Kater hatte sich im Lauf des Vormittags abgeschwächt, gut ging es ihm aber noch nicht. Er brauchte eine Pause und ging die Treppe hinauf, um zu sehen, was Anne und Yra machten.

Sie saßen sich an einem Tisch gegenüber, die Ellenbogen auf die Tischplatte gestützt und die Handflächen gegen die Handflächen des anderen gedrückt. Beide hatten die Augen geschlossen und wirkten konzentriert. Yra murmelte immer wieder etwas, das Anne wiederholte. Leider war es Lantisch, was Anne inzwischen gut beherrschte, Olaf aber überhaupt nicht.

Eine ganze Weile stand er neben den Frauen, aber niemand nahm Notiz von ihm. Auch nicht, als er sich räusperte.

„Was tut ihr hier?", fragte er schließlich.

Beim zweiten Mal sahen ihn die Frauen an.

„Du störst uns", sagte Anne. „Ich muss mich konzentrieren."

„Ich will wissen, was zwischen euch wirklich passiert", sagte Olaf ärgerlich. Er fixierte Yra mit seinem Blick. „Du machst etwas mit meinen Kindern, und du machst etwas mit meiner Frau. Ich denke, ich habe ein Recht auf eine Erklärung."

„Mit *dir* darf ich ja nichts machen." Yra grinste ihn an. „Ist es das, was dich stört?"

Olaf schnappte nach Luft. Was Yra an Humor fehlte, hatte sie an Frechheit zu viel. Trotzdem brachte ihn die Frage aus dem Konzept.

„Setz dich", bat Anne.

Olaf zog einen Stuhl heran, blieb aber auf Abstand. Er wollte sich auf keinen Fall einwickeln lassen.

„Dass die Lantis ein ausgeprägteres Nervensystem besitzen und sensibler sind als wir, weißt du schon", begann Anne.

Olaf nickte.

„Grundsätzlich legen die Lantis mehr Wert auf die Beherrschung des Nervensystems als auf die Beherrschung der Muskulatur."

„Ja, und?"

„Ihr beschäftigt euch mit dem Motor", sagte Yra. „Wir beschäftigen uns mit der Steuerung. Das ist der Unterschied. Sieh dich doch mal um. Worum dreht sich alles bei euch, bei Meisterschaften und Olympischen Spielen? Wer ist schneller? Wer kann weiter springen? Wer kann mehr Gewicht heben? Überall geht es um Muskeln. Ist ja auch kein Wunder, ihr habt erst vor dreihundert Jahren die

Maschinenkraft entdeckt. Bis dahin habt ihr tausende Jahre lang alles mit Muskelkraft gemacht. Das wächst sich nicht so schnell aus."

Für einen Moment kam sich Olaf vor wie ein Neandertaler, so wie Yra mit ihm redete.

„Und ihr habt das alles hinter euch gelassen?"

„Warum sollten wir uns auf etwas von untergeordneter Bedeutung konzentrieren? Arbeit, für die man Muskelkraft braucht, erledigen Maschinen und Roboter. Muskeln sind ersetzbar. Man kann sie nachzüchten, oder man baut eine Prothese. Aber den Geist kann man nicht ersetzen. Er ist das zentrale Element des Nervensystems und steuert alles. Da ist es nur logisch, wenn wir uns darauf konzentrieren."

„Die Lantis steuern nicht nur ihre Muskulatur", ergänzte Anne. „Sie steuern ihr Nervensystem."

„Und was bringt das?"

Olaf spürte, wie seine wissenschaftliche Neugier erwachte, und rückte automatisch näher heran. Aber nur ein bisschen, denn die Sache behagte ihm immer noch nicht.

„Wenn du deine Gedanken formulieren willst, betätigst du deine Finger, die die Tasten deines Computers drücken." Anne tat mit ihren Händen so, als würde sie etwas auf die Tischplatte tippen. „Oder du betätigst deine Zunge."

„Auch ein Muskel", sagte Yra - und streckte Olaf die Zunge heraus.

„Yra kann ihre Gedanken in ihr Nervensystem eingeben, ohne einen Muskel anzusprechen. Und mit genügend Übung kann ein anderer sie verstehen."

Anne hielt Yra ihre Handfläche hin, worauf Yra ihre lächelnd dagegenhielt.

„Aha, ihr funkt euch mit euren Händen etwas zu", sagte Olaf, hielt seine Hände in die Luft und wackelte damit.

„So ungefähr", sagte Anne. „Ist dir das noch nie passiert, dass dir etwas gerade nicht einfällt und du jemanden fragst? Und in der Sekunde, in der er es aussprechen will, fällt es dir ein? Ist das nur Zufall? Oder gab es vielleicht einen winzigen äußeren Impuls, der dich auf die richtige Idee gebracht hat? Nerven arbeiten mit elektrischen Impulsen, und überall, wo Strom fließt, gibt es elektrische Felder, die man mit empfindlichen Sensoren messen kann. Unsere Nervenzellen sind natürliche Sensoren, man muss sie nur für die richtigen Signale sensibilisieren. Daran arbeiten wir."

„Anne ist schon gut", bekräftigte Yra.

„Ihr könnt also miteinander reden, wenn ihr euch die Hände haltet?" Olaf schaute ungläubig.

„Mehr." Anne wirkte regelrecht begeistert. „Wenn man diese Kommunikation beherrscht, kann man sogar die Gedanken des anderen fühlen. Es wird fast so sein, als würde man sie erleben. Ich will das unbedingt können."

„Willst du auch?", fragte Yra und wollte Olafs Hand greifen. Aber der zog sie so rasch zurück, als hätte sich ihm ein glühendes Eisen genähert.

„Nein danke. Ich will mit meinen Gedanken allein bleiben."

Er starrte Yras Hand an und rutschte wieder ein Stück zurück.

„Wenn ich das konsequent weiterdenke, könntest du damit auch jemanden manipulieren. Richtig?", fragte er.

Yra sagte nichts. Sie sah nur Anne an.

„Danke", sagte Olaf. „Das ist mir Antwort genug."

Er stand auf. „Mir gefällt das alles nicht."

Der Tross der Kinder war weitergezogen. Benny und Laura machten mit ihren Freunden jetzt die Nachbarschaft unsicher. Anne war immer noch bei Yra, nun schon seit Stunden. Anne stürzte sich auf alles, was diese fremde Frau aus der Vorzeit mitbrachte. Sie saugte alles Wissen auf,

Die erste Menschheit lebt

wollte alles können, und ging dabei bis an die Grenzen ihrer Leistungsfähigkeit. Olaf selbst konnte diese Begeisterung nicht teilen. Immerhin hatte er Zeit zu recherchieren.

Gab es für das, was Yra sagte, heute Anhaltspunkte? Die Lantis waren keine Aliens von einer fremden Welt, sie stammten von der Erde und waren den Menschen in vielem zu ähnlich, als dass sie absolut exotische Gaben haben konnten. Zur Fixiertheit der Menschen auf den muskulären Teil ihres Körpers brauchte er nicht suchen. Die lag auf der Hand, wie Yra es gesagt hatte. Überall wurde viel investiert, um die körperlichen Fähigkeiten bis zum Letzten auszureizen. Der Sport war voll von Beispielen. Computeroptimierte Trainingsprogramme waren bei allen Athleten Standard, und wo das nicht reichte, um die Muskulatur zu Spitzenleistungen anzutreiben, halfen manche mit chemischen Mitteln nach. Aber wie stand es um das Gehirn und um das Nervensystem?

Nach kurzer Zeit machte Olaf eine Pause. Er war verblüfft. Dieser Wissenschaftszweig war noch jung, aber es gab schon erstaunliche Entwicklungen. Das Auslesen von Gedanken und Einspielen neuer Erinnerungen funktionierte bereits ansatzweise. Das Steuern von Prothesen und teilweise auch von Computern war weiter fortgeschritten, als er vermutet hatte. Das Gehirn war sogar so flexibel und ausbaufähig, dass man Ratten beibringen konnte, mit ihren Barthaaren Infrarotstrahlung zu spüren und daraus sinnvolle Erkenntnisse zu gewinnen. Im Prinzip konnte man damit Lebewesen zusätzliche Sinne verschaffen - und das alles ohne Lantis-Technologie. Yra hatte nicht übertrieben, es war kein Hokuspokus. Die Lantis waren bloß eine Entwicklungsstufe weiter, aber die Menschen arbeiteten daran, diesen Vorsprung aufzuholen. Im Grunde war Yra ein Blick in die Zukunft der Menschen, in eine Zeit, die seine Enkel wahrscheinlich auch ohne die Entdeckungen der Lantis erleben würden.

Olaf hörte Schritte auf der Treppe. Anne kam herunter. Yra dagegen hörte man nie kommen. Sie bewegte sich so geräuschlos, dass er sich schon oft erschreckt hatte, wenn sie dann plötzlich irgendwo wie hingezaubert stand.

Yra folgte Anne, und ihre Augen strahlten Zufriedenheit aus. Ihr schien die Zeit mit Anne zu gefallen, was immer sie auch übten.

„Na, Muskelmann", sagte sie.

Ein Witz konnte das nicht sein. Yra konnte keine Witze machen. Wahrscheinlich betrachtete sie ihn tatsächlich als jemanden, der auf einer niederen Entwicklungsstufe stand.

„Na, Nerven-Säge", antwortete er.

Yra sah Anne fragend an.

„Olaf. Yra versteht deine Anspielungen nicht", sagte Anne.

„Dann erklär sie ihr. Du kannst ja Händchen halten, vielleicht geht es dann besser."

Das war jetzt gemein, aber die innere Anspannung, nicht wirklich zu wissen, was zwischen den beiden Frauen vorging, war einfach zu groß. Er war nicht ‚muskelfixiert' genug, um kräftig mit der Faust auf den Tisch zu hauen, und musste sich eben mit spitzen Bemerkungen Luft verschaffen. Immerhin war das ein Fortschritt in Richtung Geist, stellte er grimmig fest.

Das verspätete Mittagessen verlief ohne größere Katastrophen, obwohl Yra mitaß. Es gab einen Paprika-Kartoffelauflauf mit Käse überbacken, dazu Tomatensalat. Paprika, Tomaten und Kartoffeln ordnete Yra als Früchte ein, weil man sie ernten konnte, ohne den Pflanzen zu schaden, und das war für Yra entscheidend. Früchte und Körner würden von den Pflanzen geschaffen, weil sie sie weitergeben wollten, erklärte Yra. Also dürfe man sie nehmen.

Mit ein bisschen Phantasie konnte man also nach lantischer Art essen, ohne auf allzu viel verzichten zu müssen.

Die erste Menschheit lebt

Nur Fleisch war absolut tabu, aber gerade das fehlte Olaf schmerzlich. Heute Abend würde er ein großes Schnitzel essen, schwor er sich.

Während des Essens wurde Anne immer schweigsamer.

„Es geht wieder los?", fragte Olaf.

Anne nickte. „Ich werde mich bald hinlegen müssen, um mich zu konzentrieren. Ich hatte lange Zeit Ruhe, und deshalb wird es wohl besonders heftig."

„Was ist mir dir?", fragte Yra, die Anne so noch nicht erlebt hatte.

„Erklär du es ihr", bat Anne, die schon sichtlich zu kämpfen hatte und zusehends blasser wurde.

„Nach der letzten Mondexpedition hatte Anne täglich mit heftigen Kopfschmerzen zu kämpfen", sagte Olaf. „Die Ärzte haben es auf die starke Strahlung geschoben, die in dem zerstörten Container geherrscht hat. Sie haben alles versucht, konnten ihr aber nicht helfen. Später hat sich dann herausgestellt, dass es an dem Kristallsplitter gelegen hat, den Anne auf dem Mond gefunden hatte. Sie hat ihn täglich getragen, ohne zu wissen, dass er die Ursache für ihre Schmerzen war."

Yra nickte. „Der Splitter war ein Bruchstück meines Lebenskristalls. Der Datenspeicher ist durch Annes Nervenimpulse angeregt worden und wollte Kontakt zu ihrem Gehirn aufnehmen. Ihr Gehirn musste sich erst auf die fremden Signale einstellen. Sie hat Glück gehabt, dass der Splitter so klein war und dass eure Gehirne so anpassungsfähig sind."

Für eine Sekunde dachte Olaf an Henrichsen, den Wissenschaftler, der im unterirdischen Labor Yras Lebenskristall in seinen bloßen Händen gehalten hatte. Die Wirkung des Kristalls war übermächtig gewesen, und sein Gehirn hatte einen Kurzschluss erlitten. Henrichsen hatte den Verstand verloren, und inzwischen war er tot. Anne hatte wirklich Glück gehabt. Trotzdem hatte sie viel gelitten, ein ganzes Jahr lang, jeden Tag und jede Nacht.

„Nachdem sich ihr Gehirn angepasst, und vor allem, nachdem sie den Kristallsplitter abgelegt hatte, sind die regelmäßigen Schmerzen verschwunden."

„Die Ursache war beseitigt", ergänzte Yra. „Aber jetzt kommen die Schmerzen in Schüben wieder." Sie legte Anne mitfühlend die Hand in den Nacken. „Das Schmerzgedächtnis. Annes Gehirn hat sich die Schmerzen gemerkt und spielt das Programm immer wieder ab." Sie streichelte Anne im Nacken. „Eine Zeitlang kann Anne die Schmerzen kontrollieren, aber irgendwann wird der Stau zu groß. Die Muskulatur verspannt sich, bis es unerträglich wird."

Es war erstaunlich, wie exakt Yra die Zusammenhänge erkannte.

Olaf nickte. „Anne fällt dann mehrere Tage aus, bis sie die Schmerzen wieder im Griff hat."

Yra strich Anne sanft über den Nacken. Es war, als ob sie auf etwas horchte.

„Ich kann Anne heilen."

„Wie soll ich das verstehen?", fragte Olaf misstrauisch.

Kein Arzt hatte helfen können. Keine Therapie war angeschlagen, und die Medikamente hatten Anne so betäubt, dass sie nur noch wie ein Schlafwandler umhergelaufen war. Zuletzt hatte Anne alle Medikamente abgesetzt und jegliche Therapie verweigert. Sie hatte eine Technik entwickelt, mit ihren Schmerzen umzugehen und kam damit einigermaßen klar. Man musste sie nur in Ruhe lassen.

„Die Schmerzen sind eine Fehlschaltung des Gehirns, die Verspannungen sind bloß ein Nebeneffekt. Man muss den eigentlichen Fehler beseitigen."

„Wie willst du das machen?", fragte Olaf.

„Das musst du mir überlassen", erwiderte Yra.

„Du willst sie manipulieren! Du willst in ihr Gehirn eindringen und dort irgendwas mit ihr anstellen." Der Ärger des Vormittags war noch nicht verdaut und bahnte sich wieder einen Weg nach oben.

„Anne braucht Hilfe, und zwar bald, Muskelmann."

„Ich werde nicht zulassen, dass du meiner Frau etwas antust!"

„Ich vertraue Yra", sagte Anne leise. „Lass sie nur machen."

Olaf konnte sehen, wie die Schmerzen von Anne Besitz ergriffen. Konnte er ihr eine Hilfe verweigern, die sie selbst wünschte?

„Ich werde dabeibleiben und auf dich aufpassen."

„Wenn du willst", sagte Anne und stand mühsam auf.

Yra grinste. „Ich hatte noch nie einen Aufpasser." Ihre Augen leuchteten in einem herausfordernden Grün. „Ich bin sehr gespannt, wie du das machst."

Sie stand ebenfalls auf und fasste Anne unterstützend am Arm.

„Der Esszimmertisch ist gut", sagte Yra. „Olaf kann ihn verlängern und eine Decke drauflegen. Du ziehst dich aus und legst dich auf den Tisch."

Anne zog sich bis auf BH und Slip aus, Olaf und Yra halfen ihr auf den Tisch. Anne legte sich bäuchlings darauf.

„Halte etwas Abstand, um mich nicht zu stören", sagte Yra.

Olaf ging einen Meter zurück.

Zuerst umfasste Yra Annes Kopf, dann strich sie den Nacken entlang und über die Schultern. Als Yra den Verschluss von Annes BH öffnete, zuckte Olaf kurz. Yra sah ihn an und lächelte. Sie fuhr mit ihren Händen mehrmals über Annes Rücken von oben nach unten, wobei sie keinen Quadratzentimeter ausließ.

Sie massierte nicht, wie Olaf erwartet hatte. Es war aber auch kein Streicheln, eher ein konzentriertes Wahrnehmen. Yra summte leise dabei.

Am Po angekommen, zog Yra Annes Slip herunter und warf ihn Olaf zu.

„Was soll das?", protestierte Olaf. „Wenn Anne das gewollt hätte, hätte sie ihn sofort ausgezogen."

Yra lächelte wieder. „Anne, willst du das?"

„Ja", murmelte Anne. Es klang abwesend, so als würde Anne im Schlaf reden.

„Siehst du?", grinste Yra.

Olaf ließ Yra gewähren. Noch war nichts passiert, und er war ja dabei.

Yra strich sanft über Annes Po und dann mit beiden Händen an den Beinen entlang, erst das rechte, dann das linke Bein, bis zu den Zehen. Nachdem sie jeden Zeh berührt hatte, ging sie wieder zur Kopfseite und legte Anne die Hände in den Nacken.

„Dreh dich um", sagte sie leise.

Anne drehte sich um, langsam, als ob sie jedes Glied einzeln sortieren müsste.

Yra zog den nun überflüssigen BH unter Anne weg und warf ihn ebenfalls Olaf zu. „Da hast du was zum Aufpassen."

Olaf wusste nicht, was er sagen sollte. Er hielt den BH und den Slip unschlüssig in Händen. Jetzt lag seine Frau vollkommen nackt auf dem Tisch.

Yra fing wieder oben an. Stirn, Wangen, Hals. Dann erreichte sie Annes Brust und legte ihre Hände darauf, die Spitzen ihrer Zeigefinger auf Annes Brustwarzen.

Anne begann, am ganzen Körper zu zittern. Yra lächelte.

„Was soll das?", fragte Olaf. „Du wolltest dich um Annes Verspannungen kümmern."

Yra sah Olaf an. Ihre Augen leuchteten in einem faszinierenden Grünton, wie ihn Olaf noch nie gesehen hatte. „Der ganze Körper ist eine Einheit. Man kann nicht einen Teil heilen, ohne ihn ganz zu kennen."

Anne zitterte heftiger.

„Was machst du mit ihr? Lass das!"

Olaf wollte seine Arme ausstrecken, um Yras Hände von Annes Brust zu nehmen.

„Willst du, dass ich ihr helfe?", fragte Yra. „Dann bleibst du jetzt, wo du bist."

Olaf zögerte.

Yra lächelte, löste ihre Hände von Annes Brust und strich weiter über ihren Bauch.

Olaf beobachtete, wie sich Yras grüne Hände über Annes leicht gebräunter Haut bewegten. Er musste sich eingestehen: Es sah faszinierend aus. Er spürte sein Herz im Hals klopfen.

Yras schlanke Finger wanderten tiefer, bis sie Annes Klitoris erreichten. Anne seufzte hörbar auf.

Olaf vergaß zu atmen. Er wollte etwas sagen, aber er brachte kein Wort heraus. Yra sah ihn an. Konnte Feuer grün sein? Eigentlich nicht - aber wenn er jetzt in Yras Augen sah, war er sich nicht mehr sicher. Es war, als würden in ihrer Iris Flammen züngeln.

Anne seufzte heftiger und bewegte sich auf dem Tisch. Olaf wollte nach vorne, um Yra aufzuhalten, aber ...

Diese Augen. Diese unvergleichlichen Augen nagelten ihn förmlich an seinem Platz fest.

Yra lächelte.

Diese Augen. Dieser Blick. Diese Ausstrahlung von - Macht ...

„Olaf."

Ganz schwach verstand Olaf seinen Namen.

„Olaf! Wach auf!"

Jemand tätschelte seine Wange.

Olaf schlug die Augen auf. Vor ihm stand Anne. Angezogen.

„Was ist ...?"

Olaf sprang auf. Wieso hatte er gesessen? Er sah sich um. Der Esstisch stand ganz normal da. Ohne Decke. Daneben Yra. Sie grinste ihn an.

„Wieso ...? Wieso *stehst* du hier? Ich dachte, dir geht es schlecht. Du hattest einen Schmerzanfall." Hatte er das alles nur geträumt?

Anne lächelte. „Yra hat mich geheilt. Du ahnst nicht, was für ein fantastisches Gefühl das ist. Keine Schmerzen."

Sie wirkte glücklich und entspannt. So hatte Olaf seine Frau schon lange nicht mehr gesehen.

„Hast du das nicht mitbekommen?", fragte sie. „Ich dachte, du wolltest auf mich aufpassen."

Ehe Olaf etwas sagen konnte, drängte sich Yra zwischen sie beide. „Da waren wohl die Muskeln der Augenlider nicht stark genug gewesen, um der Schwerkraft zu widerstehen. Olaf, wie konntest du bloß einschlafen? Du hast das Beste verpasst."

Yra stellte sich auf die Zehenspitzen, bis ihr Mund fast Olafs Ohr berührte.

„Du hast gesagt, dass du Herr über deinen Körper bist", flüsterte sie. „Aber: Wer den Geist beherrscht, beherrscht den Körper."

Sie wandte sich von Olaf ab. „Ich werde noch ein bisschen Energie tanken, solange die Sonne scheint."

Sie drehte sich um und ging zur Terrassentür, wobei sie wie zufällig ganz leicht Annes Arm streifte.

„Was hat sie dir zugeflüstert?", wollte Anne von Olaf wissen.

„Wer den Geist beherrscht, beherrscht den Körper", wiederholte er.

„Warum hat sie das jetzt zu dir gesagt?"

Olaf zuckte nur mit den Schultern. Er hatte wenig Lust, zu vertiefen, warum er eingeschlafen war.

„Was hat Yra mit dir gemacht?", fragte er.

Anne sah Olaf an. „Ich dachte, das könntest *du* mir erklären. Ich weiß von nichts. Ich habe geschlafen - und du anscheinend auch."

5.

Applaus füllte den Saal. Walter Bullrider deutete eine Verbeugung an und verließ das Podium. Unten bei den Tischgruppen wartete Winnie Bakers, seine Managerin, auf ihn.

Managerin. Wie sich das anhörte – als wäre er ein Popstar. Dabei war er doch nur ein ehemaliger Astronaut, der zuerst zusammen mit Anne Winkler die Hinweistafeln der Lantis auf dem Mond entdeckt und später die zwölf Container geborgen hatte. Und jetzt zog er rund um die Welt, eilte von einer Konferenz zur nächsten und wusste kaum noch, wie sein Zuhause aussah.

Die einzige Konstante in seinem Leben war Winnie. Sie war immer da, wo er auch war, organisierte Termine und hielt ihm den Rücken frei. Sie war so attraktiv wie intelligent, hatte am MIT studiert und sogar kurz bei der NASA gearbeitet. Wie er stammte sie aus Texas, was man bei der Art, wie sie etwas aussprach, gut hörte und was bei Walter jedes Mal das Gefühl von etwas Vertrautem weckte.

Bei einem Vortrag in Houston waren sie sich zum ersten Mal begegnet. Sie hatte ihn mit Fragen nach den Lantis und nach seinen Raumflügen gelöchert. Walter war überzeugt, dass er niemals so viel geredet hatte wie an diesem Abend. Irgendwann hatte er erwähnt, dass er Probleme beim Organisieren seiner ganzen Vortragstermine hatte, und sie erzählte, dass sie auf Jobsuche war. Angebote hatte sie viele, aber sie wollte in der Welt herumkommen. Genau das konnte er ihr bieten. Inzwischen war Winnie unentbehrlich, herrschte über seinen Terminplan, buchte Flüge und Hotels, hielt ihm die Presse vom Leib oder lud sie ein, je nachdem, wie es erforderlich war.

„Du warst hervorragend, Walter. Die Leute sind begeistert. Sieh hier!"

Die erste Menschheit lebt

Walter und Winnie setzten sich an ihren Tisch, während auf dem Podium der nächste Redner angekündigt wurde. Winnie hielt ihm ihr Tablet hin und zeigte auf eine aufsteigende Kurve.

„Das sind die Tweets über deinen Vortrag. Sie verbreiten sich rasend schnell. Und hier sind die ersten Posts auf Facebook."

Walter sah ein Foto von sich, das höchstens ein paar Minuten alt sein konnte. Darunter standen ein Kommentar und eine steigende Anzahl Likes.

„Es ist phantastisch", schwärmte Winnie. „Die Leute lieben dich. Wir haben schon wieder zwei Einladungen bekommen, Vorträge in Shanghai und Melbourne. Sie passen perfekt in unseren Terminplan, und ich habe sofort zugesagt."

Walter schwirrte der Kopf. Mit Winnies Tempo kam er nicht mit.

Erfolg zu haben, war toll. Man schwamm auf einer Woge aus Adrenalin, glaubte alles meistern zu können und war der festen Überzeugung, dieser Zustand würde dauerhaft anhalten. Aber, ohne dass es ihm bewusst war, spürte er schon diese Müdigkeit hinter dem Adrenalin, wenn man begann auszubrennen.

Manchmal träumte er vom Mond. Diese sagenhafte Stille. Die Umwelt war tödlich, und er hätte fast sein Leben dort verloren, aber im Nachhinein erschien ihm dieser Ort wie eine Oase, eine Oase der Ruhe. Solche Träume waren selten, es fehlte die Zeit dazu, wie auch jetzt.

„Wir müssen los", sagte Winnie. „Pressekonferenz in Raum E12, danach ein Abendessen mit dem Bürgermeister."

Sie hatte ihr Tablet schon verstaut, hakte sich bei Walter ein, blieb aber noch einmal mit ihm stehen, weil ein Gast ein Foto von ihnen machen wollte. Winnie strahlte in die Kamera, als ob sie gerade auf Hochzeitsreise wären. Walter bemühte sich darum, dass sein Gesichtsausdruck ebenso strahlend aussah.

Wieder zurück im Hotel verschwand Walter sofort in seinem Zimmer. Es war schon spät, denn diese Abendessen endeten häufig an einer Bar. Diese dauernden Gespräche waren anstrengend, dazu noch der unweigerliche Alkohol. Er spürte bleierne Müdigkeit in sich.

Wie lange ging das jetzt schon so? Wochen oder Monate? Walter stellte erschrocken fest, dass er es nicht wusste. Diese ständigen Zeitumstellungen, dazu kein Wechsel der Jahreszeiten. Er hatte jegliches Zeitgefühl verloren.

Der Blick in den Spiegel über dem Waschbecken war wenig erbaulich. Er hatte schon besser ausgesehen.

Wenigstens daran kann ich mich noch erinnern.

Auf dem Weg zum Bett dachte er an Anne. Wie es ihr wohl ging? Sie lebte abgeschieden in dieser deutschen Kleinstadt bei Frankfurt und hatte alle Ruhe, die sie wollte. Wie gerne würde er jetzt mit ihr reden, oder mit seinem Sohn in Texas, oder den anderen, die er aus seiner Jugendzeit kannte. Alle wohnten weit weg, und gelegentliches Skypen ersetzten keinen gemütlichen Abend bei einem Gläschen Bier. Der einzige Mensch, den er zum Reden hatte, war Winnie.

Ob sie schon schläft?

Er hatte seine Hand schon auf dem Hörer des Hoteltelefons, zog sie aber wieder zurück. Wenn sie schon schlief, würde sie durch einen Anruf aufwachen, und das wollte er nicht. Besser war es, leise an ihre Tür zu klopfen. Wenn sie nicht darauf reagierte, hatte er sie auch nicht gestört.

Walter zog einen Bademantel über und ging den kurzen Weg über den Hotelflur zum benachbarten Zimmer. Er wollte gerade anklopfen, als die Tür aufging. Ein Zimmermädchen kam heraus. Wahrscheinlich hatte sie noch etwas vorbeigebracht. Winnie schlief also nicht.

Die erste Menschheit lebt

Das Zimmermädchen sah Walter von oben bis unten an, lächelte vielsagend und hielt ihm die Tür auf.

Walter ging in den winzigen Vorraum des Zimmers und wollte Winnies Namen rufen, um sie nicht zu erschrecken, da hörte er sie reden.

Hatte sie Besuch? Aber er hörte nur *ihre* Stimme. Sie telefonierte. Seltsam, wo ihre Smartwatch doch auf der Kommode neben der Tür lag. Walter kannte es gut, schließlich hatte Winnie sie täglich am Handgelenk.

Er sah vorsichtig um die Ecke. Winnie hatte zusätzlich ein Handy, das er nicht kannte.

„Ja, es läuft hervorragend", sagte sie. „Bullrider ist rund um die Uhr beschäftigt ... Ja, ich sorge dafür, dass er ständig unter Strom steht ... Ja, Sir. Unsere Reiseplanung geht Ihnen heute noch zu."

Winnies Ton war geschäftsmäßig, das musste nichts zu sagen haben. Ihr Job war es, ständig mit allen möglichen Leuten auf der Welt zu telefonieren. Trotzdem störte Walter irgendetwas. So redete man nicht, wenn es um Reiseplanung und Terminabstimmungen ging. Er ahnte, mit wem sie sprach, die Lust auf ein Gespräch mit ihr war ihm vergangen. So leise wie möglich schlich er aus dem Zimmer und zog die Tür hinter sich zu.

Unschlüssig ging er in seinem eigenen Zimmer auf und ab. Das Bedürfnis, mit jemand Vertrautem zu reden, wuchs. Aber mit wem?

Walter nahm sein eigenes Tablet und ließ sich eine Karte mit ihren nächsten Reisezielen anzeigen.

Mist.

Kein Termin der kommenden Wochen lag auch nur annähernd in der Nähe seiner Heimat Texas, wo seine Familie und alte Freunde lebten. Auch im Umkreis von Frankfurt lag nichts an. Dort wohnte Anne. Die hätte ihn bestimmt verstanden.

Auf einen inneren Impuls hin blendete er alle Termine ein, die vergangenen wie auch die in ferner Zukunft. Die Weltkarte wimmelte von Punkten. Vergangenheit war Blau, Zukunft pendelte zwischen Gelb und Rot, je nachdem, wie nahe der Termin lag.

Es waren beeindruckend viele. Nicht wenige Stars wären neidisch geworden bei dieser Menge an Auftritten. In fast jeder besiedelten Region der Welt war er schon gewesen oder würde er bald sein. Nur an drei Stellen nicht: Texas, die Mitte von Deutschland und Lantika.

Die Nacht wurde kurz. Bis zum ersten Anzeichen des Morgengrauens recherchierte er im Internet. Trotzdem war die Müdigkeit wie weggeblasen. Walter Bullrider war im Einsatz, jedenfalls fühlte er sich so. Egal, ob als Kampfpilot wie ganz früher oder als Astronaut wie in jüngerer Vergangenheit, im Einsatz kannte er keine Müdigkeit. Jede noch so kleine Nachlässigkeit konnte tödlich enden.

Den Tod fürchtete Walter jetzt nicht, aber höchste Konzentration war gefordert. Er glaubte nicht an Zufälle - und die Verteilung der Reiseziele war definitiv kein Zufall. Jemand *wollte* nicht, dass er diesen Orten zu nahe kam. Blieben die Fragen, *wer* dieser Jemand war, und *warum* er dort nicht hinsollte.

Walter ging unter die Dusche. Kalt, heiß, kalt. Das tat gut.

Frühstück mit Winnie bedeutete Lagebesprechung für den Tag. Winnie empfing ihn im Frühstücksraum. Sie war guter Laune wie eigentlich immer.

„Ich habe Kaffee besorgt und Bagels." Sie deutete auf einen Zweiertisch an der Fensterfront. Dahinter breitete sich ein gepflegter Park aus. Leute waren keine zu sehen, dafür eine Handvoll Schwäne, die langsam über einen Teich trieben. Über den Wipfeln der Bäume konnte Walter die

Die erste Menschheit lebt

Kuppel des Petersdoms erkennen. Dort residierte der Papst.

Beide setzten sich, Winnie goss Walter Kaffee ein.

„Gut geschlafen?", erkundigte sie sich.

„Ja, prima. Fit für neue Taten."

Walter schnitt einen Bagel durch und bestrich beide Seiten erst mit Butter, dann mit Nutella.

„Ich habe mir unsere Reisepläne angesehen und würde gerne etwas ändern."

„So? Was denn?" Winnie rührte ihr Müsli durch.

„Ich möchte die Termine vom nächsten Montag bis Donnerstag stornieren und in dieser Zeit Lantika besuchen."

Walter biss in seinen Bagel, als hätte er das Selbstverständlichste der Welt gesagt, aber er beobachtete Winnie genau.

Das Rühren stockte, die gute Laune verschwand aus Winnies Gesicht.

„Das ist nicht gut", sagte sie. „Nein, das können wir nicht machen."

„Warum nicht?"

Das Rühren im Müsli setzte wieder ein. Bewegung half beim Denken.

„Alles ist fest gebucht, die Flüge, die Hotels. Die Veranstalter verlassen sich darauf, dass wir kommen."

„Die Stornierungen bekommt eine erfahrene Managerin wie du doch hin, und die Veranstalter haben immer eine Liste mit Ersatzrednern für alle Fälle. Wenn ich in der nächsten Woche krank würde, würde die Welt auch nicht untergehen."

Winnie sah ihn ernst an. „Die öffentliche Meinung könnte kippen. Unsere Erfolgssträhne könnte zu Ende sein. Willst du das riskieren?"

Walter nahm einen Schluck Kaffee. „Drei ausgefallene Vorträge wird die öffentliche Meinung verkraften. Außerdem glaube ich, dass ein Besuch in Lantika meinen Vorträgen mehr Substanz verleihen würde. Wenn ich mich zu sehr vom Geschehen fernhalte, werde ich zu theoretisch. Ich möchte das so. Bitte organisiere das."

Walter sah Winnie über den Tassenrand hinweg an. Für den Moment gab sie auf. Sie tupfte sich den Mund mit einer Serviette ab. „Okay, ich kümmere mich drum."

Sie stand auf und ging, obwohl sie kaum etwas von dem Müsli gegessen hatte.

Walter wartete einen Moment, dann folgte er ihr in sicherem Abstand.

Winnie verschwand in ihrem Zimmer, die Tür fiel ins Schloss. Walter eilte hin und presste sein Ohr an das dunkle Holz der Tür. Sekunden später fing Winnie an zu reden. Wegen der guten Isolierung konnte Walter kein Wort verstehen, aber das war nicht so tragisch. Er konnte sich denken, was sie sagte. Es begann, spannend zu werden.

Eine Stunde später trafen sie sich vor dem Hotel, Winnie hatte für sie ausgecheckt, das Taxi wartete schon.

„Fiumicino", sagte sie zum Fahrer.

Das war der größte Flughafen von Rom. Von dort hatten sie einen planmäßigen Flug nach Istanbul gebucht, ihrem nächsten Ziel.

Winnie war entgegen ihrer üblichen Art recht schweigsam, Walter surfte auf seinem Tablet im Internet.

„Mir gefällt unsere Planänderung immer noch nicht", sagte sie etwa auf halbem Weg. „Aber du bist der Boss, deshalb habe ich es versucht."

„Und?"

„Wir bekommen keinen Flug mehr, weder direkt von Istanbul noch über einen Hub. Alle Flüge nach Lantika sind ausgebucht, sie werden dort von Touristen überschwemmt, seit die ersten Saurier zu besichtigen sind. Wir sollten deinen Ausflug etwas verschieben."

„Schade", sagte Walter nur.

Aus dem Augenwinkel sah er, dass Winnie das gar nicht schade fand. Sie wirkte eher erleichtert, dass er nicht heftiger reagierte.

Walter begann, einige Internetseiten zu checken, über die man Flüge buchen konnte. Er tat es hauptsächlich, weil Winnie damit rechnete, nicht, weil er sich neue Erkenntnisse erhoffte. Eine so dreiste Lüge, die man leicht aufdecken konnte, würde Winnie niemals wagen.

Die Flüge waren tatsächlich auf zwei Wochen hin ausgebucht. Das war vor wenigen Stunden noch anders gewesen. Da hatte sich jemand beeilt, und er hatte es sich etwas kosten lassen.

Walter trug seinen und Winnies Koffer, wie er es immer tat. Er würde wieder mehr trainieren, nahm er sich vor. Das war in den letzten Monaten auch zu kurz gekommen. Er war noch nicht schlaff, aber auch nicht mehr so fit wie früher.

„Geh schon mal deine Sachen erledigen", sagte er zu Winnie. „Ich gebe in der Zeit die Koffer auf."

Wenn sie auf einem Flughafen ankamen, suchte Winnie immer den Toilettenbereich auf. Sie sagte dann: „Ich muss was erledigen". Seit heute Morgen wusste Walter, dass sie damit nicht nur ihren Gang auf die Toilette meinte. Wahrscheinlich gab sie eine Statusmeldung durch, so in der Art: „Alles Okay. Wir sind auf dem Weg zum Flieger nach ..."

Winnie kam zurück, sie sah zufrieden aus. Anscheinend waren sie und ihr Gegenpart am anderen Ende der Leitung der Meinung, das Problem Lantika hätte sich geräuschlos erledigt.

Walter winkte ihr zu, in der Hand hielt er Tickets. „Komm schnell! Ich habe noch Plätze nach Lantika bekommen. Wir müssen uns beeilen."

Der Ausdruck der Zufriedenheit verschwand. Winnie stockte.

Walter griff ihren Arm und zog leicht. „Wir müssen laufen, dann schaffen wir es noch."

Winnie hatte keine Wahl, und Walter hätte ihr auch keine gelassen. Eine Viertelstunde später saßen sie nebeneinander im Flieger.

Das war geschafft. Winnie hatte keine Zeit für einen zweiten Anruf gehabt, und so kurz nach ihrem Toilettengang konnte sie schlecht wieder aufstehen. Im Gegensatz zu ihr war Walter sehr zufrieden. Die andere Seite würde glauben, sie wären auf dem Weg nach Istanbul, und bis sie ihren Fehler bemerkten, war es zu spät. Von Rom nach Lantika war es nicht weit, und wenn er erst einmal da war, konnte man ihn kaum noch an einem Besuch der Stadt hindern.

„Wo hast du die Tickets her?", wollte Winnie wissen.

„Da waren gerade zwei Plätze storniert geworden", sagte Walter. „Gut, dass ich noch mal gefragt habe."

Dass er die Tickets schon letzte Nacht gebucht hatte, würde Winnie noch früh genug erfahren, aber dann war es egal. Wahrscheinlich ahnte sie, dass er sie hereingelegt hatte, aber auch das kümmerte ihn nicht.

Der Flughafen in Lantika war groß, wie alles, was Scheich Al-Qummi plante. Trotzdem drängten sich überall Touristen. Lantika war tatsächlich zur Weltattraktion geworden. Besonders dicht war das Gedränge um die drei großen Vitrinen, in denen die Folien ausgestellt wurden, die die Lantis auf dem Mond hinterlassen hatten. Sie wurden von so dünnen Fäden gehalten, dass sie majestätisch in der Luft zu schweben schienen, und wirkten täuschend echt, obwohl es nur Kopien waren. Die Originale wurden in Building One, dem Gebäude der Stadtregierung von Lantika, sicher aufbewahrt.

Die Folien waren immer noch ein erhabener Anblick, wenn auch nichts an den ersten Moment auf dem Mond heranreichte. Walter war niemals vorher und auch später nicht mehr so ergriffen gewesen wie in dem Augenblick, als er zum ersten Mal dem Erzeugnis einer uralten Zivilisation gegenüberstand. Dieses Gefühl war unwiederholbar.

Im Zentrum des Dreiecks aus Vitrinen lag auf einem Podest die Nachbildung der abgebrochenen Schraube, mit der alles begonnen hatte. Hiervon gab es kein Original mehr, denn das war im Lauf der wissenschaftlichen Untersuchungen zerstört worden.

Der besondere Moment auf dem Mond war nur kurz gewesen, weil ihr Sauerstoffvorrat zu Ende gegangen war. Hier war der Moment nur kurz, weil Walter erkannt wurde.

„Mama, guck mal. Das ist doch der Astronaut von den Fotos", rief ein etwa zehnjähriges Mädchen und zeigte auf Walter.

Jetzt sahen alle Umstehenden abwechselnd auf Walter und auf die Poster an den Wänden ringsum. Sie zeigten Bilder der Mondmissionen und natürlich auch die beteiligten Astronauten.

„Lass uns weitergehen", sagte Walter zu Winnie, aber es war zu spät.

Innerhalb von Sekunden wurde Walter umlagert. Alle wollten ein gemeinsames Foto mit ihm oder zumindest ein Autogramm. Wahrscheinlich rasten bereits die ersten Tweets oder Facebook-Posts um die Welt. Jetzt wusste jeder, dass Walter in Lantika war.

Es dauerte fast eine Stunde, bis Walter sich in einen abgelegenen Teil des Flughafens mit wenig frequentierten Geschäften absetzen konnte. Hier, ohne Fotos von ihm an den Wänden, fiel er nicht ganz so auf, aber das war noch keine Lösung. Er bat Winnie, einen großen Hut und eine dunkle Sonnenbrille zu besorgen. Das würde fürs Erste vielleicht ausreichen. Er bot Winnie an, währenddessen auch auf ihr Handgepäck aufzupassen, aber sie wollte nicht.

Sie blieb eine ganze Zeit verschwunden. Wahrscheinlich hatte sie neben ihren Erledigungen für Walter wieder eine kleine Konferenz mit ihrem Chef, schließlich mussten sie umdisponieren.

Walter war klar, dass die andere Seite alles daran setzen würde, dass er nichts Verdächtiges fand, aber der anderen Seite musste auch klar sein, dass Walter trotzdem versuchen würde, etwas herauszufinden. Irgendetwas musste es geben, sonst hätte man sich nicht so viel Mühe gegeben, ihn von Lantika fernzuhalten.

Das Spiel begann.

Ihr Hotel lag außerhalb am Rand der Wüste, denn die zentralen Hotels waren ausbucht. Auf den Preis hatte das insoweit Auswirkungen, dass er nur sehr hoch war und nicht nahezu unerschwinglich. Walter buchte vier Nächte, was dem Preis für einen Urlaub auf den Seychellen gleichkam. Die Hotelketten und vor allem Scheich Al-Qummi verdienten sich goldene Nasen an Lantika, und das alles nur, weil hier die Urzeit der Erde lebendig wurde.

Von der Wüste kommend führte eine Straße vor ihrem Hotel vorbei, auf der reger Lastwagenverkehr herrschte. Bis etwa dreihundert Meter nach ihrem Hotel durften sie fahren, dann wurde auf Elektrotransporter umgeladen, denn nur die waren in der Kernstadt von Lantika erlaubt. Das Muhen der verängstigten Rinder konnte man gut hören, wenn sie von den Viehtransportern getrieben wurden. Wenn der Wind von der falschen Seite kam, konnte man sie auch riechen. Im Moment kam er von der falschen Seite.

Eigentlich hätte Walter den Preis für das Hotel herunterhandeln sollen, aber wegen der großen Nachfrage standen die Erfolgschancen schlecht.

Den Rest des Tages besichtigte er Lantika, wie es jeder normale Tourist tun würde. Winnie folgte ihm auf Schritt und Tritt, was Walter nicht störte. Besser so, als wenn sie ihm heimlich folgen würde, denn das würde sie garantiert.

Lantika war gewaltig gewachsen und tat es immer noch. Hotel reihte sich an Hotel, und zu der bisherigen Shopping-Mall im Flughafenterminal kam eine weitere hinzu, über der sich aber noch die Baukräne drehten. Überall gab es frisch bepflanzte Grünflächen. Walter benötigte einen Moment, bis er bemerkte, was ihm daran sonderbar vorkam. Die Pflanzen. Sie wirkten fremdartig. Walter hatte sich nie für Pflanzen interessiert, er hätte nicht mal die im Garten seiner Eltern benennen können; er selbst hatte nie einen Garten besessen. Aber er hatte ein gutes Gedächtnis und konnte sich nicht erinnern, diese Pflanzen jemals gesehen zu haben, und er war gewiss viel herumgekommen.

Die Gärtner waren in ihren grünen Overalls leicht zu erkennen. Walter fragte den Erstbesten.

„Das sind Pflanzen aus der Vorzeit", erklärte dieser stolz. „Das werden riesengroße Baumfarne."

Walter war beeindruckt. Was Scheich Al-Qummi anpackte, machte er gründlich. Und es war ein Beweis, wie gut die Reproduktionsmaschinerie inzwischen lief. Wenn man schon Pflanzen außerhalb des eigentlichen Parks ansiedelte, musste man reichlich davon haben. Walter machte von allen Fotos.

Abends war ein Vortrag in der großen Festhalle in Building One angesagt, einschließlich eines Auftritts von Professor Hawker, dem Bürgermeister von Lantika. Karten gab es keine mehr, aber Walter fuhr trotzdem hin, wie immer gefolgt von der etwas unzufrieden dreinblickenden Winnie.

Die Einlasskontrolle verweigerte ihnen wie erwartet den Zutritt - bis Walter seinen größten Trumpf ausspielte: sein Gesicht. Als er Hut und Sonnenbrille abnahm, wurde der Security-Mann von einer Sekunde auf die andere höflich.

„Dr. Bullrider", sagte er erstaunt. „Bitte verzeihen Sie, dass ich Sie nicht erkannt habe, ich ..."

Walter winkte ab. „Kein Problem, ich bin ja selbst schuld." Er wedelte mit der Sonnenbrille. „Aber ohne eine gewisse Tarnung würde ich es gar nicht bis hierher schaffen."

Der Security-Mann nickte verständnisvoll. Dann winkte er eine junge Frau herbei. „Bring Dr. Bullrider und seine Begleitung in Block B3."

Walter zwinkerte Winnie zu. „Es gibt immer ein paar Reserveplätze bei solchen Veranstaltungen. Das ist der Vorteil, wenn einen mein Gesicht den ganzen Tag von Fotos anschaut."

Walter wandte sich der jungen Frau zu. „Bringen Sie Mrs. Bakers schon mal zu unseren Plätzen. Ich muss vorher noch etwas Dringendes erledigen." Er wies auf das Schild, das zu den Toiletten führte.

Winnie setzte an, um etwas zu sagen, überlegte es sich dann doch anders. Sie wirkte wenig begeistert, dass er sich jetzt davon machte, aber mit welchem Argument hätte sie ihn zurückhalten sollen?

Walter sah sich unauffällig um. Die junge Frau zeigte Winnie gerade ihren Platz, Winnie setzte sich. Gut. Er folgte dem Toilettenschild, aber nur bis zum nächsten Ausgang. Der Vortrag war ihm egal, etwas anderes war wesentlich interessanter. Besser gesagt, jemand anderes: Professor Geoffrey Hawker. Er konnte nicht weit sein.

Walter erinnerte sich noch gut an den Eingang hinter der Bühne, durch den er selbst gegangen war, als er zum Ehrenbürger von Lantika ernannt wurde. Hinter dieser Tür gab es einen Gang, den jeder benutzen musste, der durch den Bühneneingang auf die Bühne wollte. Etwa in der Mitte des Gangs wartete Walter. Er vertrieb sich die Zeit mit den Fotos der Mondmission, die auch hier überall hingen. Sie waren gut, musste er zugeben. Jemand mit künstlerischen Fähigkeiten hatte das Rohmaterial aufbereitet und durch verschiedene Effekte eine Ausstrahlung von Spannung und Abenteuer erzeugt.

Eine Security näherte sich. Der Mann war etwas rundlicher als der vorige und wirkte eher gemütlich als einschüchternd. Walter schlenderte zu einem Foto von sich, zeigte darauf und lächelte ihn an. Der Mann lächelte zurück und ging weiter. Noch funktionierte dieser Trick, der Mann sah keine Veranlassung, Meldung zu machen oder ihn hinauszuschicken. Fragte sich nur, wie lange Walter damit durchkam.

Er musste nur etwa zehn Minuten warten. Nachdem Professor Hawker den Begrüßungsteil erledigt hatte, wollte er offenbar nicht den Rest des Abends tatenlos im Saal verbringen. So hatte Walter sich das gedacht. Erfahrungen, wie es in und um Vortragsveranstaltungen zuging, besaß er zur Genüge.

Der Professor kam durch den Bühnenausgang und steuerte zwangsläufig auf Walter zu. Unmittelbar neben ihm ging eine streng aussehende Frau mit einer Datenbrille, wie er auf den zweiten Blick erkannte. Die Frau war gar nicht der Typ, mit dem sich Hawker sonst umgab. Walter kannte sie nicht, er machte unauffällig ein Foto. Dann waren die beiden heran.

„Professor Hawker, seien Sie gegrüßt", sagte Walter.

Hawker war erstaunt. „Mister Bullrider, was wollen *Sie* denn hier?"

„Ich sehe mir Lantika an. Hier verändert sich so viel, dass ich immer mal wieder vorbeikommen muss."

Die Begleiterin murmelte etwas, anscheinend in ein verstecktes Mikrofon. Walter sah genauer hin. Ihre Brille hatte kaum sichtbare LEDs, mit denen sie die allgemein erhältlichen Datenbrillen blenden und deren Gesichtserkennung ausschalten konnten. Es war eindeutig ein Modell der NSA.

Diese Leute, die alles wissen wollten, blieben selbst gerne unerkannt.

Aha, daher weht der Wind. Myers zieht jetzt die Fäden in Lantika.

„Wollen Sie mir Ihre Begleiterin nicht vorstellen?", fragte Walter.

„Nein, das möchte Professor Hawker nicht", sagte die Frau. „Er hat keine Zeit, wir müssen zum nächsten Termin."

Hawker schien unschlüssig. Einerseits war Walter sicherlich nicht der Gast, den er am liebsten gesehen hätte, andererseits gefiel es ihm wohl nicht, sich von der Frau bevormunden zu lassen.

„Ich möchte nur ein paar Minuten mit einem alten Freund reden", sagte Walter. „Dafür ist doch immer Zeit."

„Heute nicht. Machen Sie einen Termin." Sie sah Hawker an. „Professor Hawker, gehen wir."

Der Professor zuckte bedauernd mit den Schultern. „Sie haben gehört, ich habe keine Zeit. Machen Sie's gut."

Walter hatte nicht unbedingt das erreicht, was er wollte, andererseits war diese Begegnung sehr aufschlussreich gewesen. Er machte sich auf den Weg in den Vortragssaal. Am liebsten wäre er ins Hotel gegangen, aber er wollte Winnie nicht allzu misstrauisch machen. Wenn ihr Chef den Eindruck gewann, sie hätte ihn nicht mehr unter Kontrolle, würde er womöglich ein paar unsichtbare Agenten auf ihn ansetzen.

„Wo warst du so lange?", fragte sie.

„Es ist furchtbar", sagte Walter. „Selbst auf dem Weg zur Toilette muss ich noch Autogramme geben."

Winnie sah ihn skeptisch an.

Er zuckte die Achseln. „Wenn man berühmt ist, kann man fast nichts mehr alleine machen. Und dann bin ich noch Professor Hawker begegnet, aber der hatte leider keine Zeit für ein Schwätzchen."

So, damit war auch für den Fall vorgebeugt, dass Winnies Chef und der Chef von Hawkers Begleitung ein und dieselbe Person waren. Davon ging Walter inzwischen aus.

Am folgenden Tag stand „Die große Saurier-Tour" auf dem Programm. Walter war gespannt. Saurier hatten ihm schon als Kind imponiert, sie hatten auf den Bildern so stark und mächtig gewirkt, manche auch furchterregend. Er hatte Saurierskelette aus Holz zum Selbst-Zusammenbauen gehabt und eine ganze Kiste mit Sauriern aus Kunststoff. Sogar einen T-Rex als Kuscheltier, was eigentlich nicht richtig zusammenpasste, aber als Kind dachte man nicht so weit. Schon damals hatte er sich gewünscht, diese Tiere einmal in Wirklichkeit zu sehen; er hätte viel dafür gegeben, aber da war es nur ein unerfüllbarer Traum gewesen.

Jetzt wurde der Traum tatsächlich wahr - aber er hatte ihn nicht alleine geträumt. Die Schlange bis zur Eingangspforte des Parks war mindestens so beeindruckend wie die Saurier. Nach einer Stunde begann Winnie leise zu schimpfen, was absolut unüblich für sie war. Es war aber wirklich anstrengend, denn auch wenn man die Wüste von hier aus nicht sehen konnte, befanden sie sich mitten in der Sahara. Die Hitze war da und nagte an den Nerven der wartenden Touristen. Trotzdem hatte Walter kein Mitleid. Winnie hätte gehen können, aber sie durfte vermutlich nicht, was allerdings nicht seine Schuld war. Sollte sie ihren Chef verfluchen, der ihr das hier eingebrockt hatte. Aber wahrscheinlich verfluchte sie Walter für seine Extratour und träumte von dem vollklimatisierten Fünf-Sterne-Hotel in Istanbul, in dem sie laut Plan sein sollten.

Nach einiger Zeit tat Winnie Walter doch leid. Er gab einem der Eisverkäufer, die ständig an der Warteschlange entlang pendelten, ein Zeichen und kaufte ein großes Eis für seine Begleiterin.

Endlich hatten sie den klimatisierten Bereich der Wartezone erreicht, und es wurde erträglicher.

„Können wir auf den Fußweg durch den Park verzichten?", bat Winnie. „Ich glaube, ich schaff das nicht."

„Okay", sagte Walter, „ich finanziere eine Fahrt. Dann habe ich aber was gut bei dir."

Winnie nickte. Sie hätte wahrscheinlich allem zugestimmt, wenn sie bloß nicht wieder in diese Hitze hinausmusste.

In einem kleinen, dafür aber klimatisierten Elektrobus für acht Personen ging es los. Er hatte keinen Fahrer, sondern fuhr seine Strecke nach einem festgelegten Programm ab.

„Ich wollte eigentlich nur eine Fahrt buchen und nicht den Bus kaufen", brummte Walter. Scheich Al-Qummi wusste, wie man den Touristen das Geld aus der Tasche zog. Vielleicht war der klimatisierte Wartebereich absichtlich viel zu klein disponiert. Nachdem die Sonne den Wartenden das Gehirn verbrannt hatte, konnten sie die Preisliste nicht mehr lesen.

„Du hast was Großes bei mir gut", sagte Winnie.

„Da komme ich bestimmt drauf zurück", sagte Walter.

Zuerst fuhren sie durch einen Teil des Parks, der hauptsächlich aus Pflanzen bestand. Walter legte die Kopfhörer beiseite, denn die ganzen Namen interessierten ihn nicht, er wollte einfach die Umgebung auf sich wirken lassen. Hier waren die Farne schon bedeutend größer als auf den Straßen von Lantika. Zwischen den Pflanzen wuselten kleine Tiere herum, winzige Saurier, etwa so groß wie Hühner. Sie waren schön bunt und wirkten harmlos.

Je länger die Fahrt dauerte, desto größer wurden die Tiere und desto stabiler die Zäune. Die Saurier mit den langen Hälsen und Schwänzen waren sogar schon so groß wie ein Rind. Das war erstaunlich, denn sonderlich lange konnten sie noch nicht leben. Hier hatten garantiert wachstumsfördernde Mittel nachgeholfen.

Die erste Menschheit lebt

Plötzlich kam Leben in die Saurier. Sie wandten aufgeregt ihre Köpfe hin und her und liefen zur Seite. Eine Gasse entstand, freigemacht für einen heranstürmenden Triceratops. Er rannte ungebremst auf die Absperrung zu, als wollte er durchbrechen und anschließend den Elektrobus angreifen. Der kräftige Stahlzaun zitterte, als der Saurier dagegenkrachte. Einige Leute im Bus schrien auf.

Walter blieb ruhig. Er hatte bei Rodeos schon öfter wilde Bullen erlebt - ohne Zaun. Dieser Triceratops war dagegen noch klein, aber wenn er ausgewachsen war, musste man wohl über eine Verstärkung des Zauns nachdenken.

Die Tourplaner hatten die Strecke auf steigende Spannung hin angelegt. Auf die Pflanzenfresser folgten die ersten Fleischfresser: Velociraptoren. Sie bewiesen sich als echte Jäger, die von sich bewegenden Zielen angelockt wurden. Eine kleine Gruppe lief neben dem Bus her, nur getrennt durch einen zwar nicht so starken Zaun wie eben, aber dafür einen hohen. Sie sprangen ständig in die Luft, um ihr Ziel doch zu erreichen, was glücklicherweise misslang. Von diesen scharfen Klauen wollte Walter nicht nur durch ein dünnes Blech getrennt sein. Einer hungrigen Meute dieser Tiere würde der Bus nicht lange standhalten.

Zuletzt kam das, worauf sich Walter am meisten freute: T-Rexe. Laut Prospekt gab es ein Pärchen, aber das ließ sich nicht blicken.

Der Bus fuhr zu einer Stelle, an der der Zaun eine Ausbuchtung besaß wie eine große Beule. Im Halbkreis darum warteten dichtgedrängt Busse; ihr eigener Bus besetzte den letzten Platz.

Durch eine Schleuse trieb ein Mann ein abgemagertes Rind auf die andere Seite des Zauns. Hier blieben also die Rinder der Viehtransporter. Futter für die Saurier. Es stieß einen klagenden Laut aus, wahrscheinlich ahnte es, dass ihm etwas Ungutes bevorstand - aber mit dieser Hölle hatte es sicher nicht gerechnet. Wie aus dem Nichts heraus tauchten zwei T-Rexe auf. Sie waren nur mannsgroß, aber sie verströmten eine Angriffslust, dass selbst Walter eine Gänsehaut über den Rücken lief. Mit ungebremster Wildheit stürzten sie sich auf das Rind, entblößten schreckenerregende Zähne und bohrten sie in den Leib ihrer Beute. Sie rissen fußballgroße Stücke heraus; die Leute im Bus stöhnten, manche wandten sich ab. Auch Winnie.

Eine Frau vor Walter sagte laut: „Ich will weiterfahren", was aber nichts nutzte, weil die Wartezeit einprogrammiert war.

Als die ersten Busse sich wieder in Bewegung setzten, mussten sie noch etwas warten. Ihr Bus war als Letzter angekommen, also fuhren sie auch als Letzte los.

Mit steigendem Abstand zu dem Gemetzel verschwand die Blässe aus Winnies Gesicht. Als sie im Wissenschaftsareal ankamen, sah sie wieder normal aus.

Wie auf der ganzen Tour fotografierte Walter auch hier nahezu ununterbrochen. Jedes ausgestellte Gerät der Lantis, sogar die leeren Container.

„Die kennst du doch", sagte Winnie kopfschüttelnd. „Was willst du mit den Tausenden von Bildern?"

„Wer weiß, wann du mich wieder hierher lässt", gab Walter trocken zurück und fotografierte weiter.

Nur in der Halle, in der es einen 3D-Film zu sehen gab, fotografierte er nicht, weil die Kamera keine vernünftigen Bilder zustande brachte. Dieser Film, den man unter dem Material der Lantis gefunden hatte, war beeindruckend und allein schon den Eintrittspreis wert. Es war eine Szene aus einer lantischen Stadt, projiziert von einem Lantis-Projektor aus Container 6. Walter hatte das Gefühl, mitten im Geschehen zu stehen und den vorbeieilenden Lantis die Hand geben zu können. Manche führten kleine Saurier bei sich wie Menschen Hunde. Schweber, in denen Lantis saßen, glitten lautlos vorbei, an den Straßenrändern standen Häuser, die in ihrer Architektur an große Bäume erinnerten, von denen Lianen hingen. Es war nur eine Alltags-Szene ohne besondere Ereignisse, aber vielleicht deshalb umso faszinierender. So hatte das wirkliche Leben ausgesehen - vor fünfundsechzig Millionen Jahren. Und vielleicht würde es in ein paar Jahrzehnten wieder so sein. Lantika war nicht mehr weit entfernt davon, die Technologien waren alle in Arbeit, sie mussten sich nur noch in der Masse durchsetzen. Die Zukunft wurde der Vergangenheit immer ähnlicher.

Selbst Winnie begeisterte sich zusehends und sagte ständig: „Sieh hier!"

Jetzt verfolgte sie eine Gruppe von Lantis-Frauen, die eine Straße entlang schlenderten und ab und zu vor Schaufenstern stehenblieben.

Frauen auf Shopping-Tour, dachte Walter. Da hatte sich kulturell in den Millionen von Jahren nichts geändert.

Was in den Schaufenstern lag, konnte er nicht erkennen, so weit reichte der Film nicht. Auch die Frauen wurden beim Weitergehen transparent und verschwanden. Dafür tauchte auf der anderen Seite eine Gruppe Teenager auf.

Walter zeigte auf ein Hinweisschild unter der Decke.

„Ich möchte auf die Pressekonferenz da. Ein Wissenschaftler stellt neue Entdeckungen vor."

„Das kannst du dir doch alles im Internet ansehen", sagte Winnie, die gerne noch im Film geblieben wäre.

„Ich habe noch einen Gefallen gut bei dir", sagte Walter. „Aber wenn du hierbleiben willst ..."

„Ich komme mit."

Im Zuschauerbereich gab es genügend freie Plätze, die meisten zogen wohl den Film einem Vortrag vor.

Der Wissenschaftler, ein Typ, der so dick war, dass er sich kaum noch bewegen konnte, hatte nicht die Gabe der Präsentation. Er rasselte Details herunter, zeigte eine Aufnahme eines bisher noch unbekannten Sauriers nach der anderen und sorgte dafür, dass noch mehr Plätze frei wurden.

„Willst du tatsächlich bleiben?", fragte Winnie.

„Ja."

Winnie verschränkte die Arme vor der Brust und machte ein saures Gesicht.

„Jetzt dürfen Sie fragen", wandte sich der Wissenschaftler nach endlos erscheinender Zeit an die anwesenden Reporter.

Keiner von ihnen meldete sich.

„Dann danke ich Ihnen für Ihre Aufmerksamkeit", sagte der Dicke und wollte aufstehen.

„Ich hätte noch eine Frage." Walter hob die Hand.

Alle drehten sich erstaunt nach ihm um. Zuschauer sollten eigentlich keine Fragen stellen, und nach so einem Vortrag sollte man nur noch Lust haben, möglichst schnell zu gehen.

„Ja, bitte", sagte der Dicke erfreut. „Wann wird Container 7 geöffnet?", fragte Walter laut.

Der Wissenschaftler zögerte. „Das ist nicht mein Fachgebiet."

„Aber Sie wissen es", beharrte Walter. „Sagen Sie es uns."

Der Wissenschaftler sah sich um, aber bei solchen Vorträgen gab es keinen Moderator, und einen Assistenten hatte er auch nicht. Er war wirklich nicht presseerfahren.

„Wir können ihn nicht öffnen", sagte er. „In Container 6 gab es keinen Code."

Jetzt murmelten auch einige Presseleute.

„Aber Lantis können Sie erschaffen", sagte Walter. „Da gab es doch Vorlagen in Container 6. Wann erschaffen Sie einen?"

„Mein Fachgebiet sind Saurier. Mit Lantis habe ich nichts zu tun."

Er sah sich wieder um, aber immer noch war keine Hilfe da. Dann schien ihm etwas einzufallen.

„Wir wollen keine Versuche an Hominiden machen, wir wollen uns auf Tiere beschränken. Versuche an Lantis sind ethisch bedenklich. Deshalb warten wir damit."

Das klang dahergesagt, wie eine offizielle Verlautbarung.

„Danke", sagte Walter.

„Was sollte das?", fragte Winnie. „Das ist doch gar nicht das Thema hier."

„Es hat mich einfach interessiert."

Walter sah auf seine Uhr. „Wir müssen gehen. Die automatischen Busse warten nicht."

Letzter Ausflugspunkt war ein Turm mit Ausblick über das komplette Areal mit allen Labors. Das waren Sicherheitsbereiche, die für Touristen tabu waren und die man nur aus der Ferne beobachten durfte. Walter war überzeugt, dass sie zum jetzigen Zeitpunkt auch für ihn tabu wären, obwohl er als einer der wenigen sogar das unterirdische Labor besucht hatte. Aber er wollte nicht austesten, wie weit er vordringen konnte. Provokationen brachten ihn nicht weiter. Stattdessen fotografierte er wieder ununterbrochen. Winnie hatte sich inzwischen daran gewöhnt. Sie ahnte nichts davon, dass er die bisherigen Fotos nur gemacht hatte, um auch diesen Bereich aufnehmen zu können, ohne Verdacht zu erregen. Er hoffte, später auf den Vergrößerungen hilfreiche Hinweise zu entdecken.

Winnie wartete geduldig. Da die gesamte Tour nach einem festgelegten Fahrplan verlief, konnte sie sowieso nichts beschleunigen.

Jetzt, kurz nach Sonnenuntergang, war das Hotel prächtig beleuchtet. Winnie schien es nicht wahrzunehmen, sie war sehr still geworden auf der Fahrt hierher. Den kurzen Weg zum Eingang ging sie, als müsste sie einen Berg besteigen.

Walter war zufrieden, ihm ging es gut. Das harte Training früherer Jahre zeigte noch Wirkung. Da hatte es Märsche durch die Hitze Nevadas gegeben, mit vollem Gepäck, einen Tag und eine Nacht hindurch.

„Was für ein wundervoller Tag", sagte er zu Winnie. „Ich bin richtig gut drauf, wir sollten unseren Kurzurlaub feiern. Ich lade dich zu einer Tour durch die besten Bars der Stadt ein. Was sagst du dazu?"

Winnie sah ihn an, als hätte er sie zu einer Nacht in einen Folterkeller eingeladen.

„Und morgen?", fragte sie müde.

„Morgen gehen wir in den Vergnügungspark, am besten ziemlich früh, denn dann sind noch nicht so viele Leute da. Sie sollen hier eine gigantische Achterbahn haben." Er hieb mit einer Faust in die hohle Hand. „Ich muss endlich wieder mal Fliehkräfte spüren."

Winnie kämpfte sichtlich mit sich, aber der Zug der Schwerkraft an ihren Augenlidern war übermächtig.

„Wenn ich morgen mitkommen soll, musst du heute Abend alleine gehen."

„Schade", sagte Walter. „Aber okay, also dann bis morgen um sechs."

Vor ihren Zimmern trennten sie sich.

Minuten später kam Walter wieder aus seinem Zimmer; in der Hand trug er eine Plastiktüte mit Einkäufen, die er erledigt hatte, als Winnie auf der Suche nach einem Hut und einer Sonnenbrille im Flughafen allein unterwegs gewesen war. In einer Toilette zog er sich um.

Niemand kümmerte sich um den Mann, der mit einer typischen Beduinentracht bekleidet das Hotel verließ. Er ging an einer Gruppe junger Leute vorbei, die schon etwas angeheitert waren. Niemand von ihnen bemerkte, wie er seine Smartwatch in die Jackentasche eines sommersprossigen Engländers gleiten ließ. In Lantika wurden alle Smartwatches von der NSA überwacht, das wusste Walter von

Die erste Menschheit lebt

seinem letzten Besuch. Seine stand garantiert ganz oben auf der Liste.

Jetzt besaß er nur noch seine Kamera, sein Tablet, dessen Akku er bis aufs letzte Quäntchen Energie hatte leerlaufen lassen, und ein Bündel Euronoten. Nichts mehr, das man orten konnte.

Walter hielt einen Viehtransporter an, der leer auf dem Rückweg nach Tripolis war. Für einen Hunderter nahm ihn der Fahrer gerne mit.

Bald waren die Lichter von Lantika verblasst, und sie befanden sich in der Einsamkeit der Wüste. Er war schon sehr weit weg, als die Agenten der NSA bemerkten, dass die Smartwatch von Walter Bullrider die Kneipentour ohne seinen Besitzer machte.

6.

Gleich würde der Fortschrittsbalken auf der Anzeige des Brüters das Symbol des Lebenskristalls erreichen. Meng Kang und Aroon Bakshi saßen nebeneinander und sahen zu, wie der Balken den letzten Millimeter wuchs.

Bakshi stand auf, um Professor Hawker Bescheid zu sagen. Damit wusste es auch Charlotte Fuller, die wie ein Schatten ständig in der Nähe des Professors war und jede seiner Aktionen kritisch beobachtete. Sie war es auch, die die Zutrittsrechte zum Sicherheitsraum hatte und den Schlüssel zum Tresor besaß, in dem der Lebenskristall ruhte. Hawker durfte im Prinzip gar nichts mehr, was ihn häufig so schlecht gelaunt sein ließ wie Möbius. Nur hatte sich Hawker besser unter Kontrolle und rastete nie aus.

Charlotte Fuller öffnete die Tür in den Sicherheitsraum, und Hawker folgte ihr hinein. Bakshi beobachtete von draußen, wie sie den Tresor öffnete und etwas zu Hawker sagte. Sie wollte die Kugel offensichtlich nicht anrühren. Hawker griff mit behandschuhten Händen danach und holte sie heraus. Die mürrische Miene verschwand und machte einem begehrlichen Ausdruck Platz. Hawkers Hände zitterten leicht, als er mit der Kugel in den Händen aus dem Sicherheitsraum kam.

Wie ein Süchtiger, der den ersehnten Stoff in Händen hält und ihn nicht nehmen darf, dachte Bakshi.

Er kannte diesen Effekt, denn er hatte selbst schon einen Lebenskristall in Händen gehalten – den von Yra. Zum Glück ebenfalls mit Handschuhen, sonst wäre er wie Henrichsen gestorben. Was auf den ersten Blick wie Magie erscheinen mochte, hatte ganz nüchterne wissenschaftliche Erklärungen. Die äußere Hülle des Kristalls war dazu geschaffen, Kontakt zum Nervensystem eines Lantis herzustellen, sie war nichts anderes als eine neuronale Schnitt-

Die erste Menschheit lebt

stelle. Nervenzellen spürten die Nähe des Kristalls, ähnlich wie eine Fresszelle im menschlichen Körper die Nähe eines schädlichen Bakteriums spürte. Dann hatte die Fresszelle nur noch ein Ziel: hin zum Bakterium. Genauso hatten die Nervenzellen nur noch ein Ziel: hin zum Kristall. Diese Botschaft sandten sie ans Gehirn, das nun alles in Bewegung setzte, diesen Drang in die Tat umzusetzen.

Es kostete eine Menge mentale Kraft, sich gegen diesen Befehl des eigenen Gehirns zu wehren. Bakshi konnte Hawker ansehen, wie er kämpfte. Er hätte ihm gerne den Kristall abgenommen. Viel zu gerne.

Bakshi wandte sich abrupt ab und ging mit schnellen Schritten zum Brüter.

Meng Kang hatte bereits die Abdeckung über der Vertiefung entfernt, in die man den Lebenskristall einlegen musste. Das dazugehörende Symbol leuchtete auf.

„Es ist so weit", sagte Bakshi. „Wir müssen den Kristall einlegen."

Sie kontrollierten ein letztes Mal den Zustand des Körpers im Brüter. Er hatte ungefähr Bakshis Größe, war für einen Menschen also ziemlich klein, für lantische Verhältnisse aber recht groß und kräftig. Der Lantis lag ruhig, als ob er schlafen würde, ganz im Gegensatz zu Yra, die sich in Krämpfen gewunden hatte. Überhaupt hatten sie in den gesamten Wachstumsprozess nicht eingreifen müssen, alles war automatisiert und völlig reibungslos abgelaufen. Eigentlich hätten sie gar nicht dabei sein müssen.

Hawker warf einen letzten sehnsüchtigen Blick auf den Kristall. Dann legte er ihn vorsichtig in die Vertiefung.

Es war, als würde sich die Wandung fest mit dem Kristall verbinden. Der Deckel schloss sich automatisch darüber, und sie konnten nichts mehr sehen.

Über der Steuerkonsole tauchte ein neues Symbol auf, das Bakshi noch nicht kannte. Es bestand aus zwei Teilen, der eine war eindeutig die Darstellung eines Lebenskristalls, der andere ein stilisiertes Gehirn. Wie bei den Lantis üblich, war alles so einfach zu verstehen, dass man kein Handbuch studieren musste. Das Kristallsymbol leuchtete grün, das Gehirn war grau, aber wenn man genauer hinsah, konnte man im Gehirn einen grünen Punkt erkennen, der ganz langsam wuchs.

„Die Daten des Kristalls werden überspielt", sagte Bakshi und zeigte auf die Symbole. „Hier kann man erkennen, wie weit der Prozess fortgeschritten ist."

Hawker und seine Assistentin traten näher heran, um besser sehen zu können.

„Das geht aber schnell", sagte Hawker.

„Wie lange wird die Datenübertragung dauern?", fragte die Fuller.

Bakshi blendete die Prozentzahlen ein. Er musste kurz rechnen, denn das menschliche Pro"Zent" bezog sich auf zehn mal zehn, also hundert, während bei den Lantis die Berechnungseinheit für eine vollständige Übertragung zwölf mal zwölf, also einhundertvierundvierzig war.

„Grob geschätzt vier Stunden", erwiderte er.

„Wir müssen General Myers und General Haishan Bescheid geben", meinte Hawker. „Sie wollten bei der Fertigstellung dabei sein."

„Sie wissen Bescheid", sagte die Fuller und tippte an ihre Datenbrille.

Kurz vor Ablauf der Übertragungsdauer kamen Myers und Haishan ins Labor, wieder begleitet von bewaffneten Soldaten. Die Wachen postierten sich an einem Platz, von dem aus sie den größten Teil des Labors überblicken konnten, Myers und Haishan standen neben dem Brüter. Hawker wollte einige Erklärungen loswerden, aber Myers winkte ab.

„Nur das hier ist wichtig."

Das ehemals graue und nun vollkommen grüne Gehirnsymbol begann zu pulsieren, ein melodischer Ton erklang.

„Der Prozess ist abgeschlossen", erklärte Hawkers.

„Danke", sagte Myers. „Darauf wäre ich nicht gekommen. Öffnen Sie den Brüter, Dr. Bakshi!"

Bakshi gab die Befehle ein. Der Brüter war wie ein auf der Seite liegendes, gläsernes Rohr. Die obere Hälfte stieg nach Bakshis Eingabe ein paar Millimeter hoch, auf der oberen Längsseite erschien ein Spalt, die Seiten teilten sich und glitten unter die untere Hälfte des Brüters. Jetzt lag der Lantis frei vor ihnen.

Myers winkte die Wachen heran und trat selbst ein Stück zurück.

„Holen Sie den Lantis da herunter, Professor! Arman, Sie helfen ihm!"

Für diese Aufgabe war Bakshi zu klein. Er rollte das bereitgestellte Krankenbett heran, Meng Kang schob einen Wagen, vollgepackt mit Analysegeräten, daneben.

Der Lantis bewegte sich.

Hawker ging ans Kopfende und Arman ans Fußende, um den Körper von der Liege des Brüters auf das Krankenbett zu hieven. Sobald Hawker den Lantis berührte, öffnete dieser die Augen.

Die Augen sind auch grün, aber nicht so wie die von Yra, dachte Bakshi.

Hawker zögerte kurz, griff dann aber unter die Schultern. Der Lantis machte eine unwirsche Handbewegung.

„Warten Sie!", sagte Myers.

Hawker zog seine Hände zurück.

Einen Moment lang standen sie abwartend da. Der Lantis bewegte erst die Arme, dann die Beine.

„Ich glaube, er will alleine aufstehen", vermutete Myers.

Tatsächlich begann der Lantis, sich aufzusetzen.

Wie kann das sein?, dachte Bakshi. *Bei Yra war alles ganz anders.*

Das konnte nur an dem Brüter liegen. Bei diesem Brüter ging alles viel schneller, und allem Anschein nach war der

Lantis gesund. Bakshi konnte also die Geräte, die er nach den Erfahrungen mit Yra für eine rasche Erstbehandlung besorgt hatte, wieder abbauen. Das war positiv - und doch seltsam.

Der Lantis sah sich um. Er zeigte keinerlei Anzeichen von Verunsicherung, wie man es eigentlich hätte erwarten können.

Er öffnete seinen Mund und dehnte ihn, als ob er ihn nach langer Zeit wieder in Gang bringen musste. Im Grunde war es noch extremer. Dieser Mund hatte noch nie gesprochen.

„Wo bin ich und wann?", fragte er auf Lantisch.

So viel konnte Bakshi inzwischen verstehen. Es war die gleiche seltsame Frage, die auch Yra gestellt hatte. Das war nicht die Frage eines Verwirrten oder Überraschten, es war die Frage eines Reisenden, der sich im Klaren gewesen war, dass er mit unbekanntem Ziel und unbekannter Dauer aufgebrochen war.

Auf die Frage nach dem Ort wusste Bakshi keine Antwort, alle Ortsbezeichnungen der Lantis, die er kannte, passten nicht.

„Wir haben fünfundsechzig Millionen Jahre nach Ihrer Zeit", sagte er.

Für eine Sekunde schien der Lantis doch überrascht, aber der Eindruck verflog schnell.

„Das ist lange." Er sah in die Runde. „Und deshalb seht ihr so seltsam aus."

Er sagte es auf Lantisch, Myers forderte Bakshi zum Übersetzen auf. Der konnte es von allen am besten, aber noch lange nicht gut. Einen Teil musste er sich zusammenreimen.

Der Lantis schaukelte mit seinen Beinen und rutschte dann vorsichtig von der Liege des Brüters.

Die Wachen standen mit sichtlicher Anspannung in der Nähe. Myers machte ein beruhigendes Zeichen.

Der Lantis machte nicht den Eindruck, dass er sie in geistiger Verwirrung angreifen würde. Er schwankte leicht, als er stand.

Bakshi eilte zu ihm, um ihn zu stützen.

„Nein!", sagte der Lantis.

Bakshi zog sich wieder zurück. Dieser Lantis fühlte sich ganz offensichtlich nicht hilfsbedürftig.

Inzwischen standen alle Anwesenden im Kreis um den Lantis, bis auf die Wachen, die mit etwas Abstand warteten. Ihre Waffen hatten sie gesenkt.

Den Lantis schien das alles nicht zu stören. Auch nicht, dass er als Einziger nackt war. Er machte einige körperliche Übungen, so als ob er jeden Muskel und jedes Gelenk testete.

Seine Haut war sattgrün, nicht so blass wie verwelkendes Laub. So hatte Bakshi Yra in Erinnerung. Wie sie jetzt aussah, wusste er nicht.

Was würde Yra sagen, wenn sie jetzt hier wäre?

Hätte man sie nicht besser geholt? Sie hätte bestimmt gewusst, wie man mit diesem Lantis umgehen musste. Aber Yra zu holen, passte nicht zu der strengen Geheimhaltung, auf die Myers und sein chinesischer Kollege so viel Wert legten.

Der Lantis war mit seinen Übungen fertig. Er ging langsam auf Bakshi zu und sah ihm in die Augen.

Bakshi hatte ein seltsames Gefühl bei diesem Blick. Gegenüber Yra hatte er Zuneigung empfunden, hier empfand er Unsicherheit. Die Augen zeigten ein Grün, das Bakshi nicht einordnen konnte. Würde es grüne Kiesel geben, wäre das der beste Vergleich. Hart und glatt, und was sich dahinter verbarg, war nicht zu ergründen.

Der Lantis wandte sich ab und ging zu Hawker. Zu ihm musste er hochsehen. Hawker wich seinem Blick nach kurzer Zeit aus. Dann kam Charlotte Fuller dran, Hawkers Schatten. Mit einer Hand berührte er ihre Wange. Sie zuckte zurück, der Lantis lächelte. So ging er reihum, ohne ein Wort zu sagen. Vor General Myers und General Haishan blieb er einen Moment länger stehen.

Dann schob der Lantis die beiden ein wenig zur Seite und drängte sich zwischen ihnen hindurch. Die Wachen spannten sich blitzartig an, aber Myers machte wieder eine beruhigende Geste. Hier war keine Gefahr im Verzug.

Der Lantis ging einmal um die Wachen herum, dann sah er sich eine der Maschinenpistolen genau an. Er fuhr mit dem Finger den kurzen Lauf nach. Der Wache schien das ganz und gar nicht zu gefallen, aber der Mann zuckte mit keinem Muskel. Er sah stur geradeaus, aber seine Anspannung war im ganzen Raum zu spüren.

Jetzt drehte sich der Lantis zu den Wartenden um. Er sagte etwas, das keiner verstand. Er machte noch einen Versuch. Wieder nichts. Bakshi war an seinen Grenzen angekommen. Noch hatte es keine Notwendigkeit und auch keine Gelegenheit gegeben, die lantische Sprache zu üben. Lesen konnte er fließend, aber das war es dann schon.

Der Lantis merkte wohl, dass er so nicht weiterkam. Er sah einmal kurz in die Runde des Labors und entdeckte, was er suchte. Er ging zu einem der lantischen Computer, setzte sich davor und startete ihn. In schneller Folge arbeitete er sich durch diverse Menüs.

„Was macht er da?", fragte Hawker.

„Es könnte sein, dass er ein Sprachlernprogramm aufruft", vermutete Cathy Waringer, die Computerexpertin des Teams. Sie hatte sich am intensivsten mit der IT-Technologie der Lantis beschäftigt, aber trotz wochenlanger Arbeit nur an der Oberfläche gekratzt. Die Computer der Lantis enthielten so viel Material, dass ein einzelner Mensch ein ganzes Leben brauchen würde, um alles zu entdecken. Wenn das überhaupt ausreichte.

„Vielleicht ist das so", sagte Myers. „Aber vielleicht genügt mir nicht."

Er wandte sich an Hawker. „Sie sind mir dafür verantwortlich, dass unser Lantis hier nichts anstellt. Ich will so schnell wie möglich mit ihm reden. Sorgen Sie dafür, dass das bald ist."

„Ja, Sir", sagte Hawker.

„Die Wachen bleiben hier."

7.

Vor der Haustür stand eine große Gestalt, die in etwas eingehüllt war, das wie ein zerknittertes Bettlaken aussah.

„Walter Bullrider!", rief Olaf überrascht aus. „Ich hätte dich fast nicht erkannt."

„Ich erkenne mich auch nicht mehr", sagte Walter. „Darf ich reinkommen? Ich kann kaum noch stehen."

„Natürlich." Olaf machte ihm den Weg frei.

Walter ging hinein. Besser gesagt, er wankte hinein. Ansonsten vor Kraft strotzend, strahlte er nur noch Erschöpfung aus. Selbst seine stoppelkurzen Haare hingen schlaff am Kopf. Kinn und Wangen waren von einem Dreitagebart überwachsen.

Anne hatte schon gehört, dass es Walter war, der geklingelt hatte. Sie kam ihm entgegen und wollte ihn, wie sie es sonst tat, zur Begrüßung umarmen. Sie stockte.

„Du riechst nicht gut. Walter, was ist los?"

„Ein Sessel. Ich brauche einen Sessel."

Sie brachten Walter ins Wohnzimmer, wo Yra auf der Couch saß und den Gast neugierig ansah.

Walter ließ sich einfach in den nächsten Sessel fallen.

„Ich habe seit fünf Tagen nicht mehr geschlafen. Ein anstrengender Tag in Lantika, eine Nacht und einen Tag mit einem klapprigen Laster durch die Wüste nach Tripolis. Dann mit einem kleinen Boot nach Palermo. Scheiße, was hatten wir für ein Wetter. Und dann bin ich durchgefahren bis hierhin."

„Das sind über zweitausend Kilometer", sagte Olaf.

„Mir kam es vor wie fünftausend." Walter schloss die Augen.

„Und wozu das Ganze? Warum bist du nicht geflogen?", fragte Anne.

Walter öffnete die Augen wieder, was seine ganze Kraft zu kosten schien.

„Ich muss erst mal ein paar Stunden schlafen, dann erzähle ich euch alles."

Auf dem Tisch lagen ein Block und einen Stift. Walter nahm sich beides und schrieb: Wir müssen damit rechnen, abgehört zu werden.

Anne sah sich um, obwohl klar war, dass sie nichts entdecken würde. Wanzen waren heute so klein und unauffällig und vielleicht sogar *in* den Wänden versteckt. Oder man richtete einfach einen Laser aus der Entfernung auf eine Fensterscheibe und erfasste so die Schwingungen der Schallwellen. Die Möglichkeiten waren so vielfältig, dass man sie ohne großen Aufwand weder entdecken noch ausschalten konnte. Anne war nicht wirklich überrascht. Myers und die NSA waren niemand, die sich einfach aussperren ließen. Es war kaum anzunehmen, dass Annes Drohung in Lantika, das geheime Labor öffentlich zu machen, sie dauerhaft von einer Überwachung abhalten würde. Dazu war ihr Drang, alles zu wissen, einfach zu groß. Und auch andere interessierten sich für Yra. Der Friede der letzten Wochen war nur ein Scheinfriede gewesen.

Sie riss das Blatt vom Block und zerknüllte es.

„Natürlich. Du kannst das zweite Gästezimmer nehmen - und die Dusche darfst du auch benutzen."

„Dusche klingt sehr gut. Ich glaube, ich habe noch Sand aus der Sahara in den Ohren." Er bohrte mit einem Finger darin, als ob er ihn jetzt schon herausholen wollte.

Olaf stand auf. „Komm, ich zeige dir alles. Aber nicht so laut singen beim Duschen; wir haben fast Mitternacht und die Kinder schlafen schon."

„Ich werde ganz bestimmt nicht mehr singen heute", sagte Walter und wuchtete sich aus dem Sessel.

Beim Frühstück waren die Kinder dabei, also musste man es bei freundlichem Geplauder belassen. Die Kinder fragten Walter Löcher in den Bauch über die Saurier in Lantika und erzählten ihrerseits von Yra.

„Weißt du, dass Yra Pflanzen über alles liebt?", fragte Benny.

„Das kann ich mir gut vorstellen", antwortete er. „Schließlich trägt Yra Pflanzengene in sich."

„Als mein Vater den Rasen mähen wollte, hat sie ihn fast erwürgt. Er sollte sofort aufhören, das Gras zu köpfen."

Walter musste herzhaft lachen. „Und? Hat er aufgehört?"

„Es hat eine Menge Streit gegeben. Am Ende hat er ihr ein Stück Rasen geschenkt, mit dem sie machen kann, was sie will. Und auf dem Rest macht er, was er will."

„So etwas nennt man Kompromiss."

Walter verteilte einen großen Klecks Erdbeermarmelade auf einer mit Erdnussbutter bestrichenen Brötchenhälfte.

„Kompromiss", sagte Yra, und es hörte sich an, als würde sie ein Stück faules Obst ausspucken.

„Ich merke, ihr habt viel Spaß miteinander."

Walter wirkte wieder frisch, obwohl die eine Nacht den Schlafmangel noch nicht ausgeglichen hatte. Olaf hatte sein weitestes T-Shirt geopfert, aber auf Walters muskulöser Brust spannte es deutlich. Die ausgeleierte Tennis-Shorts war auch zu klein, aber alles andere hatte gar nicht gepasst.

„Wir gehen ein bisschen spazieren", sagte Anne zu den Kindern. „Ihr kommt doch ein oder zwei Stunden ohne uns aus?"

„Klar", sagten Benny und Laura gleichzeitig. Spazierengehen war etwas für Erwachsene. Todlangweilig.

Endlich waren Anne, Olaf, Yra und Walter alleine. Um diese Zeit war im Wald nicht mit vielen Leuten zu rechnen, so dass Yra grün bleiben durfte. Sie trug eine knappe Shorts und ein kurzes Top, das bei Olaf gerade noch so als

Kleidung durchging. Darauf hatte er bestanden, wobei Yra durchgesetzt hatte, dass beide Teile genauso grün waren wie der Rest von ihr. Immerhin hatten sie einen Kompromiss erzielt, was bei Yra schwierig genug war.

„Du bist also der Held, der die Container vom Mond geholt hat", sagte Yra. „Anne hat mir viel von dir erzählt. Du siehst ziemlich stark aus."

„Vorsicht", warnte Olaf, bevor Walter etwas sagen konnte. „Wenn Yra deine Muskeln lobt, ist das nicht unbedingt ein Kompliment."

Walter sah Olaf fragend an.

„Erklär ich dir später", sagte Olaf, und zu Yra: „Walter Bullrider ist promovierter Wissenschaftler. Er hat auch etwas im Kopf."

„Das habe ich schon im Internet gelesen. Aber spannend ist, ob es bloßes Wissen ist, oder ob es ihn stark macht."

Yra sah Walter intensiv an.

Walter blickte wie gebannt in ihre Augen. „Du hast dich sehr verändert, seit ich dich das erste Mal gesehen habe. Da warst du blassgrün und halbtot. Und jetzt ..." Er ging automatisch etwas langsamer. „Du hast wahnsinnige Augen."

Fast wäre er über eine Wurzel gestolpert. Nur mit Mühe konnte er durch einen schnellen Schritt einen Sturz verhindern.

Yra lächelte. „Aufpassen, großer Mann. Du wolltest uns etwas erzählen."

„Genau", sagte Anne. „Und deshalb hörst du besser auf, Walter zu manipulieren. Ich will wissen, was in Lantika vorgeht, und warum Walter so einen Aufstand darum macht."

Walter räusperte sich verlegen. „Yra kann man halt nicht so einfach ignorieren. Aber du hast Recht, wir müssen die Zeit nutzen."

Yra schien die Zeit anderweitig nutzen zu wollen. Obwohl sie schon öfter im Wald gewesen war, verließ sie den Weg, um zwischen den Bäumen und Büschen zu laufen.

Anne und Olaf kannten das schon, Walter nicht.

„Interessiert sie sich nicht für Lantika?", fragte er.

„Doch, sehr", sagte Anne. „Sie sucht nur immer die Nähe der Natur. Das tut ihr gut."

Yra blieb stehen, um die Blätter einiger junger Bäume zu streicheln. Sie wirkte ganz versunken dabei.

„Du kannst ruhig erzählen, Walter", sagte Anne. „Yra hört sehr gut, sie wird garantiert kein Wort verpassen."

Walter fasste die wesentlichen Erlebnisse in Lantika zusammen, während sie langsam den Waldweg entlanggingen. Yra lief in dieser Zeit hierhin und dorthin und war manchmal gar nicht zu sehen. Erstaunlicherweise hörte man sie auch kaum, obwohl überall auf dem Waldboden trockenes Laub lag.

„Sie forschen also in dem unterirdischen Labor munter drauflos, während sie die Wissenschaftler und die Welt mit ständig neuen Sauriern beschäftigen", sagte Anne.

„So ist es", sagte Walter. „Nur passiert dieses Mal alles mit Rückendeckung der USA und China, das heißt, sie arbeiten im Prinzip mit unendlichen Ressourcen. Dazu ist das Gelände weiträumig abgeschottet, man kommt nicht mal in die Nähe. Wenn man weit genug in die Fotos hineinzoomt, kann man bewaffnete Wachen erkennen."

„Damit war zu rechnen", sagte Anne. „Myers und sein chinesischer Kollege sind keine Leute, die sich irgendetwas wegnehmen lassen oder auf eine Chance verzichten, wenn sie im Geheimen etwas erforschen können. Das ist aber nicht das eigentliche Problem. Es ist ja nur eine Frage der Zeit, bis man weitere Lantis erschafft, geheimes Labor hin oder her. Die Menschen sind zu neugierig, als dass sie die Finger davon lassen könnten."

Walter nickte. „Das wahre Problem ist Container 7. Warum ist in Container 6 kein Code zum Öffnen des nächsten Containers, wie es bisher immer gewesen war?"

„Wir wissen nicht, ob dort wirklich kein Code war. Es könnte sein, dass die Leute von Myers ihn abgegriffen haben, bevor ihn jemand Neutrales entdeckt. Dann hätten sie wirklich freies Feld, um alles Mögliche im Geheimen zu entwickeln."

„Das würde Myers gefallen", sagte Walter. „Er lässt die Welt mit Sauriern und Baumfarnen spielen, während er sich die entscheidenden Technologien unter den Nagel reißt."

Anne sah Walter kritisch an. „Das ist nicht alles, was du denkst, dazu kenne ich dich zu gut. Was glaubst du noch?"

Walter wich einem Hundehaufen aus, der mitten auf dem Weg lag und das Interesse einer Unmenge Fliegen geweckt hatte.

„Du weißt selbst, dass es noch eine zweite Erklärung gibt", sagte er, „und die gefällt mir noch viel weniger, als wenn Myers den Code zurückhalten würde. Bei Myers weiß ich wenigstens, woran ich bin."

„Ich höre Spaziergänger", sagte Yra gerade so laut, dass die Drei auf dem Weg es verstehen konnten. „Direkt hinter der nächsten Biegung."

Die Gruppe schwieg augenblicklich. Sie verlangsamten das Tempo, um den Abstand zu Yra nicht zu groß werden zu lassen. Diese blieb einfach zwischen einigen Büschen stehen, vor sich nur einige sehr dünne junge Buchen.

Die Fußgänger kamen um die Biegung, drei junge Frauen mit Walkingstöcken, aber sehr gemächlichem Tempo. Sie unterhielten sich munter und grüßten freundlich. Anne und Walter grüßten ebenso freundlich zurück, Olaf sah sie nur kritisch an.

Von Yra, die wenige Meter abseits des Weges stand, nahmen die Frauen keine Notiz. Es war, als würde Yra für sie nicht existieren. Anne hatte diesen Effekt schon mehrfach beobachtet, war aber immer aufs Neue erstaunt, wie einen das eigene Gehirn doch betrügen konnte. Menschen waren einfach nicht grün, und deshalb registrierte es etwas vollkommen Grünes gar nicht als Mensch. Yra wurde so zu einem Bestandteil des Waldes, den man nicht unbedingt bemerken musste, wenn er nicht durch Bewegungen auf sich aufmerksam machte.

Als die Frauen hinter der nächsten Biegung verschwanden, schloss Yra zur Gruppe auf.

„Scheiße", sagte Olaf. „Nicht mal im Wald kann man sich unbeobachtet fühlen und frei reden, selbst wenn man sein eigenes Handy zu Hause lässt."

"Myers wird unbedingt wissen wollen, was wir zu besprechen haben", sagte Anne, „Wir müssen damit rechnen, dass er jedes Handy in der näheren Umgebung in eine Wanze verwandelt, um uns zu belauschen."

„Und wenn das nicht reicht, schickt er uns das nächste Mal Minidrohnen in Form von fetten Fliegen hinterher", ergänzte Olaf. „Also Walter, was wolltest du uns sagen?"

„Dass Myers den Code nicht hat, weil die *Lantis* den Code zurückgehalten haben."

„Weil sie uns davor bewahren wollen, etwas an ihrer Technologie kaputtzumachen?"

Walter schüttelte den Kopf. „Das galt vielleicht für den Anfang, aber jetzt glaube ich nicht mehr daran."

„Warum?"

„Sieh dir Yra an. Die Lantis haben nicht nur Gewebeproben von Pflanzen, Tieren und von sich selbst für die Zukunft konserviert. Sie haben komplette Persönlichkeiten in die Zukunft versetzt. Das ist eine ganz andere Dimension."

Olaf sah Anne an. „Was meinst *du* dazu? Du müsstest es doch schon längst wissen. Du kennst Yra am besten und du denkst sowieso weiter voraus als wir alle zusammen."

„Wissen können wir zurzeit nichts", gab Anne zurück. „Wir können nur Wahrscheinlichkeiten annehmen."

„Und was hat die größte Wahrscheinlichkeit?", fragte Walter. „*Ich* glaube, dass die Lantis einen Plan haben. Und ich finde überhaupt nicht gut, dass wir nichts davon wissen."

Yra ergriff Annes Hand; Anne schloss die Augen.

„Was soll das jetzt?", fragte Walter. „Ich dachte, du hättest Antworten."

„Ich vermute, sie sprechen sich ab", sagte Olaf.

„Wie soll ich das verstehen? Sie sagen nichts."

„Erklär ich dir später", sagte Olaf. „Das ist etwas speziell."

Walter schüttelte den Kopf. „Ich habe den Eindruck, dass ich ziemlich viel verpasst habe. Ist das noch die normale Welt, die ich kenne?"

Anne öffnete die Augen wieder und sah Walter an. „Du hast recht, zu neunundneunzig Prozent haben die Lantis einen Plan."

Walter holte tief Luft. „Und der wäre?"

„Das weiß ich nicht, und Yra weiß es auch nicht."

„Und wenn sie dich anlügt? Sie ist auch eine Lantis und vielleicht Teil des Plans."

„Yra kann mich nicht anlügen", sagte Anne sehr bestimmt.

Walter sah Olaf an. „Ich glaube, du musst mir eine ganze Menge erklären."

„Wir müssen nach Lantika", sagte Anne. „Wir müssen mehr herausfinden."

„Was willst du in Lantika?", fragte Olaf. „Du wirst kaum mehr herausfinden als Walter. Myers und seine Leute werden dich sicher nicht in das geheime Labor einladen und dir seine Forschungen präsentieren. Er wird dich auf Schritt und Tritt überwachen, dem ist dein Status als Ehrenbürgerin von Lantika vollkommen egal. Und über Professor Hawker kommst du auch nicht weiter, der ist nur noch eine Marionette von Myers."

„Trotzdem ist Lantika der Dreh- und Angelpunkt, an dem die entscheidenden Weichen für die Zukunft gestellt werden. Wenn wir etwas erfahren oder verändern wollen, geht das nur vor Ort. Hier in Hofheim kommen wir nicht weiter."

„Richtig", bekräftigte Walter. „Myers wollte mich nicht umsonst mit allen Mitteln von Lantika fernhalten. Er hat mich nach allen Regeln der Kunst isoliert. Er hat meinen Terminkalender so voll geknallt, dass ich kaum noch denken konnte. Mein Reiseplan kam nie in die Nähe von Orten, wo Freunde oder Verwandte lebten, so dass ich am Ende nur noch diese Winnie Bakers hatte." Walter blieb stehen, und alle anderen auch.

„Merkt ihr was?", fragte er. „Winnie Bakers. Und dazu aus Texas?"

„Winnie Bakers, Walter Bullrider. Die gleichen Initialen", sagte Olaf. „Statistisch gesehen fühlt man sich zu Menschen mit den gleichen Anfangsbuchstaben im Namen eher hingezogen als zu anderen. Und Texas - das weckt doch sicher Heimatgefühle in dir."

„Das ist kein Zufall", sagte Walter grimmig. „Nicht bei Myers. Dieser Arsch wollte mich einkassieren. Winnie Bakers ist seine Agentin, und sie sollte mich um den Finger wickeln. Wahrscheinlich sollte sie mich ins Bett kriegen."

„Wäre Sex mit ihr schlecht gewesen?", fragte Yra. „War sie so hässlich?"

Walter stockte. Mit dieser Frage hatte er nicht gerechnet. „Sie sah sehr gut aus", sagte er dann. „Solche Agentinnen sehen immer gut aus."

„Warum hast du dir den Sex dann nicht gegönnt? Als Entschädigung oder so."

Olaf grinste. „Du kannst nicht erwarten, dass Yra die gleiche Moral hat wie ihr Amerikaner im Süden der USA. Bei mir hat sie es auch schon versucht."

Yra tippte Walter am Arm. „Wenn du Lust hast, sage Bescheid. Ich habe noch nie mit so einem großen Mann ..."

„Nein!", sagte Walter energisch. „Ich sehe das mit dem Sex etwas anders. Ich schlafe nicht mit jeder, und mit Agentinnen von Myers erst recht nicht."

„Sex ist für Geheimdienste ein Mittel, um Menschen abhängig und manipulierbar zu machen", erklärte Olaf Yra. „Es wird oft eingesetzt, aber nie zum Spaß für die Beteiligten. Die ganze Sache zeigt aber, wie ernst Myers die Angelegenheit nimmt. Er will nicht, dass sich irgendjemand genauer dafür interessiert. Und Walter oder Anne erst recht nicht."

„Umso wichtiger ist es, dass wir endlich nach Lantika fliegen", sagte Anne. „Sobald wie möglich."

„Wie willst das schaffen? Walter ist nur mit größter Mühe aus Lantika herausgekommen. Myers wird sich nicht noch einmal überlisten lassen."

„Wir brauchen Myers nicht zu überlisten", sagte Anne. „Ich glaube auch nicht, dass er uns hindern wird, zu kommen. Dass Walter mich informiert hat, kann Myers nicht mehr ändern. Er wird ahnen, dass wir irgendetwas tun werden, und er wird wissen wollen, was. Aber hier hat er uns zu wenig unter Kontrolle, das ist in Lantika anders. Dort kann kein Mensch einen Schritt unbeobachtet tun oder ein Wort sagen, ohne dass Myers davon erfährt. Und wenn er will, können seine Leute in Lantika jede Sekunde eingreifen. Myers liebt Kontrolle, und deshalb wird er uns dahin kommen lassen, wo er absolute Kontrolle über uns hat. Sehe ich das richtig, Walter?"

Walter hob einen Stein auf und wog ihn in der Hand.

„Es ist genauso, wie du sagst. Man meint, du kennst Myers besser als ich."

Er holte aus und warf den Stein mit voller Kraft in den Wald. Kurz vor Ende der Flugbahn prallte er gegen einen Baum.

„Autsch", sagte Yra

8.

Aroon Bakshi saß neben dem neuerschaffenen Lantis und verfolgte, wie dieser an einem lantischen Computer arbeitete. Das anfängliche Misstrauen war gewichen, als klar war, dass es sich um Sprachprogramme handelte. Cathy Waringer hatte es bestätigt, aber das war eigentlich unnötig gewesen. Der Lantis hatte schnell herausgefunden, dass Bakshi Lantisch lesen konnte, worauf er ihm einiges schriftlich erklärt hatte.

Bakshis Aufgabe bestand nun darin, englische Übersetzungen von lantischen Texten vorzulesen, die es ja schon zur Genüge gab. Der Lantis verfolgte Bakshis Vortrag und verglich ihn mit dem Original auf dem Monitor. Manchmal konnte Bakshi gar nicht glauben, dass der Lantis wirklich zuhörte, denn er öffnete immer wieder andere Fenster und tippte endlos auf der Tastatur. Aber jedes Mal, wenn Bakshi stockte, sagte der Lantis: „Weiter!"

So ging es jetzt schon seit Stunden ohne Unterbrechung. Pausen hatte der Lantis energisch abgelehnt. Bakshi fand die ganze Angelegenheit ziemlich ermüdend. Er wunderte sich, wie Meng Kang, sein chinesischer Schatten, es aushielt. Sie hatte rein gar nichts zu tun, beklagte sich aber nicht, sondern saß da wie in Stein gegossen.

Endlich, als Bakshi schon nicht mehr daran glaubte, machte der Lantis ein Zeichen für eine Pause. Dann winkte er Cathy Waringer heran. Er deutete auf einen Text, der gerade auf dem Monitor erschien. Cathy, die genauso wie Bakshi Lantisch konnte, sollte lesen.

Sie überflog den Text, scrollte weiter und weiter, wobei sie immer wieder nickte.

Bakshi las mit und versuchte zu verstehen, worum es ging, aber er sah nur Wortfetzen ohne jeglichen Satzbau. Dazwischen waren seltsame Zeichen eingestreut.

„Was steht da?", fragte er schließlich.

Nichts. Cathy las einfach weiter.

„He! Ich will wissen, was da steht", sagte er energisch.

Cathy richtete sich auf. „Sorry. Ich habe gar nicht bemerkt, dass du was gesagt hast. Das hier haut mich von den Socken." Sie zeigte auf den Monitor. „Das ist die Beschreibung einer Schnittstelle, wie man seinen Computer per WLAN mit unserem Netzwerk verbinden kann. Er will wissen, ob ich auf unserer Seite die Voraussetzungen dafür schaffen kann."

„Und? Kannst du?"

Cathy nickte. „Mit diesen Informationen hier ist das kein Problem. Auf der untersten Ebene reden Computer sowieso nur mit Bits und Bytes miteinander, und die sind unabhängig von irgendwelchen menschlichen oder nichtmenschlichen Sprachen. Wenn es komplexer wird, muss man die Daten konvertieren, aber auch das ist mit den entsprechenden Informationen nicht allzu schwierig."

„Also geht es", sagte Bakshi. „Bleibt die Frage, ob wir das auch tun sollen."

„Das musst du entscheiden", sagte Cathy. „Du bist der Leiter des Labors."

„Bin ich das wirklich?" Bakshi sah zu einer der allgegenwärtigen Kameras unter der Decke.

„Was hast du vor?", fragte er auf Lantisch. So viel ging noch.

Der Lantis tippte.

Auf dem Monitor erschien: Ich will Bücher lesen, Nachrichten hören, Filme sehen. Dadurch Sprache lernen, Menschen verstehen.

Er sah sie erwartungsvoll an.

Konnte man ihm das verweigern? Kaum. Es war wenig anderes, als sie jetzt schon taten, nur, dass Bakshi ihm die Sachen nicht mehr vorlesen musste. Myers wollte so schnell wie möglich mit dem Lantis reden, also musste es in Myers'

Sinn sein, wenn er die englische Sprache so schnell wie möglich lernte.

„Gut", sagte Bakshi zu Cathy. „Dann verbinde seinen Rechner mit unserem Netz."

Der Lantis sah erfreut aus. Er deutete auf Meng und tippte wieder etwas. Meng sollte ihm Dateien liefern, während Cathy die Verbindung herstellte.

Cathy ging, und Bakshi folgte ihr.

„Ich will alles wissen, was über diese Schnittstelle läuft", sagte Bakshi.

„Du misstraust ihm?"

„Es kann nie schaden, zu wissen, was passiert."

„Hier hat sowieso jeder nur begrenzten Zugang zu Informationen. Aber keine Sorge, ich werde jedes Byte mitloggen, das über die Schnittstelle geht."

Bakshi sah zu dem Lantis herüber. Der war schon wieder in den Computer vertieft und schien von seiner Seite aus Vorbereitungen für die Verbindung der Systeme zu treffen.

Etwa eine Stunde später war es so weit. Cathy hatte ihr Okay signalisiert, und der Lantis startete den ersten Verbindungsversuch. Er schlug fehl, aber sowohl der Lantis als auch Cathy machte einen zufriedenen Eindruck. Zwei Versuche und eine weitere Stunde später klatschte Cathy in die Hände.

„Wow. Es funktioniert. So schnell hätte ich nicht damit gerechnet."

Der Lantis lächelte nur. Dann zeigte er auf Meng Kang. „Jetzt du", sagte er unbeholfen.

„Ich will zuerst sehen, was du zusammengestellt hast", sagte Bakshi.

„Die Auswahl war nicht ganz einfach", sagte Meng und machte Bakshi vor ihrem Rechner Platz.

Bakshi öffnete den Ordner ‚Filme'. Neben einigen aktuellen Blockbustern waren es hauptsächlich BBC-Dokumentationen über die Erde. Am Ende der Liste stand Jurassic Park.

„Ich dachte, der könnte ihm gefallen", sagte sie.

Vielleicht lacht er sich auch kaputt, wenn er unsere Vorstellung von der Zeit sieht, aus der er kommt, dachte Bakshi.

Zum Erlernen der Sprache war dieser Film aber vielleicht gar nicht schlecht.

Der Teil mit den schriftlichen Dokumenten war prall gefüllt mit Texten über die aktuelle Situation auf der Erde, politisch, wirtschaftlich, geografisch. Zum Schluss hatte Meng noch den aktuellen Stand von Wikipedia angehängt.

„Wenn er das alles lesen will, ist er zehn Jahre beschäftigt", sagte Bakshi.

„Was hätte ich auswählen sollen? Bloßes Schulwissen?"

Bakshi zuckte mit den Schultern. Er wusste es auch nicht besser. Etwas Geheimes war jedenfalls nicht dabei, nur öffentlich zugängliche Informationen, die jeder Mensch wissen konnte, der wollte. Es war einfach nur viel und unübersichtlich. Vielleicht würden sie am besten einen Lehrer engagieren, aber das würden Hawker und Myers vermutlich nicht gutheißen.

„Der Lantis ist nicht dumm. Soll er erst mal anfangen, dann sehen wir weiter. Wir können immer noch Sachen entfernen oder hinzufügen, wenn wir merken, dass er nicht klarkommt. Hauptsache, es sind keine brisanten Informationen dabei. Gegen Allgemeinwissen kann niemand etwas haben."

Er sah kurz zu dem Lantis, der sie beobachtete und schon erste Anzeichen von Ungeduld zeigte.

„Okay. Stell dein Infopaket in den Bereich, den Cathy für den Lantis freigegeben hat."

Meng gab einige Befehle ein.

Wenig später sagte der Lantis: „Gut."

9.

„Wegen Bauarbeiten gesperrt", stand auf dem Schild an der Tür, die eigentlich zu der Halle mit den Folien führen sollte, die Anne, Olaf und Walter auf dem Mond geborgen hatten.

„Schade", sagte Yra.

Sie trug wieder ein leichtes Sommerkleid, reichlich Theaterschminke und eine dunkle Sonnenbrille. Anne und Walter waren ebenfalls so zurechtgemacht, dass man sie nicht auf Anhieb erkennen konnte, denn niemand hatte Lust auf einen Menschenauflauf. Walter hatte ebenfalls eine Sonnenbrille auf, dazu kamen eine Baseball-Kappe und ein Hawaii-Hemd. Anne hatte ihre blonden Haare unter einem Strohhut hochgesteckt und natürlich auch eine Sonnenbrille. Damit sahen sie aus wie eine ganz normale Touristenfamilie, wie sie zu Tausenden in Lantika herumliefen.

Olaf war liebend gerne bei den Kindern in Hofheim geblieben. Sein Bedarf an politischen Verwicklungen und Begegnungen mit Geheimdiensten war für immer gedeckt. Wahrscheinlich war das ein Erbe seiner Schweizer Vergangenheit, durch das ihm der Wunsch nach einem friedlichen Leben in Neutralität ins Blut übergegangen war.

„So ist Lantika", sagte Walter. „Immer in Bewegung, ständig wird gebaut und erweitert. Wir werden sicher später noch einen Blick auf die Originale werfen können. In Building One wird meines Wissens nicht gebaut."

„Lasst uns eine Tour durch die Parks mit den Sauriern buchen", sagte Anne.

„Die ist phantastisch", meinte Walter. „Du wirst beeindruckt sein."

„Deshalb will ich nicht hin. Ich kenne Saurier aus eigener Erfahrung. Ich weiß, wie sie sind - in freier Wildbahn."

Walter schüttelte verständnislos den Kopf. Olaf hatte ihm vieles erklären wollen, aber es war immer etwas dazwischengekommen, und zuletzt hatten die Vorbereitungen für ihre Reise nach Lantika sie voll in Beschlag genommen. Die Zeit bis zur Abreise war knapp gewesen, und Walter hatte sich vollkommen neu einkleiden müssen. Das mitgebrachte „Bettlaken" wollte er nicht mehr sehen, auch nicht gewaschen.

„Du warst nicht mehr in Lantika, seit sie mit der Zucht der Saurier begonnen haben", sagte er jetzt. „Und im Hofheimer Wald sind mir auch keine begegnet. Also woher willst du sie kennen?"

„Ich habe Yras Erinnerungen in mir", erklärte Anne und ergriff Yras Hand. „Und ich kann jederzeit fühlen, was sie empfunden hat, so als ob ich es selbst erlebt hätte."

„Deshalb nehmt ihr euch also immer wieder bei der Hand? Ich habe schon gedacht, ihr hättet eine, ähm, ganz spezielle Beziehung zueinander." Walter schaute etwas verlegen drein. „Ich habe mich nicht getraut zu fragen."

„Wir *haben* eine ganz spezielle Beziehung", sagte Yra. Sie schob ihre Brille hoch und sah Walter in die Augen, was seine Verlegenheit noch verstärkte. „Wir sind näher zusammen, als sich das ein normaler Mensch vorstellen kann."

„Wie funktioniert das? Das ... das mit euren Händen?"

Wenn Walter gehofft hatte, durch eine rationale Erklärung wieder auf sicheres Terrain zu geraten, hatte er sich getäuscht.

Yra ließ Anne los und nahm Walters Hand. Mit ihrer freien Hand strich sie sanft über seinen nackten Unterarm.

Er zuckte zurück.

„Spürst du das?", fragte Yra.

„Natürlich spüre ich dich." Er wollte seine Hand zurückziehen, aber Yra ließ ihn nicht los. Sie lächelte.

„Der große, starke Mann weiß nicht, was er tun soll? Warum bist du unsicher?"

Anne sah dem Ganzen vergnügt zu. Walter war intelligent und so stark, dass er es mit drei ausgewachsenen Männern aufnehmen konnte. Ihn in Yras Hand so schwach zu sehen, war ein Ereignis.

Auch Yra schien es Spaß zu machen. Sie strich wieder über seinen Arm auf und ab. Ob Walter sich nicht zurückziehen wollte oder es nicht konnte, weil Yra ihn manipulierte, konnte Anne nicht feststellen. Er stand nur da und sah in Yras Augen.

Yra lächelte immer noch. „Du darfst deinen Verstand wieder einschalten. Woanders müsstest du aufpassen. Hier, bei so vielen Leuten in der Nähe, kann dir gar nichts passieren." Yra ließ Walter los. „Was hast du gespürt?"

Walter schien aus einer Trance zu erwachen. Er atmete tief durch und sah sich um.

Yra versteckte ihre Augen wieder hinter der Brille.

„Es hat geprickelt", sagte Walter, immer noch etwas verlegen, aber Anne spürte, dass sich der Wissenschaftler in ihm Bahn brach. „Was war das?"

„Eine minimale elektrische Spannung, die ich durch meine Nerven erzeugen kann."

„Und darüber könnt ihr kommunizieren?"

„Die Ströme in euren Computerchips sind geringer, und die können auch darüber kommunizieren."

„Wenn du etwas gesagt haben solltest, habe ich aber nichts verstanden", sagte er.

„Weil du ein grober Klotz bist", mischte Anne sich ein. „Was spürst du, wenn du mit deinen Fingern über Blindenschrift streichst?"

„Eine raue Oberfläche, sonst nichts."

„Was für dich bloß eine Fläche mit ein paar Pickeln ist, ist für einen geübten Blinden ein Buch oder ein Liebesbrief. Als sehender Mensch kann man sich das kaum vorstellen, aber es ist trotzdem so, und beim besten Willen keine Zauberei."

„Und du kannst das auch?"

„Ansatzweise. Der Kristallsplitter, den ich ein Jahr lang getragen habe, hat mich sensibilisiert und die Grundlagen gelegt. Und dann hatte ich mit Yra die perfekte Lehrerin."

„Anne ist eine sehr ehrgeizige und ausdauernde Schülerin", ergänzte Yra. „Sie kann es besser als die meisten Lantis, denn einfach ist es nicht."

Walter sah zwischen Yra und Anne hin und her. „Dann lässt mich mein logischer Verstand vermuten, dass ihr umso mehr Informationen austauschen könnt, je intensiver ihr euch berührt."

Es sollte sachlich klingen, tat es aber nicht wirklich.

„Informationen", wiederholte Yra spöttisch. „Als ob die das Entscheidende wären. Man kann auch Gefühle übermitteln. Du könntest Dinge fühlen, von denen du nicht mal etwas ahnst. Willst du mehr wissen?"

Sie wollte wieder seinen Arm greifen, aber Walter ging einen Schritt zurück.

„Wir wollten eine Tour buchen."

Annes erstes Ziel waren nicht die Saurier, sondern der botanische „Kreide-Park", den Walter bei seinem letzten Besuch ausgelassen hatte. Hier gab es keine Elektrobusse, man musste laufen. Anne wollte ein umfassendes Bild gewinnen und nahm dafür jede Anstrengung in Kauf. Und anstrengend war es. Überall wurde durch feine Düsen Wasser versprüht und so die Luftfeuchtigkeit erhöht. Die Wirkung war wie bei einem Aufguss in der Sauna; die allgegenwärtige Hitze fühlte sich noch heißer an als sonst in Lantika. Den Pflanzen gefiel dieses Klima gut, den Menschen weniger. Die meisten Touristen zogen die überall ausgeschilderten Abkürzungen vor, wenn sie nicht gleich ganz durch einen der nächstgelegenen Ausgänge verschwanden. Anne war eine der Wenigen, die sich den kompletten Rundgang entlangkämpften.

Die erste Menschheit lebt

Die Vegetation explodierte in dieser feuchten Hitze geradezu. Die Vielfalt der blühenden Büsche und vor allem der Farne war unbeschreiblich, und alle schienen sich einen Wettkampf zu liefern, wer am größten und üppigsten war. Immer wieder hörte man Bemerkungen von beeindruckten Leuten, aber Anne wusste, dass die Wirklichkeit damals noch beeindruckender gewesen war als das, was den Menschen hier geboten wurde. In der Kreidezeit war der CO_2-Gehalt der Luft deutlich höher gewesen als heute, und das bedeutete nichts anderes als Dünger für die Pflanzen. In diesem Park wurden sie nur durch ihre Wurzeln gedüngt, damals jedoch durch jeden Kubikzentimeter Luft.

Obwohl Anne topfit war, war sie in kürzester Zeit durchgeschwitzt und hätte sich am liebsten die Kleider vom Leib gerissen.

Yra wusste, was in ihr vorging. „Du könntest es tun", sagte sie.

„Die Sonne würde mich verbrennen."

„Ich könnte dir etwas von meinem Theaterschmier abgeben."

„Nein."

„Feigling", sagte Yra. Ihr machte die Hitze nichts aus, ihr Körper war für extremeres Klima als den deutschen Hochsommer gemacht. Das Kreidezeitklima war im Durchschnitt wärmer gewesen als heute, erst recht in Äquatornähe, wo Yras Heimat lag, und so fühlte sie sich hier pudelwohl. Das Einzige, das sie störte, war, dass sie die Wege nicht verlassen durfte. Sie wäre zu gerne durch die Büsche und Farne gelaufen, aber das hatte Anne ihr strikt verboten. Sie waren eben nicht in einem Urwald, sondern in einem Park, der an allen Stellen mit Kameras überwacht wurde. Diese waren zwar gut getarnt und kaum zu entdecken, aber ab und zu sah man sie doch. Das Allerletzte, was sie gebrauchen konnten, waren Probleme mit der Parkaufsicht.

Der klimatisierte Elektrobus zu den Sauriern war die pure Erholung, er war sogar fast schon zu kalt für ihre verschwitzte Kleidung.

Die Velociraptoren liefen wieder neben dem Bus her. Anscheinend taten sie das immer.

„Sie brauchen viel mehr Platz zum Laufen", sagte Yra. „Sie fühlen sich eingesperrt. Mir gefällt das nicht."

„Dann werden dir die T-Rexe auch nicht gefallen", sagte Walter. „Das hier ist ein vergrößerter Zoo und kein Freiland."

Dieses Mal standen sie mit ihrem Bus in der Mitte und mussten auf die anderen Busse warten, bis die Fütterung jenseits den mächtigen Zauns begann. Damit für die Zuschauer keine Langeweile aufkam, hatte man einen alten Jeep mit herausgeschlagenen Scheiben ins Gehege gefahren als Spielzeug für die Tiere. Tatsächlich bearbeitete einer der T-Rexe mit seinem Schwanz die Fahrertür. Es krachte jedes Mal. Die Touristen drängten sich an den Scheiben und fotografierten ununterbrochen.

„Der Zaun ist viel zu niedrig", sagte Yra. „T-Rexe sind gefährlich."

„Für ausgewachsene Tiere sicher", sagte Walter, „aber die hier sind jung. So hoch können die noch nicht springen, und um den Zaun einzureißen, sind sie nicht stark genug."

„Ihr wisst nicht, was ihr tut!"

Der zweite T-Rex kam aus dem Gebüsch gerannt und hielt auf den Jeep zu. Er traf ihn an der Kühlerhaube, und der Jeep machte einen Satz nach hinten. Der Saurier hielt einen Moment inne, dann öffnete er sein riesiges Maul und stieß einen markerschütternden Schrei aus. Im Bus zuckten einige Frauen zusammen und rutschten näher zu ihren Männern.

Der T-Rex lief außer Sicht, kam aber sofort wieder. Erneut musste der Jeep leiden. Wieder Gebrüll, jetzt auch vom zweiten Tier. Beide verschwanden, kamen wieder und hielten ungebremst auf die Frontseite des Autos zu. Es war ein spektakuläres Schauspiel. Die Leute klatschten und johlten. Drei Busse fehlten noch, die Insassen verpassten etwas.

Yra schüttelte den Kopf. „Ihr habt ja gar keine Ahnung."

Durch das mehrfache Anrennen war der Jeep nur noch etwa sechs Meter vom Zaun entfernt. Das Krachen, wenn die Saurier gegen den Kühler knallten, war beeindruckend laut.

„Bloß nicht", sagte Yra, als die Saurier erneut verschwanden.

„Du glaubst doch nicht ...?" Walter kam nicht dazu, seinen Verdacht auszusprechen.

Da kamen sie wieder, zuerst nur einer, schneller als zuvor. Der andere direkt dahinter. Kurz vor dem Jeep hob der Erste seinen Kopf, sprang auf das Dach des Autos und stieß sich darauf ab, direkt auf den Zaun zu. Er landete mit seinem Bauch auf der oberen Eisenstrebe und drohte, wieder herunterzufallen. Aber er beugte seinen Kopf nach unten und hob gleichzeitig seinen Schwanz mit Schwung. Diese Bewegungen verlagerten das Gleichgewicht - und der Saurier fiel auf der anderen vom Zaun herunter, ziemlich nah an ihrem eigenen Bus.

„Das gibt's doch nicht", sagte Walter.

Der Saurier rappelte sich auf und schüttelte sich. Jetzt landete der zweite auf die gleiche Art neben ihm.

„Die haben das geplant", sagte Walter erregt. „Die haben den Jeep absichtlich bis vor den Zaun geschoben, um ihn als Sprungbrett zu benutzen. Unfassbar!"

„Ich hab doch gesagt, ihr habt keine Ahnung. Wenn eure Raben so intelligent sind, Werkzeug zu benutzen, dann die Saurier erst recht. Sie haben zehntausendmal so lange auf der Erde überlebt wie ihr Menschen. Wie kommt ihr bloß auf die Idee, dass sie dumm geblieben sind?"

Die Touristen im Bus hatten das Schauspiel mit angehaltenem Atem verfolgt. Erst als die Saurier sich aufrichteten und triumphierend umschauten, wurde den Leuten bewusst, dass die wilden Tiere jetzt auf *ihrer* Seite des Zauns standen. Und ihr Bus war am nächsten dran, die Saurier fixierten ihn schon mit ihren Augen.

Einige Leute schrien auf. Eine Frau aus der dritten Reihe schlug um sich, sprang auf und wollte zur hinteren Tür. Walter setzte ihr nach und konnte sie gerade noch davon abhalten, die Tür zu öffnen.

„Bleiben Sie hier! Wenn Sie rausgehen, werden Sie sofort gefressen!"

Die Frau konnte oder wollte ihn nicht verstehen. Sie schlug mit aller Kraft auf Walter ein und kreischte etwas in einer fremden Sprache. Es war wie eine Initialzündung. Die Kinder, die mit ihren Eltern in den ersten Reihen saßen, kreischten jetzt auch. Im Bus herrschte ohrenbetäubender Lärm.

„Ruhe!", rief Yra. „Wir dürfen keine Angst zeigen."

Es war sinnlos. Sie drang mit ihrer Stimme gerade bis zu Anne durch, die neben ihr saß.

„Die Leute machen alles falsch!", stieß Yra hervor. Anne hatte sie noch nie so erregt gesehen.

In den Augen der Saurier machten die Leute alles richtig. Mit ihrer Angst markierten sie sich als Opfer. Warum sollte man auf ein mageres Rind warten, wenn der Bus voll mit frischem Fleisch war? Der erste T-Rex stieß einen markerschütternden Laut aus, der sogar das Kreischen im Bus übertönte. Aber nur kurz, denn auch die Leute im Bus konnten noch zulegen.

Der Saurier rannte los, Kopf gesenkt und dann ungebremst gegen die Seite des Busses. Der kam ins Wanken, einige Scheiben bekamen Risse. Der zweite Saurier prallte neben den ersten; Splitter prasselten auf die Touristen, die dem geborstenen Fenster am nächsten waren. Keiner saß mehr. Alle wollten weg von diesen riesigen Zähnen, konnten aber nicht, weil es in dem Bus keinen freien Platz gab.

Einer fiel hin, ein anderer stolperte drüber. Es hagelte Schläge.

„Komm mit!", brüllte Yra Anne zu.

„Was hast du vor?", brüllte Anne zurück.

„Wir müssen raus hier. Wir müssen etwas tun!"

„Willst du weglaufen und die Leute hier lassen?"

„Wer wegläuft, ist tot. Aber wer hierbleibt, auch. Wir müssen uns den T-Rexen stellen."

Yra zwängte sich zwischen zwei Leuten durch, Anne folgte ihr.

„Du willst dich diesen Biestern stellen? Bist du verrückt?"

„Ich bin die Einzige, die weiß, was zu tun ist. Und du musst mir helfen."

Jetzt standen sie vor Walter an der hinteren Tür. Die Frau hatte sich im Ringen mit ihm erschöpft, sie schluchzte nur noch. Walter ließ sie zu Boden sinken.

Als Yra nach dem Türöffner griff, schlug Walter ihre Hand beiseite.

„Du kannst nicht raus! Diese Biester sind viel zu stark und zu schnell für euch. Die Parkaufsicht wird sicher gleich hier sein."

„Die Parkaufsicht wird die Tiere nicht vom Töten abhalten", rief Yra in den Lärm hinein. „Das verspreche ich dir. Halte du lieber die Parkaufsicht von uns fern, wenn sie kommt. Sie dürfen auf keinen Fall schießen, dann ist alles zu spät."

Sie wollte wieder zum manuellen Öffner für die Tür greifen, aber Walter hinderte sie erneut.

„Weg da!", sagte Yra in einem Ton, den Anne noch nie von ihr gehört hatte.

Die Sonnenbrille war Yra in dem Tumult heruntergefallen. Es war, als loderte grünes Feuer in ihren Augen.

„Du wirst mich nie wieder schlagen und dich mir nie mehr in den Weg stellen. Sonst ..."

Es kam nicht zu dem ‚sonst'. Die Saurier hatten wieder Anlauf genommen und trafen den Bus jetzt gleichzeitig. Er war kurz davor, umzukippen. Die Leute purzelten übereinander, es herrschte nur noch Panik und Chaos. Wenn er jetzt auf die Seite kippte, wäre die Tür verschlossen und niemand käme mehr heraus; aber er kippte in die normale Position zurück.

Walter wurde durch die heftige Bewegung zur Seite geschleudert, mit einem schnellen Griff öffnete Yra die Tür.

„Komm!", brüllte sie Anne zu.

Anne sprang hinter Yra aus dem Bus auf die staubige Erde. Der feste Boden tat nach dem schwankenden Bus gut. Sie standen auf der den Sauriern abgewandten Seite.

„Lass niemanden raus!", rief Yra Walter zu. Dann gab sie der Tür einen kräftigen Stoß, so dass sie sich wieder schloss.

Der Lärm aus dem Bus wurde leiser. Anne schätzte die freie Fläche bis zum nächsten Bus. Das waren nur wenige Meter. Ob sie das schaffen könnten? Ausgewachsene T-Rexe waren schwer und behäbig, aber diese hier waren bestenfalls halbwüchsige Teenager, die noch sehr agil waren. Und selbst wenn, dann würden sie die Tiere nur zum nächsten Bus locken. Weglaufen war keine Option, aber was dann?

„Wir müssen uns beeilen", sagte Yra. „Wenn Blut geflossen ist, geraten die Rexe in einen Rausch. Dann ist alles zu spät."

„Was willst du tun?"

„Wir gehen zu ihnen und beruhigen sie."

„Du willst ..." Anne blieb der Rest des Satzes im Hals stecken. Die Worte wollten einfach nicht heraus.

Auf der anderen Seite des Busses krachte es wieder. Weitere Scheiben splitterten. Sie mussten zwangsläufig auf

Abstand gehen, denn der Bus neigte sich erneut bedrohlich zur Seite.

„Wir müssen los", sagte Yra. „Jede Sekunde kann es zu spät sein. Folge mir! Tue genau das, was ich tue! Du darfst keine Angst haben."

Wie bitte? Sie sollte keine Angst haben? Nur mit einem T-Shirt und einer Shorts bekleidet mit bloßen Händen auf zwei wildgewordene Saurier losgehen, die einem schon als Bild in einem Buch das Blut in den Adern gefrieren ließen? Unmöglich.

„Du musst", drängte Yra. „Alleine schaffe ich das nicht."

Widerwillig setzte Anne ihre Füße in Bewegung. Sie ging nur langsam, aber ihr Herz klopfte wie bei einem Sprint.

„Was soll ich tun?"

„Wir werden sie vom Bus ablenken und sie dann beruhigen. T-Rexe sind Jäger, sie orientieren sich hauptsächlich mit ihrem Geruchssinn. Sie können riechen, wenn jemand Angst hat - und das ist dann ein Opfer. Wenn jemand nach Aggressivität riecht, ist es ein Gegner, dann verteidigen sie sich. So einfach ist das."

Ja, wirklich einfach.

Yra ging mit langsamen Schritten um den Bus herum, während sie weitersprach.

„Wenn du weder nach Angst noch nach Aggressivität riechst, sind sie verwirrt. Das lenkt sie ab, denn sie müssen erst klären, wie sie dich einordnen sollen."

„Das ist bei mir ganz leicht", sagte Anne. „Ich stinke nach Angst, dass sie es noch am Nordpol riechen würden."

Ihre Füße verweigerten den nächsten Schritt.

„Ich ... ich kann nicht."

„Ich helfe dir", sagte Yra und nahm Annes Hand.

Anne spürte, wie allein der Körperkontakt beruhigend wirkte. Dazu strahlte Yra eine Ruhe aus, die zu Anne hinüberfloss.

„Komm, wir gehen."

Anne setzte sich wieder in Bewegung. Hinter der letzten heilgebliebenen Scheibe sah sie Walter. In seinen Augen stand pure Angst, Angst um Anne und Yra. Er schüttelte den Kopf, seine Lippen formten ein Nein.

„Sieh auf die Saurier", sagte Yra.

Anne zwang ihre Blicke dorthin. Der Größere machte sich an einer Fensterstrebe zu schaffen, der Kleinere biss in einen Reifen und riss daran.

„Du nimmst den Kleineren", sagte Yra, „das ist ein Weibchen. Wenn sie keine Jungen haben, sind die Weibchen nicht so aggressiv."

Yra sprach mit ganz normaler Lautstärke. Anne wollte sagen „Sei leise. Sie hören uns sonst", aber da winkte Yra den Sauriern und rief: „Hallo, wir sind hier."

Anne spürte Magensäure aufsteigen. Gleich würde sie kotzen. Sie klammerte sich an Yras Hand, die weiterhin diese unfassbare Ruhe ausstrahlte. Mit der anderen Hand winkte Yra weiter.

Mit aller Kraft, die sie aufbieten konnte, zwang Anne ihre freie Hand in die Höhe und winkte auch. Ihr „Hallo" war kaum zu hören - und wurde wahrscheinlich von einer Wolke aus Angstschweiß begleitet.

„Gut so", sagte Yra. „Mach weiter."

Das Männchen wurde auf die beiden Frauen aufmerksam, es ließ von der Fensterstrebe ab. Der T-Rex senkte den Kopf, als wollte er gleich auf Yra losgehen.

„Er tut nur so", sagte Yra.

Wenn dieses „nur so tun" schon so aussah, wie mochte er erst wirken, wenn er es ernst meinte?

„Komm, wir gehen zu ihm. Aber langsam, damit er nicht meint, wir würden ihn angreifen."

Anne wäre nie auf die Idee gekommen, schnell auf dieses Raubtier zuzugehen. Alles in ihr wollte zurück, wieder den Bus zwischen sich und dieses Tier bringen, aber sie zwang sich, neben Yra Schritt für Schritt nach vorne zu gehen, auf den halb geöffneten Rachen zu.

Im Bus wurde es still. Die Saurier hatten ihre Angriffe eingestellt, und die Leute begriffen, dass hier draußen etwas geschah.

Der T-Rex schaukelte mit dem Kopf hin und her.

„Er weiß nicht, was er tun soll", sagte Yra. „Am liebsten möchte er fressen, aber weil er uns nicht einsortieren kann, muss er erst herausfinden, ob wir Futter oder Gefahr sind."

Futter!, dachte Anne.

Das Männchen setzte sich in Bewegung. Mit schwankendem Kopf kam es auf sie zu. Es sog gut hörbar Luft ein. Das Weibchen kam jetzt auch.

„Wir müssen uns trennen", sagte Yra. „Jeder von uns muss sich um einen der beiden kümmern, damit sie sich nicht gegenseitig anstacheln."

Yra ließ Anne los und ging langsam zur Seite. Schlagartig erlosch die Ruhe, die Yra ausgestrahlt hatte. Jetzt musste Anne allein zurechtkommen.

Das Männchen sog wieder prüfend Luft ein.

„Ich weiß, dass du es schaffst", sagte Yra.

„Ich weiß es nicht", sagte Anne.

„Gleich werden sie uns provozieren, um herauszufinden, ob wir Opfer sind. Du darfst auf keinen Fall auch nur einen Schritt zurückweichen. Egal, was sie tun. Am besten redest du ganz normal mit ihnen. Sag ihnen guten Tag."

Sag einem T-Rex, der dich provozieren will, guten Tag. Etwas Abartigeres konnte man wohl kaum tun.

Anne überlegte, wie eine T-Rex-Provokation aussehen könnte, da rannte das Männchen plötzlich auf Yra zu, das Maul weit aufgerissen.

Die Touristen im Bus kreischten wieder vor Entsetzen.

Kurz vor Yra bremste der Saurier. Yra stand wie angewachsen, ein freundliches Lächeln auf dem Gesicht. Sie schien tatsächlich keine Angst zu haben.

Das Weibchen kam ebenfalls auf Anne zu, aber nicht gerannt. Es spannte die Muskeln und hob zu einem gewaltigen Satz ab. Als es unmittelbar vor Anne den Boden berührte, war es wie ein kleines Erdbeben.

Anne brauchte sich nicht zu zwingen, stehenzubleiben. Sie war nicht mehr in der Lage, auch nur einen Finger zu rühren.

„Gut so", sagte Yra. „Wenn sie sich nicht sicher sind, ob du ein Opfer bist, tun sie dir nichts."

„Das wird sie gleich wissen", sagte Anne. „Ich habe eine Scheißangst."

Der T-Rex schien es zu spüren. Er bewegte unruhig seinen Kopf auf und ab und tänzelte dabei. Er kam näher auf Anne zu, berührte sie fast.

„Hör! Auf! Angst zu haben!", sagte Yra. „Sofort! Sonst bist du tot."

Anne schloss die Augen, um dieses grässliche Maul nicht mehr zu sehen. Sie dachte daran, wie sie gelernt hatte, Schmerzen einzufangen und wegzusperren. Ob das auch mit Angst funktionierte?

Sie versuchte, sich auf die Angst zu konzentrieren. Scheiße, war das schwer. Schmerz war irgendwie kompakt, etwa so wie eine glühende Kohle. Man konnte ihn lokalisieren, in Gedanken einkreisen und ihn dann langsam unter Kontrolle bringen. Angst war wie eine Krake mit unendlich vielen Fangarmen, die überall zugleich zu sein schienen. Oder wie ein schwarzer Nebel, der durch ihren Körper waberte und von jeder einzelnen Zelle Besitz ergriff.

Anne spürte die wachsende Unruhe des Sauriers. Sie sah ihn nicht, aber der Atem kam heiß aus seinem Maul direkt in ihr Gesicht. Er roch gewiss nicht nach Angst, er stank einfach nur entsetzlich eklig.

Anne stellte sich vor, wie der Saurier mit seinem Atem die Angst in sie hineinblies. Und wie sie sich durchlässig machte und der Angst keinen Halt bot. In Gedanken bildete Anne in ihrer Körpermitte einen Schwerpunkt, wie ein kleines Schwarzes Loch.

Der Gedanke an ein Schwarzes Loch tat gut. Das war etwas, das sie aus ihrem normalen Leben kannte. Astronomie, ihre Leidenschaft. Schwarze Löcher waren ausgebrannte Sterne, Sternenleichen. Leichen? Falsches Stichwort. Anne verbannte es hastig aus ihrem Kopf, bevor es weitere Assoziationen hervorrufen konnte.

Ganz langsam begann der Angstnebel, in dieses Loch zu fließen. Anne hatte das Gefühl, es würde eine Ewigkeit dauern, aber es konnten nur Sekunden gewesen sein. Länger hätte das Saurierweibchen sicher nicht gewartet.

„Sehr gut", sagte Yra. „Und jetzt gehst du neben sie und legst deine Hand hinter ihr Ohr. Dort findest du am leichtesten Kontakt zu ihrem Nervensystem. Dann strahlst du Ruhe aus, wie du es bei mir tust, wenn du deine Hand auf meinen Arm legst."

Dieses Urbild einer Bestie *anfassen?*

Als Anne begriff, was Yra von ihr forderte, wollte die mühsam eingefangene Angst sich explosionsartig wieder ausbreiten.

Nicht denken!, befahl sich Anne. *Bloß nicht denken, was du tust. Tu es einfach!*

Um den T-Rex zu berühren, musste sie zuerst ihre Augen öffnen. Sie tat es - und es war gut, dass sie sich für das Schlimmste gewappnet hatte. Sie sah direkt in ein halbgeöffnetes, riesiges Maul mit Reihen von hässlichen Zähnen, die viel größer waren als von irgendeinem Raubtier, das sie kannte. Die Zunge, groß wie ihr Unterschenkel, pulsierte im Rhythmus des Herzschlags. Sie lag in einer Pfütze von Speichel, von dem bei jeder Bewegung etwas seitlich aus dem Maul heraustropfte. Bei jedem Atemzug rasselte es aus dem Hals des Tieres - und es stank nach verwesendem Fleisch.

„Wenn die Kinder wissen würden, wie du riechst, hättest du weniger Fans", sagte Anne. Sie hatte das Gefühl, etwas sagen zu müssen. Was, war egal, denn das Tier verstand sie sowieso nicht. Hauptsache, ihre Stimme klang weder ängstlich noch aggressiv.

„Jetzt zeig mir mal dein Ohr."

Das tat der Saurier natürlich nicht, weshalb Anne ihre Hand hob und ihn am Kinn berührte. Den Kopf zur Seite schieben klappte nicht, aber anscheinend hatte das Tier nichts dagegen, dass Anne einen Schritt neben seinen Kopf trat. Es brummte dabei.

„Ja. Gut so. Brumm nur weiter", murmelte Anne.

Ohren wie bei Säugetieren hatten T-Rexe nicht. Das Loch da, ein Stück hinter dem Auge, musste eins sein. Zum Glück war das Tier noch lange nicht ausgewachsen, sonst wäre Anne nicht drangekommen. Auch jetzt gelang es ihr nur, weil der Saurier mit nach vorne gebeugtem Kopf neben ihr stand. Inzwischen war er wohl überzeugt, dass Anne ihm nichts tun wollte, sie aber auch kein ängstliches Opfer war. Vielleicht empfand er so etwas wie Neugier. Jedes Wesen, das auf der Erde überleben wollte, musste ein gewisses Maß an Neugier entwickeln. Warum also sollte ein Saurier, der zum ersten Mal jemandem begegnete, der weder Feind noch Futter war, nicht neugierig sein?

In der Entfernung hörte Anne Motorengeräusche. Das konnten nur die Wagen der Parkaufsicht sein. Wenn die jetzt hier hereinplatzten und für Unruhe sorgten, war es um ihr Leben geschehen. Sie durfte nicht mehr lange warten. Sie streckte ihre Hand aus und legte sie hinter die Höröffnung. Die Haut fühlte sich seltsam an. Rau und fest, und doch war deutlich zu spüren, dass sie einem Lebewesen gehörte. Anne übte vorsichtigen Druck aus - und versuchte das zu tun, was in so einer Situation eigentlich unmöglich war: Ruhe ausstrahlen. Sie stellte sich vor, wie ihre ganze Geschichte mit den Lantis begonnen hatte: in einer Nacht auf einer Lichtung im Wald. Sie lag da, schaute hinauf zum Mond und träumte davon, einmal dort oben stehen zu dürfen.

Das Motorengeräusch kam näher, und Anne glaubte, auch bei ihrem T-Rex wachsende Unruhe zu spüren. Sie sah zum Bus hinüber. Dort standen die Touristen hinter den zertrümmerten Fenstern und bestaunten die Szene.

Da war auch Walter. Ihre Blicke trafen sich. Mit einer leichten Kopfbewegung in Richtung der herankommenden Wagen machte sie ihn darauf aufmerksam. Dann machte sie mit ihrer freien Hand das Zeichen des Telefonierens. Walter verstand. Das war jetzt sein Part. Sie musste ihren T-Rex beherrschen.

Anne sah zur anderen Seite, zu Yra, hinüber. Ihr Saurier war größer und Yra kleiner als Anne. Das Tier musste sich weiter vorbeugen, aber es tat es. Yra tätschelte mit ihrer freien Hand seine Wange.

Anne tat es Yra nach. „Was tun wir jetzt?", fragte sie mit ruhiger Stimme.

„Wir gehen zu der Schleuse im Zaun, durch die die Futtertiere hineingebracht werden. Ich habe einen Mann gesehen, der sich da in der Nähe versteckt."

Anne sah zu der Schleuse. Etwa dreißig Meter.

„Komm, wir gehen spazieren", sagte Anne zu ihrem Saurier.

Nichts geschah. Sie drückte mit der anderen Hand gegen die Wange. Der Saurier stand da wie ein Betonklotz. Sie konnte ihn doch unmöglich anschieben.

„Nicht nur durch deinen Mund", sagte Yra. „Durch deine Hand, wie du es gelernt hast."

Die Herausforderungen schienen nicht abnehmen zu wollen. Anne stellte sich vor, wie ihre Worte durch ihre Nervenbahnen zu ihrer Hand flossen – und von dort auf den Saurier übersprangen und in dessen Gedanken eindrangen. Gleichzeitig sagte sie immer wieder: „Los, wir gehen!" Das war leichter, als die Worte nur in Gedanken zu formen.

Tatsächlich. Jetzt reagierte der Saurier auf den leichten Druck ihrer Hand. Das Auge an ihrer Seite schaute sie seltsam an, als ob der Saurier verwundert wäre, dass er Anne verstehen konnte. Dann wendete das mächtige Tier.

Anne achtete sorgsam darauf, den Hautkontakt nicht zu verlieren. Hoffentlich hob er nicht plötzlich den Kopf, dann wäre die Verbindung gerissen.

Anne tat so, als müsse sie ihm jeden Schritt diktieren, obwohl das wahrscheinlich überflüssig war. Tatsächlich trottete der Saurier neben ihr her wie ein gezähmtes Pferd.

„Komm raus aus deinem Versteck!", hörte Anna Yra sagen. „Ich weiß, dass du da bist."

So laut hätte sie sich das nicht getraut, aber Yra wusste, wie weit sie gehen konnte.

Nichts tat sich.

„Komm raus, oder ich lass den Saurier auf dich los."

Das half. Hinter einem Felsen erschien ein Kopf. Der Mann hob die Hände, wie er es wohl in einem Wildwestfilm gesehen hatte. Es war eine alberne Geste, und Anne hätte fast gelacht.

„Öffne die Schleuse!", befahl Yra. „Aber schön langsam."

Der Mann bewegte sich nicht. Vorne auf seiner Hose wuchs ein feuchter Fleck.

„Los jetzt! Mein T-Rex hat große Lust auf dich. Lange wartet der nicht mehr."

Als wollte er das bestätigen, öffnete Yras T-Rex das Maul und stieß ein tiefes Grollen aus.

Plötzlich hatte der Mann es sehr eilig.

„Langsam, habe ich gesagt!"

Der Mann ging zwei Schritte langsamer und beschleunigte dann wieder. Selbst Anne glaubte, seine Angst riechen zu können. Ihr Saurier wurde unruhiger, was sie durch verstärkte Ausstrahlung von Ruhe zu kompensieren versuchte.

„Gleich gehen wir nach Hause", sagte Anne durch ihren Mund und ihre Hand.

Das Auge des Sauriers sah sie wieder an. Er grunzte kurz.

Endlich hatte der Mann das erste Tor der Schleuse geöffnet. Anne und Yra führten ihre beiden Saurier hindurch.

Nachdem der Mann das erste Tor verschlossen hatte, öffnete er das zweite.

„Lauf!", sagte Anne laut und gab ihrer Saurierdame noch einen Klaps auf den mächtigen Oberschenkel. Das Tier machte einen Satz nach vorne. Fast hätte Anne den Schwanz an den Kopf bekommen, aber das war keine böse Absicht des Sauriers gewesen. Er musste mit seinem Schwanz einfach das Gewicht beim Laufen ausbalancieren.

Als Anne und Yra die Schleuse verließen und auch das äußere Tor verschlossen war, war es einige Atemzüge lang still. Dann brandete Applaus auf. Aus dem demolierten Bus stiegen Leute nach draußen, aus den anderen Bussen kamen weitere hinzu. Bald waren Anne und Yra von einer Traube von Menschen umgeben. Jeder wollte auf einem Foto mit einer der Frauen sein, unablässig klickten Kameras. Gegen diesen Ansturm konnten Anne und Yra sich nicht wehren. Sie standen da und ließen alles über sich ergehen.

Walter hatte Mühe, bis zu ihnen vorzudringen. Mit Unterstützung einiger Männer der Parkaufsicht brachte er Anne und Yra zu einem der Jeeps. Die restlichen, mit Gewehren bewaffneten Männer, die noch bei den Jeeps standen, wichen ehrfürchtig zur Seite.

Yra warf einen Blick auf die Waffen. „Damit hättet ihr nichts ausgerichtet. Ihr hättet die Tiere nur wütend gemacht und wärt jetzt tot."

Anne sah zurück zu den T-Rexen, die sich in ihrem Gehege über ihr Rind hermachten. „Ihr" T-Rex-Weibchen nahm gerade den Kopf des Rindes zwischen ihre Zähne. Es riss einige Male mit ganzer Kraft daran, dann war der Kopf ab. Kurz darauf knackte es gut hörbar bis zu ihrem Jeep hin.

Anne lief eine Gänsehaut über den Rücken. Das hätte auch ihr Kopf sein können.

Der Aufenthaltsraum im Hauptquartier der Parkaufsicht war angenehm klimatisiert. Sie durften sich am Kühlschrank bedienen, und Anne trank die erste Halbliterflasche Mineralwasser in einem Zug aus. Nach der Hitze draußen und der ganzen Anspannung fühlte sie sich wie ausgedörrt.

Jetzt saß sie in einem Sessel, die zweite Flasche in der einen und einen Plastikbecher in der anderen Hand, und es ging ihr etwas besser. Bisher hatten sie keine Gelegenheit für ein ungestörtes Wort gehabt. Die Männer, die sie in ihrem Jeep hierhin gebracht hatten, hatten ununterbrochen geredet oder gefunkt. Und gleich würde ihr Chef kommen.

Yra stand neben Anne, die Hand locker auf ihre Schulter gelegt.

„Gratuliere", sagte sie. „Ich kenne keinen Lantis, der gewagt hätte, was du getan hast.

Anne sah überrascht auf. „Ich dachte, ihr Lantis macht das so."

Yra lachte. „Das mache nur *ich* so."

Die Bedeutung dieser Worte sickerte nur langsam in Annes Bewusstsein, aber dann umso heftiger.

„Du hast mich auf ein Himmelfahrtskommando mitgenommen? Zu etwas, das selbst erfahrenen Lantis zu gefährlich ist?"

„Himmelfahrtskommando - nein. Erfahrenen Lantis zu gefährlich - ja. Vor allem, weil ..."

Anne sprang auf und sah Yra zornig an. „Ich hätte sterben können! Zerfleischt werden von einer Bestie."

Yra hielt ihrem Blick stand.

„Ich wusste, dass es funktioniert", sagte sie ruhig. „*Du* kannst es. Und was hättest du sonst tun wollen? Tote hätte es in jedem Fall gegeben."

„Darf ich euren kleinen Disput unterbrechen?", fragte Walter. Er deutete auf den Flachbildschirm an der Wand.

BREAKING NEWS AUS LANTIKA lief es in fetten roten Buchstaben am unteren Bildschirmrand entlang. ANNE WINKLER BÄNDIGT WILDGEWORDENE SAURIER.

Er ging zum Gerät und schaltete den Ton ein. Die Kommentatorin beschrieb in eindrücklichen Worten die Situation - was eigentlich überflüssig war, denn die mitgelieferten Bilder lieferten Dramatik pur. Es war ein Touristenausflug gewesen, was bedeutete, dass jeder der zwei- bis dreihundert Gäste in den Bussen mit einer Kamera bewaffnet gewesen war. Es gab tausende Fotos und Videos, ein Freudenfest für die Medien, die das Material jetzt nach allen Regeln der Kunst ausschlachteten.

Vom Ausbruch der Saurier bis zum Angriff auf den Bus wurde keine Sekunde ausgelassen. Ein Tourist hatte sogar durch eine zerschlagene Scheibe in das Maul eines T-Rex fotografiert.

„Da können sich die Horrorfilmer eine Scheibe von abschneiden", sagte Walter.

Dann kamen Szenen, wie die beiden Frauen sich den Sauriern näherten. Der Schwerpunkt wurde auf Anne gelegt, die man schnell identifiziert hatte.

„Mach den Ton weg", sagte Anne, als die Kommentatorin ihren Einsatz überschwänglich hervorhob.

Walter ignorierte sie lächelnd. „Deinen weltweiten Heldenstatus wirst du nie wieder los. Wie cool du den Kopf des T-Rex zur Seite schiebst ... Das hätte eine Göttin nicht besser machen können. Und dann deine Haare, die im heißen Atem der Bestie wehen ..."

„Halt den Mund!" Anne schüttete einen Becher Wasser in Walters Richtung. „Ich bin keine Göttin, ich bin eine Frau, die hereingelegt wurde."

Walter wich lachend aus. „Die Menschen werden dir Opfer bringen."

Jetzt warf Anne den Plastikbecher nach Walter.

Unterdessen lief der Beitrag im Fernsehen weiter. „Dr. Anne Winkler war wieder zur richtigen Zeit am richtigen Ort und hat Unglaubliches geleistet, um anderen zu helfen. Wie sie das geschafft hat, ist ein Rätsel. Aber es gibt noch ein Rätsel. Millionen Menschen fragen sich: Wer ist die Frau an Dr. Winklers Seite?"

Der Fernseher zeigte, wie Anne und Yra Hand in Hand um den Bus kamen. Anne fand es befremdlich, sich so zu sehen. Es sah tatsächlich über die Maßen gelassen aus, wie sie mit Yra dastand und dann den Sauriern zuwinkte, die dabei waren, den Bus zu zerfetzen.

„Niemand kennt diese Frau", sagte die Fernsehstimme. „Es gibt weltweit keine Fotos von ihr. Wer ist sie?"

Das Fernsehbild zoomt auf die Frauen und konzentrierte sich dann auf Yra. Der Arm, den sie zum Winken in die Luft hob, wurde bildfüllend gezeigt.

„Man sieht deutlich, dass auf dem Arm Tarnfarbe aufgetragen war, die in großen Teilen abgewischt ist ..."

Natürlich, dachte Anne. So wie sich Yra durch die Leute im Bus zwängen musste, konnte die Farbe nicht haften bleiben.

„... Unter der Tarnfarbe ist die Haut grün. Aber das ist noch nicht alles."

Yras Gesicht wurde gezeigt und dann auf ihre Augen gezoomt. Es war erstaunlich, was normale Kameras inzwischen für Auflösungen hergaben.

„Haben Sie jemals solche Augen gesehen?", fragte die Stimme.

Nach einer Kunstpause kam die Schlussfolgerung: „Das kann nur eines bedeuten."

Die Buchstaben erschienen einer nach dem anderen und in leuchtendem Rot.

DIE LANTIS SIND UNTER UNS

Als der Text vollständig war, sortierten sie sich neu. Rund um Yras stark vergrößertes linkes Auge.

Walter schaltete den Apparat aus, aber die Buchstaben wirkten auf der Netzhaut noch nach.

DIE LANTIS SIND UNTER UNS

10.

Geoffrey Hawker atmete auf. Die Fuller hatte ihn nicht ins Labor begleitet, sondern kümmerte sich „oben" um organisatorische Angelegenheiten. Ihre Anwesenheit war im Labor ohnehin überflüssig, weil dort jedes Wort und jede Bewegung aufgezeichnet wurde. Insofern war seine Überwachung nicht geringer, als wenn jemand ständig neben ihm herlief, nur wurde man nicht so deutlich daran erinnert.

„Bakshi! Wo ist der Lantis? Bringen Sie mich auf den neuesten Stand!"

Aroon Bakshi eilte herbei. Er war sichtlich verärgert, so rüde aus seiner laufenden Arbeit gerissen zu werden, aber Hawker hatte keine Lust, freundlich zu sein. Bakshi war für ihn nur noch ein notwendiges Übel, das er nur deshalb ertrug, weil Myers ihn dazu zwang. Wäre es nach ihm gegangen, hätte Bakshi nach seiner Flucht mit der Lantis das Labor nicht mehr betreten.

Bakshi erstattete Bericht, während sie zu dem neugeschaffenen Lantis gingen. Dieser lag auf einer Liege und rührte sich nicht. Neben seinem Kopf stand der Computer, an dem er immer wieder gearbeitet hatte. Man konnte nicht erkennen, ob der Rechner irgendetwas tat.

„Was ist mit ihm?", fragte Hawker.

Bakshi zuckte mit den Schultern. „Er liegt schon seit gestern Abend so da, etwa seit sechszehn Stunden. Seit er sich hingelegt hat, hat er sich nicht mehr bewegt und kein Wort gesprochen."

„Ist er krank?"

„Das glaube ich nicht. Seine Vitalfunktionen sind normal. Es sieht aus, als ob er schläft."

„Ziemlich lange, finde ich. Wir dürfen ihn auf keinen Fall verlieren, dann mauert Myers uns hier unten ein."

Hawker beugte sich über das Gesicht des Lantis. Der Atem ging ruhig.

„Was hat er da in der Nase?"

„Keine Ahnung. Er hat es selbst reingesteckt."

„In den Ohren steckt auch was. Sieht aus wie Ohrhörer. Wo hat er das her?"

Bakshi zeigte auf ein Regal, in dem die Lantis-Behälter lagerten, mit denen sie bisher nichts anfangen konnten.

„Der ganz rechts", sagte Bakshi. „Der Lantis ist hingegangen, und plötzlich hatte er die Sachen in der Hand."

Hawker ging hin und sah sich den Behälter an. Er war etwa achtzig Zentimeter breit, vierzig Zentimeter hoch und dreißig Zentimeter tief.

„Wirkt wie eine Transportkiste."

Die Oberfläche zeigte keine Erhebung oder Vertiefung. Selbst bei genauerem Hinsehen konnte Hawker nicht den kleinsten Ritz erkennen.

„Wir haben sie untersucht", sagte Bakshi, „konnten aber nichts finden. Wir vermuten, dass es interne Sensoren gibt, die Schubfächer oder Abdeckungen öffnen."

„Warum haben Sie ihn nicht gefragt?"

„Haben wir, er hat aber nichts gesagt. Er ist einfach zu seinem Computer gegangen, hat daran gearbeitet und sich dann hingelegt. Wir wissen nur, dass er jede Menge Dateien geladen hat, um unsere Sprache zu lernen. Vielleicht hat es damit zu tun."

„Durch die Nase? Das passt nicht."

Hawker stupste den Lantis an.

„Er hat gesagt, wir sollen ihn nicht stören", wandte Bakshi ein.

„Das ist mir egal. Mir gefällt nicht, dass er Sachen macht, die wir nicht verstehen. Ich will mit ihm reden."

Hawker stupste heftiger.

Jetzt reagierte der Lantis. Er schlug die Augen auf.

„Was ist?", fragte er. „Ich habe gesagt, dass ich nicht gestört werden will."

„*Ich* sage hier, was passiert", sagte Hawker. „Und jetzt sage ich, dass du Schluss machst und aufstehst."

Für eine Sekunde spannte sich der Lantis an, und Hawker wich einen Schritt zurück. Er hatte keine Lust, angefallen zu werden. Er sah sich um. Sowohl die Wachen als auch Arman waren in der Nähe.

Der Lantis registrierte seinen Blick. Langsam setzte er sich auf. Er musterte Hawker von oben bis unten, dann grinste er. Jetzt hätte Hawker gerne seine Gedanken gelesen.

Der Lantis machte einige Eingaben an seinem Computer. Als er fertig war, nahm er sich die Stöpsel aus Ohren und Nase.

„Was ist das?", fragte Hawker.

„Ich habe eure Sprache gelernt", erklärte der Lantis.

Es kam erstaunlich klar. Ein bisschen mühsam noch, weil die Mundmuskulatur noch ungeübt war, aber ansonsten einwandfrei. Die Sprachmelodie und der Slang erinnerten Hawker an etwas. Richtig, der letzte James Bond Film. Der obligatorische Böse, der mal wieder die Welt beherrschen wollte, hatte so gesprochen. Wahrscheinlich hatte dem Lantis das gefallen, und er hatte sich das Muster als Vorlage für sein Sprachprogramm genommen. Es klang ein bisschen albern bei dem kleinen grünen Männlein, das Hawker gerade mal bis zur Brust reichte, aber wenn es ihm gefiel ...

„Das alles hast du über Nacht gelernt?"

„Es gibt eine Menge, das du nicht weißt."

„Wenn du unsere Sprache so gut beherrschst, solltest du mich siezen. Das ist angebracht."

„Ich weiß, dass du der Boss bist."

Der Lantis grinste wieder, scheinbar frech, was Hawkers Puls nach oben trieb. Angesichts der allgegenwärtigen Kameras entschloss er sich jedoch, das Du des Lantis zu ignorieren. Sich über solche Kleinigkeiten aufzuregen, würde Meyers kaum gutheißen.

„Erkläre mir, was du gemacht hast!"

Der Lantis reckte sich. „Ich habe schon lange nicht mehr aufgetankt. Ich möchte in die Sonne."

Nach den Erfahrungen mit Yra hatten sie vor Kurzem auf dem Flachdach des Laborgebäudes einen abgesperrten Bereich eingerichtet. Er war von keiner Seite aus einsehbar, gab aber den Lantis die Möglichkeit, Sonne zu tanken. Der Lantis war schon einmal dort gewesen.

Hawker spielte mit dem Gedanken, dem Lantis den Wunsch zu verwehren, einfach um ihm zu zeigen, wer hier das letzte Wort hatte. Dann fiel ihm ein, dass dort oben nur normale Überwachungskameras ohne Tonübertragung installiert waren. Entweder hatte man die vergessen, wahrscheinlich aber einfach nicht für nötig gehalten. Auf dem Dach wurde nichts entwickelt oder erforscht, sondern höchstens ein paar sportliche Übungen absolviert. Eine Flucht war von dort auch nicht möglich. Der Lantis hatte gemeint, dass es einiges gab, was Hawker nicht wusste. Vielleicht gab ihm ein Gespräch auf dem Dach die Gelegenheit, etwas davon zu erfahren. Ein kleiner Wissensvorsprung vor Myers konnte nie schaden.

„Also gut", stimmte Hawker zu. „Gehen wir aufs Dach."

Zu den anderen gewandt sagte er: „Es genügt, wenn ich den Lantis begleite. Ihr macht hier unten mit eurer Arbeit weiter."

Der Lantis grinste wieder.

Mit dem Code, den Hawker eingab, fuhr der Aufzug ohne Zwischenhalt bis aufs Dach. So war auf diesem Weg keine Flucht möglich, aber der Lantis machte auch keine Anstalten zu fliehen. Er stand einfach ruhig da. Die Wache, die sie begleitete, blieb neben dem Eingang zum Aufzug stehen, wo es schattig und noch einigermaßen angenehm war. Hawker ging mit dem Lantis ins Freie.

Die Sonne schien heiß, was dem Lantis aber nichts auszumachen schien. Hawker hatte einen großen Sonnenhut aufgesetzt, aber er schwitzte.

Der Lantis ging langsam an der Außenmauer entlang. Sie war fast drei Meter hoch, so dass auch Hawker keinen Blick nach draußen werfen konnte. Das Einzige, was er außer der Sonne sah, war eine Überwachungsdrohne, die hoch am Himmel ihre Kreise über Lantika zog. Der Lantis, der Hawker nur bis zur Brust reichte, sah erst recht nichts. Hawker ging neben ihm, wobei er, wo immer es möglich war, den Schatten ausnutzte.

„Also, was hast du gemacht? Du hast unsere Sprache erstaunlich schnell gelernt."

„Neugierig?", fragte der Lantis.

Aber Hawker wollte sich nicht provozieren lassen. Die Gelegenheit, etwas zu erfahren, war günstig, aber zeitlich begrenzt.

„Ja, ich bin neugierig", gab Hawker zu. „Wir sind sehr angetan von eurer Technologie, und wenn uns jemand etwas erklären kann, sind wir sehr aufgeschlossen."

„Was habe ich davon, wenn ich dir etwas erkläre? Ich bin eingesperrt wie ein Tier und werde behandelt wie ein Gefangener. Warum sollte ich entgegenkommend sein?"

„Ich kann dafür sorgen, dass sich das bald ändert", sagte Hawker. Wie begrenzt seine Möglichkeiten waren, musste er dem Lantis ja nicht auf die Nase binden. „Um das zu tun, muss ich aber etwas in der Hand haben."

Der Lantis hielt an. „Werden wir hier auch abgehört wie im Labor?"

Hawker war überrascht. Der Lantis wusste mehr, als er vermutet hatte. Er war ein scharfer Beobachter und zog intelligente Schlüsse.

„Das da sind nur Kameras. Tonaufzeichnung gibt es hier draußen nicht."

„Gut", sagte der Lantis. „Lass uns weitergehen, das fällt weniger auf."

Wer ist dieser Kerl? Für einen kurzen Moment wurde er Hawker unheimlich. Dieser kleine Mann wunderte sich über nichts und schien mit allen Wassern gewaschen zu sein.

„Nach eurer Terminologie bin ich wohl Neuroinformatiker, wenn auch etwas fortgeschrittener, als ihr das kennt."

„Erzähl mir mehr davon", bat Hawker.

Der Lantis machte ein Geräusch, das man am ehesten als Seufzen deuten konnte. „Also gut, fangen wir klein an. Das Gehirn ist nichts anderes als ein extrem leistungsfähiger biologischer Computer. Es hat Strukturen für die Speicherung von Daten und für die Verarbeitung von Informationen, dazu noch einiges mehr, was jetzt aber zu kompliziert wäre. Was es von einem eurer technischen Computer unterscheidet, ist seine Flexibilität. Entscheidungsprozesse sind nicht fest verdrahtet, sondern unstrukturiert dynamisch. Es kann mehrere Richtungen zugleich denken, weshalb du unschlüssig sein kannst. Das kann ein Computer nicht. Eine Entscheidung kommt zustande, wenn ein Gedankenprozess ein Übergewicht bekommt, entweder, weil viele Prozesse in eine Richtung gehen, das wäre dann demokratisch, oder weil ein Prozess sehr schwer wiegt, zum Beispiel ein Trieb oder eine Emotion. Dann gewinnt der stärkste Prozess. Dein Bewusstsein merkt wenig davon. Du sagst am Ende nur: Gut, jetzt mache ich es so und so. Möchtest du mehr über Hierarchie-Ebenen und Details wissen?"

Hawker winkte ab. Details waren nicht wichtig. Klar war auf jeden Fall, dass hier kein nackter Wilder neben ihm ging, sondern ein hochgebildeter Wissenschaftler, der ihm mit wenigen Worten komplexe Zusammenhänge erklären konnte, an der sich viele moderne Wissenschaftler die Zähne ausbissen.

„Und das kannst du manipulieren?", fragte Hawker.

„Manipulieren? Wie kurz gedacht. Was man wirklich versteht, kann man *beherrschen*. Das ist mehr als ein bisschen Manipulation. Ich habe die Technologie entwickelt, die Informationen und die Strukturen aus dem Gehirn zu extrahieren und in Kristallspeichern zu konservieren. *Ich habe das erfunden, was ihr "Lebenskristalle" nennt.*"

Der Lantis sah ihn herausfordernd an.

Hawker konnte es kaum glauben, was der Lantis ihm anscheinend anmerkte.

„Was meinst du wohl, warum ich hier bin? Weil ich der Spezialist bin, der dafür sorgen soll, dass alles funktioniert."

Das ergab Sinn, auch wenn Hawker diese Information erst einmal verdauen musste. Wenn die Menschen eine solch bedeutende Mission planen würden, würden sie auch einen Spezialisten mitschicken. Neben ihm stand also einer der führenden Neuroinformatiker der hochentwickelten Lantis, wenn nicht sogar die absolute Kapazität auf diesem Gebiet. Hawkers Achtung wuchs, auch wenn es ihm immer noch schwerfiel, in diesem für seine Verhältnisse geradezu winzigen, nackten, grünen Lantis einen Kollegen zu sehen, der ihm vermutlich sogar haushoch überlegen war.

„Du kannst also Wissen in ein Gehirn einspielen? Du hast unsere ganze Sprache eingespielt?"

Dieses Mal brummte der Lantis. Es hörte sich verärgert an. „Wenn ich nicht wüsste, dass du Wissenschaftler bist, würde ich dich für geistig beschränkt halten und das Gespräch beenden. Wer ein ganzes Gehirn mit Informationen füllen kann, der kann auch so einen winzigen Teilbereich wie eine Sprache einspielen."

Jetzt, wo der Lantis es erwähnte, wurde Hawker auch klar, wie peinlich seine Frage gewesen war.

„Unsere Wissenschaftler halten sich bei Experimenten an Menschen zurück", sagte er entschuldigend. „So weit denken wir gewöhnlich nicht."

„Ihr beschäftigt euch lieber mit Ratten", erwiderte der Lantis abfällig. „Das weiß ich inzwischen."

„Sträuben sich die Lantis nicht bei dem Gedanken, jemand würde in ihr Gehirn eingreifen?"

„Sträuben?"

Der Lantis sah Hawker an, und sogar in diesem fremden Gesicht konnte er die Fassungslosigkeit erkennen.

„Jeder *giert* danach. Was glaubst du, was die Leute bezahlen, wenn sie bei dir in einer Nacht eine Sprache lernen können oder einen Studiengang? Die Leute rennen dir die Tür ein, egal, wie hoch der Preis ist."

Langsam begann Hawker zu verstehen. Er hatte zu wissenschaftlich gedacht, und dazu noch gebremst durch traditionelle Ethik. Aber der Lantis hatte recht, und bei den heutigen Menschen wäre es kaum anders. Nahmen nicht jetzt schon viele Menschen Medikamente, um ihre Konzentration zu erhöhen? Studenten vor Prüfungen? Manager und Politiker vor langen Verhandlungen? Schon heute wurden riesige Summen in diesem Segment umgesetzt. Und die Lantis-Technologie bot bei Weitem mehr als bloß erhöhte Konzentrationsfähigkeit. Sie war die Garantie für den nächsten Karriereschritt. Sie ersetzte Jahre harte Arbeit. Wer diese Technologie in der Hand hielt, konnte die Preise festsetzen - und sie würden gezahlt werden. Selbst, wenn diese Art der Wissensvermittlung in einigen Ländern verboten würde ... Es genügte ein einziges Land, das diese Praxis erlaubte, und die Dämme würden brechen. Niemand würde dumm bleiben wollen. Früher oder später würden alle Länder nachziehen, das gebot schon die ewige Konkurrenz unter den Mächten.

Aber der Lantis war noch nicht fertig.

„Und wenn du erst beginnst, das Gehirn zu beschleunigen ... Die Kapazitäten sind bei Weitem nicht ausgereizt."

Hawker hatte das Gefühl, das sein Gehirn schon jetzt nicht mehr mitkam. Die Konsequenzen aus dem, was der

Lantis sagte, waren enorm. Was er hier hörte, stellte alles in den Schatten, was die gesamte Wissenschaftlergemeinschaft an Erkenntnissen aus den Lantis-Containern gewonnen hatte. Wenn es diese Technologie gab ... Wieso wenn? War der Lantis neben ihm nicht das beste Beispiel? Er redete fließend in einer Sprache mit ihm, die er gestern noch nicht beherrscht hatte. Es war also möglich. Die ersten Ansätze menschlicher Forschung gingen ja auch schon in diese Richtung, und die jährlichen Fortschritte waren enorm. Es war nur eine Frage der Zeit, bis auch die Menschen diese Technologie entwickeln würden, selbst ohne Unterstützung der Lantis. Jetzt ging alles nur etwas schneller. Und eins wusste der Professor aus Erfahrung: Nur der Erste würde den großen Reibach machen. So war Bill Gates reich geworden. Er hatte als Erster ein weltweites Betriebssystem durchgesetzt. Wer würde als Erster das Gehirntuning verbreiten? Myers würde sicher keine Sekunde zögern, wenn sich seiner Organisation oder seinem Land diese Chance böte.

Myers. Er würde misstrauisch werden, wenn er zu lange mit dem Lantis hier oben verbrachte. Myers wollte selbst mit dem Lantis reden, sobald es ging.

Jetzt wünschte Hawker sich, schneller denken zu können, um die Konsequenzen besser zu überblicken.

„Wie viel Aufwand ist es, ein Gehirn zu tunen?"

Der Lantis grinste wieder. „Hast du etwa Lust?"

„Ich will es nur wissen."

Der Lantis zuckte mit den Schultern. „Meine Gehirnstruktur ist im Rechner erfasst, deshalb dauerte es nur eine Nacht. Bei dir oder einem anderen Menschen müsste ich erst einen Gehirnscan machen und dann das Programm anpassen."

„Einen Gehirnscan? Bei mir?"

„Natürlich. Ich mache keinen Hokuspokus. So sagt ihr doch? Ein Eingriff in das Gehirn ist ein aufwändiger Prozess, und den kann man nur auf der Basis von harten Fakten starten."

Der Lantis hatte gesagt „Bei dir". Das klang ziemlich konkret, damit hatte Hawker nicht gerechnet. Ein Gehirntuning bei ihm? Neues Wissen einspielen? Über Nacht? Eine ganze Welt an Möglichkeiten tat sich ihm hier auf, er wurde von Gedanken geradezu überschwemmt. Es waren so viele, dass er sie auf Anhieb nicht überblicken konnte.

„Ich muss darüber nachdenken", sagte er. Die Aussichten waren überaus verlockend. Hawker hegte kaum einen Zweifel, dass der Lantis seine Worte in die Tat umsetzen konnte, aber so ganz behagte ihm die Sache doch nicht, den Lantis an sein Gehirn zu lassen.

„Überleg nicht zu lange. Der Erste, der mich hier herausholt, wird belohnt."

Das war eine klare Ansage. Hawker konnte den Lantis verstehen. Wenn er selbst diese Technologie als Faustpfand in der Hand hielte, würde er wahrscheinlich genauso handeln.

„Wir müssen wieder ins Labor."

11.

Der Hubschrauber landete auf dem Dach von Building One. Anders wären Anne, Yra und Walter Bullrider nicht hierhergekommen. Die Nachricht, dass die Drei sich im Hauptquartier der Parkverwaltung aufhielten, hatte sich in Windeseile herumgesprochen, zuerst bei der in Lantika anwesenden Presse und dann bei den Touristen. Im Zeitalter von Twitter und Facebook dauerte so etwas nur Minuten. Etwas länger brauchte es, die Sicherheitsbeamten zu überwinden, aber da das Hauptquartier der Parkverwaltung nicht sonderlich schützenswert war, waren es viel zu wenige, um dem Ansturm der Neugierigen standzuhalten. Es schien, als wäre ganz Lantika auf den Beinen. Alle wollten nur eins: eine lebendige Lantis sehen. Das war plötzlich wichtiger als alle Saurier.

Um die Situation nicht ganz außer Kontrolle geraten zu lassen, hatte Professor Hawker als Bürgermeister von Lantika eine offizielle Pressekonferenz anberaumt, natürlich in Building One. Yra war nur widerwillig in die fliegende „Benzinbombe" gestiegen, aber eine andere Möglichkeit, zu Building One zu kommen, gab es nicht.

Ihr Flug hatte nur wenige Minuten gedauert, die Presseleute würden etwas später eintreffen. Also blieb etwas Zeit, sich frisch zu machen, Yra bestand auf einer Dusche.

Walter wartete vor dem Erfrischungsbereich für Damen, um die beiden Frauen in den großen Saal zu begleiten und sie vor Zudringlichkeiten zu schützen.

Anne kam zuerst heraus, dann kam Yra.

„Wow!", sagte Walter nur.

Yra strahlte in bestem Grün. „Ich musste diesen Theaterschmier loswerden."

„Du kannst deinen Mund wieder schließen, Walter", sagte Anne.

„Äh, ja." Es war nicht nur das Grün, das Walter schon kannte, es war das Kleid. Wechselkleider hatten sie in der Kürze der Zeit nicht bekommen, aber im Gegensatz zu Anne hatte Yra auch ihr Kleid gewaschen. Natürlich war es noch nass, und es klebte mehr an Yra, als dass es hing.

„Immerhin hat sie das Kleid noch an", sagte Anne.

„Sie wird darin eine Menge Aufsehen erregen."

Anne lachte. „Noch mehr Aufsehen, als Yra selbst schon erregt, geht wohl kaum. Außerdem wird das Kleid sehr schnell trocken sein."

Der Weg zum großen Saal, wo die Pressekonferenz stattfinden sollte, war nicht weit, und sie begegneten außer dem allgegenwärtigen Sicherheitspersonal keinem Menschen. Hier hatten die Absperrungen genutzt, aber wahrscheinlich waren die Presseleute, die am aufdringlichsten waren, damit beschäftigt, sich die besten Plätze im Saal zu erkämpfen.

Am hinteren Bühneneingang machte ihnen ein Saaldiener ein Zeichen, dass sie noch warten sollten.

Durch die geöffnete Tür sah Walter eine Reihe Tische auf der Bühne mit insgesamt vier Plätzen. Ganz außen saß die Frau, die als Myers' Handlangerin eigentlich die Fäden zog. Daneben saß Professor Hawker, der sich gerade mit ein paar Worten zur Begrüßung abmühte. Man konnte ihm anmerken, dass er nicht richtig vorbereitet war und sich absolut nicht wohlfühlte.

Kein Wunder, dachte Walter. Diese Pressekonferenz kam mehr als ungeplant. Sie torpedierte die ganzen Pläne und die so mühsam erzwungene Geheimhaltung. Schon jetzt am Anfang rang Hawker nach Worten. Er sah immer wieder zu seiner Nachbarin, wohl um sich zu vergewissern, dass er noch ihre, oder besser gesagt, Myers' Zustimmung hatte. Zeit, dass Myers Hawker einweisen konnte, hatte es offenbar kaum gegeben. Ob Myers überhaupt einen Plan für die Konferenz hatte, war fraglich.

Die Unruhe im Saal stieg merklich an. Die Reporter hatten wenig Lust auf Worte des Bürgermeisters, sie wollten Fakten. Sie wollten etwas sehen. Sie wollten endlich die Lantis sehen. Yra.

Anne und Yra standen vor Walter und sahen ebenfalls durch die geöffnete Tür, so weit es der Saaldiener erlaubte. Sie hielten sich an den Händen und wirkten vollkommen ruhig. Walter hatte dieses An-den-Händen-Halten in der letzten Zeit häufig gesehen, aber es war jedes Mal aufs Neue ein befremdlicher Anblick. Er war sehr konservativ aufgewachsen, und er konnte sich einfach nicht vorstellen, dass diese Berührung nur zur Kommunikation diente. Sie wirkte so persönlich, ja - intim. Offensichtlich war allerdings, dass Anne und Yra sich wortlos verstanden. Sie redeten nicht miteinander, aber sahen sich dafür umso häufiger an und nickten gelegentlich in gegenseitigem Einverständnis. Das Schweigen fiel Walter nicht schwer, aber er war trotzdem gerne im Bilde, was um ihn herum alles ablief. So richtig wohl fühlte er sich nicht.

Jetzt gab der Saaldiener die Tür frei. Anne und Yra gingen gemeinsam hindurch. Wohin sie mussten, war offensichtlich, denn es gab an der Tischreihe nur noch zwei freie Plätze. Walter ging auch in den Saal, hielt sich aber im Hintergrund. Er war hier der Uninteressanteste, und das war gut so. Für seinen Bedarf hatte er genug Öffentlichkeit erlebt, und er war *nicht* süchtig danach wie so viele Prominente, die er auf seinen Vortragsreisen kennengelernt hatte und die so scharf auf jedes Kameraobjektiv waren wie ein Abhängiger auf den nächsten Schuss. Er genoss es, von dieser unbeachteten Position selbst alles bestens im Blick zu haben.

Der Saal war randvoll, aber er kannte niemanden. General Myers und auch dessen chinesischen Kollegen, General Yan Haishan, konnte er nirgends entdecken. Wenn sie nicht gerade in Lantika gewesen waren, hatten sie es wohl nicht geschafft, rechtzeitig hierherzukommen. Auf dem Weg waren sie garantiert, denn was gab es Wichtigeres als die Ereignisse hier? So mussten sie sich mit der virtuellen Anwesenheit durch die Datenbrillen begnügen. Walter vermutete jede Menge ihrer Agenten im Raum, aber er versuchte erst gar nicht, sie herauszufiltern. Wenn ihm das bei einem gelänge, wäre es sicher kein Profi von Myers. Die spürte man nicht auf.

Als die ersten Reporter Yra entdeckten, ging eine Woge der Erregung durch den Raum. Alle standen auf, jeder wollte etwas sehen. Ein Wald von Objektiven richtete sich auf sie.

Anne und Yra gingen einfach zu ihren Plätzen, als ob nichts wäre. Anne setzte sich, Yra nicht. Sie nahm ein Mikrofon und ging weiter bis zum Bühnenrand. Professor Hawker war sichtlich überrascht. Er hatte wohl damit gerechnet, dass Yra sich brav setzen würde und ihm das Wort überließ. Aber Yra war nicht brav. So viel hatte Walter inzwischen gelernt.

Yra stand vorne und ließ ihre Blicke in aller Ruhe über die aufgeregte Menge schweifen, als hätte sie ihr Leben lang nichts anderes getan. Ihr Kleid war tatsächlich einigermaßen getrocknet, ansonsten war sie barfuß wie immer und trug ihre Sonnenbrille.

Professor Hawker machte einen Versuch aufzustehen, aber die Frau neben ihm legte ihm die Hand auf die Schulter, sah ihn an und schüttelte den Kopf.

Yra führte das Mikrofon an ihre Lippen, und selbst Walter war gespannt, was sie sagen würde.

„Ihr seid gekommen, um eine Lantis aus uralter Vorzeit zu sehen. Hier bin ich. Ich bin Yra. Und ich bin grün."

Sie nahm das Mikrofon wieder herunter und ließ ihre Worte wirken.

Sie waren schlicht - und dadurch umso kraftvoller. Es gab nichts, was in diesem Raum noch wichtig war außer Yra.

Langsam ging sie am vorderen Rand der Bühne entlang. Es gab kein Auge und kein Objektiv, das ihr nicht jeden einzelnen Schritt folgte. Auch Walter konnte seine Blicke nicht von ihr lassen. Yra war schön, sie bewegte sich anmutig. Es störte überhaupt nicht, dass sie barfuß ging. Und, ja, Yra war erotisch. Ihre Haut hatte diesen seidig feuchten Schimmer, den er schon oft bewundert hatte. Wenn man sie so daherschreiten sah, konnte man alles andere um sich herum vergessen. Und das schien vielen so zu gehen. Für eine Pressekonferenz mit so vielen Menschen war es erstaunlich ruhig. Man hörte nur die Geräusche der Kameras.

Als Yra wieder an ihrem ursprünglichen Platz angekommen war, hob sie erneut das Mikrofon.

„Wer jetzt noch kein gutes Foto hat, wird nie eins hinbekommen. Hört mit dem Fotografieren auf und stellt eure Fragen."

Irgendjemand rief: „Würden Sie bitte Ihre Sonnenbrille abnehmen?"

„Nein."

Yra sagte es fast beiläufig. Sie sah nicht einmal in die Richtung des Fragenden. Aber dieses einfache „Nein" strahlte so viel Souveränität aus, dass jedem klar war, es würde heute keine andere Antwort mehr geben. Walter spürte förmlich, dass niemand wagte, Yra zu drängen. So etwas hatte er noch nie erlebt. Presseleute drängten immer, sie bekamen nie genug.

Er konnte kaum fassen, wie diese kleine Frau aus einer anderen Zeit da vorne stand und ganz alleine den Saal im Griff hatte. Hier gab es keine Scheu, kein Zögern, keine Unsicherheit, wie man es von jemand Fremden erwartet hätte. Yra war erst Minuten in der Öffentlichkeit, und doch hatte sie schon die Dinge in die Hand genommen.

Wer ist diese Frau?, fragte sich Walter einmal mehr. Niemals war Yra eine zufällig ausgewählte Lantis. Aber was war sie dann?

Sie zeigte auf einen beliebigen Finger, der in die Luft ragte. „Deine Frage."

„Woher kommt es, dass Sie so gut unsere Sprache sprechen?"

„Lantis sind hochintelligent und lernen schnell."

Sie zeigte auf einen weiteren Finger. „Du."

„Seit wann sind Sie auf der Erde?"

„Seit über fünfundsechzig Millionen Jahren."

Einige Leute lachten.

„Ich meine, seit wann sind Sie bei uns in Lantika?"

„Fragen zu meiner Erzeugung hier richtet später an diesen Mann." Yra sah nicht zu Professor Hawker, sie deutete nur kurz mit dem Kopf in seine Richtung.

Das war geschickt, fand Walter, und gleichzeitig harter Tobak. Yra hatte auf diese Weise alle unangenehmen Fragen auf den Professor abgewälzt. Gleichzeitig hatte sie deutlich gemacht, was sie von ihm hielt. „Dieser Mann." Das musste Hawker ziemlich getroffen haben. Bis er das verdaut hatte, würde einige Zeit vergehen, aber erst würde er sich einem Berg von unangenehmen Fragen ausgesetzt sehen.

Hawker machte einen Eindruck, als hätte er gerade in eine unreife Zitrone gebissen. Walter musste innerlich grinsen. Hawker würde nachher die Reportermeute niemals so im Griff haben wie Yra jetzt. Der fraßen sie geradezu aus der Hand.

„Was haben Sie gedacht, als Sie den T-Rexen entgegengegangen sind?"

„Dass ich sie gleich beruhigen werde."

„Sonst nichts? Hatten Sie keine Angst?"

„Ich habe nie Angst."

„Aber die Saurier sind größer und stärker als Sie. Die Tiere hätten Sie töten können."

„Mich beeindruckt Intelligenz, nicht die Masse an Muskel- oder Fettzellen."

So ging es eine ganze Zeit lang weiter. Die Reporter schienen zugleich fasziniert und atemlos zu sein über die Art, wie Yra ihre Fragen beantwortete. Selbst Walter war beeindruckt. Yra antwortete präzise, manchmal schmerzhaft eindeutig. Wer Pressekonferenzen mit Politikern oder anderen bedeutenden Persönlichkeiten gewohnt war, musste glauben, er wäre im falschen Film. Und wer noch einen Beweis brauchte, dass die Lantis keine ungebildeten Wilden waren, der hatte ihn hiermit bekommen.

„Es ist genug für heute", sagte Yra irgendwann, obwohl noch immer ein Wald an Händen in die Luft ragte. „Ihr habt ausreichend Material von mir bekommen, richtet eure weiteren Fragen an Professor Hawker."

Es war ein seltsamer Moment. Yra stand vorne und schwieg. Jeder im Raum wusste, dass es keine Antworten von ihr mehr geben würde. Egal, wie viel man drängen würde. Walter fragte sich, ob jetzt Enttäuschung hochkochen würde.

Yra hob noch einmal das Mikrofon. „Ich wünsche euch viel Erfolg für eure Arbeit. Ihr werdet gute Artikel schreiben."

Dann ging sie zu ihrem Platz an der Tischreihe, den sie nie eingenommen hatte.

Erste Reporter applaudierten. Weitere folgten. Jetzt standen alle auf. Einige pfiffen laut oder trommelten mit ihren Händen gegen die Tischplatten.

Yra drehte sich um und lächelte.

Der Applaus schwoll nochmals an.

Yra steckte das Mikrofon in seine Halterung und streckte die Hand nach Anne aus. Anne stand auf, ergriff die Hand und ging mit Yra zum hinteren Bühneneingang. Dort wartete Walter.

Auf dem Weg dorthin sah Yra kurz zu Professor Hawker, der hinter ihr hersah. Sie nickte ihm kaum merklich zu. Walter sah nur zufällig, wie sich ihre Blicke trafen - und wie der Professor verstand.

Yra war kein Ausstellungsstück, das man einfach so vorführen konnte. Im Gegenteil. Yra hatte *ihn* vorgeführt. Ihn, den Professor, den Bürgermeister der wichtigsten Stadt der Welt, hatte sie auf seinem eigenen Terrain geschlagen. Und zwar so geschickt, dass die anderen noch nicht einmal merkten, was eigentlich geschehen war. Nur der Professor wusste es, und auch Walter.

Yra war klein, fremd und schien harmlos. Man erwartete, dass jemand in solch einer Situation schwach und hilfsbedürftig war, wie ein Flüchtling in einer fremden Welt. Aber Yra war das Gegenteil von harmlos und hilfsbedürftig. Sie hatte das Heft jede Sekunde in der Hand gehabt. Sie hatte die Masse der Reporter beherrscht, als wäre es ein Kinderspiel - und sie hatte wie nebenbei die Latte für den Professor hoch gehängt. Unerreichbar hoch.

Yra war mit stehenden Ovationen verabschiedet worden. Der Professor konnte dagegen nur noch scheitern.

Zurück ins Hotel konnte Yra nicht, dafür hatte sie durch ihre bloße Existenz zu viel Aufsehen erregt. Anne und Yra wollten sich nicht trennen, und Walter wollte unbedingt persönlich auf die Frauen aufpassen, weil er keinem anderen mehr traute. Also hatte man den Dreien ein Gästeappartement in Building One zugewiesen. Es befand sich in der dritthöchsten Etage, direkt unter dem Büro von Professor Hawker und dessen Privatwohnung. Die Aussicht über die Stadt zur einen Seite und über die Wüste zur anderen war beeindruckend, aber beides interessierte im Moment niemanden.

An der Wand hing ein riesiger Flachbildschirm, der die noch laufende Pressekonferenz zeigte. Der Professor wurde von den anwesenden Reportern richtiggehend zermahlen. Myers hatte ihm verboten, die Wahrheit über das unterirdische Labor und die geheimen Forschungen zu sagen, also musste sich der Professor etwas ausdenken. Ohne gründliche Vorbereitung konnte das nur schiefgehen, denn in diplomatische, verwaschene Formulierungen zu flüchten, ließen die Reporter nicht zu. Nicht nach Yra. Und selbst der kleinste Widerspruch wurde von gut zweihundert kritisch mitdenkenden Journalisten gnadenlos aufgedeckt.

Walter hatte den Ton abgedreht, weil er das heftige Hin und Her nicht mehr hören konnte. Das Bild reichte vollkommen, um die wachsende Verzweiflung Hawkers zu erleben. Die Möglichkeit, die Pressekonferenz vorzeitig zu beenden, bot sich ihm nicht, dafür war zu viel aufgewühlt worden. Das wäre der Anfang vom Ende seiner Tage als Bürgermeister von Lantika gewesen.

„Er kann einem schon fast leidtun", sagte Walter.

„Er hat es nicht anders verdient", erwiderte Yra. „Er hat mich als Versuchskaninchen behandelt und mit mir experimentieren wollen. Dafür musste ich ihn bestrafen, und die Strafe ist noch milde."

„Wie schaffst du es eigentlich, so gelassen vor so vielen Menschen zu stehen? Ich musste mich erst lange daran gewöhnen, und selbst jetzt könnte ich niemals mit den Leuten so umgehen, wie du es getan hast."

Yra sah ihn an. Hier, wo sie unter sich waren, hatte sie ihre Sonnenbrille abgenommen. Im Grün ihrer Augen leuchteten winzige Fünkchen. Walter deutete es so, dass Yra die Pressekonferenz Spaß gemacht hatte, und zwar so sehr, dass er bis jetzt nachwirkte.

„Glaubst du, ich habe eben zum ersten Mal vor vielen Menschen gestanden?"

Hatte er das geglaubt? Ja, das hatte er. Er kannte Yra nur als jemand, der in der Abgeschiedenheit von Anne und Olafs Familie gelebt hatte, wenn man von den paar Stunden nach ihrer Erschaffung im Labor absah, aber da war sie dem Tode näher als dem Leben gewesen. Es fiel ihm schwer zu akzeptieren, dass sie bereits ein Leben voller Erfahrungen mit sich brachte. Sein Verstand wusste das wohl, aber es war so fern von der alltäglichen Realität, dass er sich zwingen musste, es wirklich zu glauben.

Gerade wollte er die Frage stellen, die ihn schon länger beschäftigte - „Wer bist du wirklich?" – aber da fragte Anne: „Warum hast du gelogen?"

Walter vergaß seine Frage. Yra hatte gelogen?

Das Funkeln in Yras Augen erlosch von einem Moment auf den anderen. Sie nahmen ein dunkles Grün an.

„Wobei soll ich gelogen haben?"

Jetzt wurde es spannend. Herumzulavieren entsprach überhaupt nicht Yras Art, und es hätte auch wenig genützt, wie Walter Anne verstanden hatte. Sie hatte gesagt, dass Yra sie nicht anlügen konnte, und er glaubte ihr, selbst wenn er nicht alles verstand, was sich zwischen den beiden Frauen abspielte. Bei Yras Lüge konnte es sich auch nicht um eine Lappalie handeln. Der Presse musste man nicht jedes Detail aus seinem Privatleben verraten. In dieser Hinsicht war es vollkommen in Ordnung, wenn man nicht alles ausplauderte. Es musste um etwas Größeres gehen.

„Weißt du es wirklich nicht?" Anne sah Yra intensiv an.

Die zögerte, dann sah sie zu Walter und hielt Anne ihre Hand hin.

Anne schüttelte den Kopf. „Walter gehört zu uns. Er soll es hören."

Yra schien einen inneren Kampf auszufechten. „Ich weiß es nicht sicher", sagte sie dann.

Walter war aufs Neue erstaunt. Yra war sich bei etwas nicht sicher? Das hatte er noch nie erlebt, und auch das passte nicht zu ihr.

„Ich habe den Eindruck, dass es um etwas Wichtiges geht", sagte er. „Deshalb will ich informiert sein. Wir haben genug Gegner, und wenn wir etwas bewegen wollen, müssen wir uns vertrauen."

„Vertrauen?", wiederholte Yra. „Ich kenne dich kaum. Du hast keine Ahnung, um was es hier alles geht."

„Dann frag Anne. Der scheinst du ja zu vertrauen."

„Anne kenne ich bis in ihr Innerstes." Sie warf Anne einen liebevollen Blick zu. „Ihr vertraue ich voll und ganz."

„Und ich vertraue Walter", sagte Anne. „Du solltest offen vor ihm sein."

„Ich habe ihn noch nicht überprüft."

„Ich werde mich auch nicht überprüfen lassen", sagte Walter. Er ahnte, was Yra sich darunter vorstellte. „Niemand dringt in mein Innerstes ein. Entweder du vertraust mir so, wie ich bin, oder du lässt es. Aber dann ist es mit unserer Zusammenarbeit vorbei."

Yra ging zum Fenster und sah über die Stadt. Ganz hinten glitzerten die Spiegel des Sonnenkraftwerks.

Walter beobachtete sie nachdenklich. Wenn man bedachte, wie unglaublich schnell Yra denken konnte, verging gerade eine kleine Ewigkeit. Argumentieren konnte man an dieser Stelle nicht mehr. Yra war zu intelligent, als dass sie nicht jedes Für und Wider genau kannte.

Aus dem Augenwinkel sah Walter, wie Professor Hawker die Pressekonferenz beendete. Er war bleich wie eine Wand.

Yra drehte sich wieder um.

„Wenn Anne es will, soll es so sein", sagte sie. „Wenigstens für den Moment. Alles Weitere wird sich zeigen."

Sie setzte sich nicht wie üblich neben Anne auf das Sofa, sondern wählte einen Sessel. In den anderen setzte sich Walter.

„Also nochmal", sagte Yra, an Anne gewandt. „Wo, meinst du, habe ich gelogen?"

„Als du gesagt hast, 'Ich habe nie Angst.'"

„Habe ich auch nicht", sagte Yra, aber es klang nicht so selbstsicher wie sonst.

„Doch. Einmal hast du Angst gehabt. Erst furchtbares Erschrecken - und dann Angst. Das weiß ich genau."

Yras Augen wurden schwarz. „*Das* weißt du?" Sie schwieg einen Moment. „Ich weiß es nämlich nicht sicher, ich ahne es nur. Es liegt an einer Bruchstelle meiner Erinnerung. Sie ist nicht vollständig."

„Deshalb weiß *ich* es so gut", sagte Anne. „Es ist an der Bruchstelle gespeichert gewesen, wo der Kristallsplitter, den ich getragen habe, mit deinem Lebenskristall zusammenkommt."

„Dann kann es nur eins sein."

Es wirkte, als würden Yras Augen immer dunkler, was eigentlich nicht mehr möglich war. Walter hatte das Gefühl, sie wurden zu Schwarzen Löchern, die alle Hoffnung und alles Gute einsaugten, auch aus ihm, und er fühlte sich plötzlich gar nicht mehr gut. Er wollte sich zwingen, seinen Blick abzuwenden, aber in diesem Moment schloss Yra die Augen, und sein eigenes dunkles Gefühl ließ etwas nach. Yra schien sich innerlich zu sammeln. Oder sammelte sie verstreute Erinnerungen ein, die jetzt wieder zusammenpassten?

„Ja, es gibt einen Lantis, der mir Angst gemacht hat. Einen einzigen."

„Was ist mit ihm?", fragte Walter. „Was hat er getan? Du kannst es ruhig sagen. Wir sind einige üble Kreaturen in unserer Menschheit gewohnt."

„Ich weiß nicht, was er getan hat", sagte Yra. Walter erlebte sie zum ersten Mal hilflos. „Die Erinnerungen sind unerreichbar für mich, ich komme nicht an sie heran. Ich komme nur in die Nähe der Empfindungen, die ich dabei gespürt habe."

Sie öffnete die Augen. Da waren wieder die alles auffressenden Schwarzen Löcher.

„Ich kann dir nur eins sagen, Walter Bullrider. Alles Böse, das Menschen auf dieser Welt getan haben, ist klein gegen ihn. Niemals hat ein böseres Wesen auf diesem Planeten gelebt. Und niemals ein gefährlicheres."

Die beiden Schwarzen Löcher zogen wieder an ihm. Sein Optimismus schien aus ihm herauszufließen und machte einem Gefühl Platz, das er nicht kannte.

Walter war erschüttert, solche Sätze von Yra zu hören. Von Yra, die nur wenige Stunden zuvor wildgewordenen Bestien mit bloßen Händen gegenübergetreten war. Die gewagt hatte, was kein Mensch wagen würde. Diese Frau zeigte Angst. Jetzt meinte er, sogar ein leichtes Zittern bei ihr zu erkennen. Wenn er sie bei diesen Worten ansah und spürte, was dabei von ihr ausging, dann glaubte er ihr jedes Wort.

„Wie heißt dieser Lantis?", fragte er.

„Sein Name ist Korgh."

12.

Professor Hawker lehnte mit dem Rücken an der Wand des Fahrstuhls, die Augen geschlossen.

Endlich!

Er war froh über jeden Zentimeter, den es nach unten ging. Das hätte er sich vor Kurzem niemals vorstellen können, als er noch darum gekämpft hatte, aus dem Labor herauszukommen. Jetzt wollte er wieder zurück, hier unten wussten sie noch nichts von den Geschehnissen oben. Hinter ihm lag eine Pressekonferenz, wie er sie noch nie erlebt hatte und wie er sie auch nie wieder erleben wollte. Die Presseleute hatten ihn förmlich durch den Fleischwolf gedreht, vor laufenden Kameras.

Diese verdammte Lantis hatte die Presse aufgeputscht und die Erwartungen hochgeschraubt. Dann hatte sie sich aus dem Staub gemacht. Diese Ausgangsposition war schon schwierig genug gewesen, aber dann hatte diese genauso verdammte Fuller ihn unablässig mit Zetteln versorgt, was er alles *nicht* sagen durfte. Das konnte nur schiefgehen, und das war es dann auch. Seine Tage als Bürgermeister von Lantika und Leiter der gesamten Forschungen waren gezählt. Es war nur noch eine Frage der Zeit, bis die zuständigen Gremien tagten und über seine Ablösung entschieden.

Sogar auf dem Weg hierhin hatten ihn noch Presseleute belagert, bis er in den Sicherheitsbereich gekommen war, den sie nicht betreten durften. Aber sie würden warten. Und dann würden sie wieder über ihn herfallen. Wenn die Presse einmal Blut geleckt hatte, ließ sie nicht mehr locker.

Der Aufzug erreichte die Ebene des geheimen Labors. Hawker atmete noch einmal tief durch, dann trat er durch die Tür.

Bloß nichts anmerken lassen.

Ein kurzer Bericht von Bakshi, und Hawker war klar, dass der Lantis sich an die Vereinbarung gehalten hatte, die sie bei ihrer letzten Begegnung im Aufzug getroffen hatten. Er hatte geschwiegen.

„Ich gehe wieder mit ihm nach oben, Bakshi. Die frische Luft tut mir gut."

Oben angekommen kam Hawker sofort zur Sache. Er hatte das Gefühl, nicht mehr viel Zeit zu haben. Jeder Tag konnte sein letzter in Lantika sein, und dann war seine große Chance vorbei. Seine letzte Chance.

„Ich bin einverstanden, du kannst mein Gehirn scannen und später upgraden."

Der Lantis lächelte. „Eine gute Entscheidung."

Er hielt dem Professor die Hand hin. „Wo wir jetzt praktisch Geschäftspartner sind ... Mein Name ist Korgh."

Hawker ergriff die Hand. „Geoffrey Hawker. Auf gute Zusammenarbeit - Korgh."

„Und als Gegenleistung komme ich hier raus."

„Selbstverständlich." Wie er das anstellen sollte, wusste Hawker zwar immer noch nicht, aber das war jetzt zweitrangig. Entweder fiel ihm noch etwas ein, oder, falls nicht, hatte er immerhin das Upgrade.

„Wie funktioniert das? Was muss ich tun? Wir sollten alles unauffällig erledigen, die anderen müssen nichts davon mitbekommen."

„Verstehe", sagte Korgh und lächelte wieder.

Er stellte sich so, dass die nächstgelegene Überwachungskamera ihn nur von hinten sehen konnte, dann öffnete er die linke Hand. Darin lagen drei kleine Stöpsel und ein Kästchen, so groß wie eine Streichholzschachtel. Hawker war gar nicht aufgefallen, dass der Lantis etwas mit nach oben gebracht hatte, der wie bisher nackt war.

Hawker war erstaunt. Korgh war offensichtlich davon ausgegangen, dass er den Scan wollte, und hatte sich schon vorbereitet. Der Lantis war clever. Das war gut, denn so sparten sie wertvolle Zeit.

„Das hier sind Sensoren." Korgh zeigte auf die Stöpsel. „Diese beiden steckst du in deine Ohren und den hier in deine Nase. Das Kästchen ist ein Rekorder. Alles musst du vier Stunden ununterbrochen tragen und mir dann wiederbringen. Während des Scans solltest du dich so ruhig wie möglich verhalten."

„Mehr nicht?"

„Mit drei verteilten Sensoren kannst du jeden Punkt eines Raums exakt anmessen. Das ist einfachste Physik. Was hast du erwartet?"

„Nun ja, das Gehirn hat etwa einhundert Milliarden Nervenzellen, die durch einhundert Billionen Synapsen verbunden sind. Das ist ziemlich viel, weshalb ich davon ausgegangen bin, dass du etwas mehr Aufwand treiben musst."

Korgh lächelte. „Aha, da hat sich jemand schon Gedanken gemacht - aber dabei nicht weit genug gedacht. Wenn du ein Land regieren willst, musst du dann jeden der hundert Millionen Menschen kennen und wissen, welche Beziehung er zu den anderen hat? So denkt man vielleicht in der Grundschule. Du musst nur die *richtigen* Menschen finden und die *Strukturen* kennen, dann kannst du deinen Willen durchsetzen. Das Gehirn hat eine enorme Fähigkeit zur Selbstorganisation. Wenn ich die entschlüsselt habe, kann ich sie für meine Zwecke einsetzen. So einfach ist das."

Aha, so einfach ist das, dachte Hawker. Er fand das zwar gar nicht einfach, aber wenn Korgh es beherrschte, umso besser. Ihm konnte es nur recht sein, wenn sein Gehirntuning wenig Aufwand und Zeit beanspruchte.

„Ich werde dir heute Abend den Rekorder und die Sensoren zurückbringen. Wie lange werden deine Vorbereitungen danach brauchen?"

„Das kommt darauf an, wie lange ich brauche, um mein Programm an dein Gehirn anzupassen – und darauf, was ich alles tun soll. Was willst du durch die Behandlung erreichen?"

Darüber hatte Hawker schon nachgedacht. Eigentlich hatte er nach seinem letzten Gespräch mit dem Lantis nichts anderes mehr denken können. Was wünschte man sich, wenn man die freie Auswahl an Wissen hatte? Was könnte ihm für sein zukünftiges Leben am meisten nützen?

„Auf jeden Fall ein Upgrade, damit ich schneller und präziser denken kann, dann umfangreiches Wissen über Gehirntuning und Neuroinformatik. Und Chinesisch und Arabisch wären auch noch gut."

Damit war nach Hawkers Ansicht seine Zukunft gesichert. Englisch und Französisch beherrschte er fließend, mit Arabisch und vor allem Chinesisch hatte er sich schwergetan und war über rudimentäre Grundkenntnisse nicht hinausgekommen. Aber gerade diese Sprachen konnten enorm wichtig sein für den Fall, dass Myers ihn fallenließ, womit Hawker rechnete. Und wie lukrativ Neuroinformatik und Gehirntuning waren, hatte ihm der Lantis eindrücklich vorgerechnet - und Hawker hatte nicht versäumt weiterzurechnen.

Korgh hob eine Augenbraue. „Ziemlich unbescheiden. Das wäre in meiner damaligen Zeit unbezahlbar gewesen."

„Das ist lange her. Wir haben heute, und je besser ich aufgestellt bin, umso mehr Möglichkeiten habe ich, dich zu unterstützen."

Korgh sah ihn lange und durchdringend an. „Ich werde darauf zurückkommen. Das verspreche ich dir."

„Noch bist du hier ganz allein", sagte Hawker. „Du brauchst jemanden, der sich in unserer Welt auskennt, der Verbindungen hat und dir Türen öffnet. Allzu viel Auswahl hast du nicht."

„Du wirst sehr heftige Kopfschmerzen bekommen. So viele Informationen in kurzer Zeit müssen verarbeitet werden. Willst du das wirklich?"

Hawker musste nicht lange überlegen. Kopfschmerzen waren nicht angenehm, aber irgendwann würden sie vergessen sein. Die Vorteile hatte er dagegen ein Leben lang. Und ob er jemals die Chance bekommen würde, Wissen nachzuladen, bezweifelte er. Also, da musste er durch.

„Gibt es Nebenwirkungen?"

Korgh schüttelte den Kopf. „Außer ein bisschen Kopfschmerzen nichts. Ich beherrsche das Verfahren. Bei mir gibt es nur Wirkungen, keine Nebenwirkungen."

„Wie lange werden das Upgrade und das Einspielen des Wissens dauern?"

„Schätzungsweise eine Nacht."

„Gut. Dann werde ich Bakshi darauf vorbereiten, dass wir demnächst ein Experiment durchführen und ich mich dazu als Proband zur Verfügung stelle."

Hawker nahm die Sensoren und den Rekorder und verstaute alles unauffällig in einer Anzugtasche.

13.

Yra saß bewegungslos da, das Frühstücksmüsli stand unberührt vor ihr, ihre Augen schimmerten mattgrün und zeigten kein Muster. Als Anne ihr die Hand auf den Arm legen wollte, zog Yra ihren Arm zurück.

„Ist dir nicht gut?", fragte Walter.

Keine Antwort.

„Hast du nicht gut geschlafen?", setzte er nach. „Eine kleine Antwort wäre wirklich hilfreich."

Die mattgrünen Augen sahen ihn an. „Geschlafen? Nicht eine Minute."

„Korgh", sagte Anne, „Er geht dir nicht aus dem Sinn. Richtig?"

„Korgh", wiederholte Yra, und ihre Augen wurden schwarz. „Wenn ich diesen Namen höre, wird mir schlecht. Aber das Schlimmste ist, dass ich nicht weiß, warum." Sie zögerte. „Es ist, als hätte ich einen blinden Fleck in meinem Gedächtnis. Dabei habe ich die ganze Nacht versucht, da heranzukommen."

Es fiel Yra ausgesprochen schwer, zuzugeben, dass sie etwas nicht konnte. Selbst Walter spürte das.

„Das passiert schon mal, dass man Erlebnisse verdrängt, besonders wenn sie sehr unangenehm waren oder einen verletzt haben", versuchte er, sie zu trösten.

Yra sah Walter an, und dieses Mal war hinter dem Schwarz so etwas wie Energie zu erkennen. „So etwas habe ich nicht nötig. Ich verdränge nichts, es muss etwas anderes sein, weshalb ich mich nicht erinnern kann."

„Vielleicht brauchst du eine bestimmte Anregung", schlug Anne vor. „So wie es bei mir der Farn war, der mir geholfen hat, deine Erinnerungen an die damalige Zeit aufzuschließen."

„Fragt sich nur, was Yra helfen könnte", sagte Walter. „Unsere Möglichkeiten sind sehr beschränkt."

Er stand auf, ging zum Fenster und sah über die Stadt. Die Fenster der umliegenden Gebäude glänzten golden im Licht der noch nicht sehr hochstehenden Sonne.

„Wir können das Gebäude nicht verlassen, ohne einen Menschenauflauf zu provozieren. Ich glaube auch nicht, dass es etwas bringen würde, wenn wir nochmal zu den Sauriern gehen. Das wäre zu simpel. Besser wären die Container. Bei dem Nachlass der Lantis könnte es etwas geben, das Yra hilft, aber da kommen wir nicht dran. Ohne Sondergenehmigung kommt niemand in den Hochsicherheitsbereich."

„Vor dem Frühstück habe ich schon die allgemeine Lage gecheckt", sagte Anne. „Professor Hawker wäre der Einzige, bei dem wir eine geringe Chance hätten, falls er ohne Myers' Agentin überhaupt etwas entscheiden darf. Aber seit der Pressekonferenz ist Hawker wie vom Erdboden verschluckt."

Walter lachte trocken. Er hatte sich gestern Abend noch eine Aufzeichnung angesehen. „Das ist nach dem Desaster kein Wunder. Wahrscheinlich will er warten, bis sich die Wogen etwas geglättet haben, und so lange führt diese Charlotte Fuller die Geschäfte."

„Ich habe nicht vor, hier tatenlos herumzusitzen", sagte Yra. Als ob sie ihre Worte durch Taten unterstreichen wollte, stand sie auf und begann, im Appartement herumzugehen.

„Müssen wir auch nicht", sagte Anne. „Zumindest etwas von den Lantis können wir uns ansehen, die Folien, die wir bei unserer ersten Mondexpedition mitgebracht haben. Sie sind hier im Haus. Vielleicht bringen sie uns weiter."

„Einen Versuch ist es wert", nickte Walter.

Yra war sofort einverstanden, sie wollte die Folien schon lange sehen.

Wenig später standen die Drei vor Charlotte Fuller. Sie saß an Professor Hawkers Schreibtisch und schien das ganz selbstverständlich zu finden.

„Wir wollen uns die Folien der Lantis ansehen", sagte Anne.

Die Fuller zögerte.

„Ist Ihre Verbindung zu Myers zu schlecht?", fragte Walter und deutete auf Fullers Datenbrille. „Ansonsten fragen Sie ihn. Ich kenne General Myers sehr gut."

„Das ist mir bekannt", sagte sie kühl. „Und deshalb weiß ich auch, dass Myers Sie unter besonderer Beobachtung hat."

„Wie schön, dass wir jetzt offiziell erfahren, was wir schon lange wissen." Anne lächelte freundlich. „Deshalb würden wir nie um etwas bitten, dem General Myers nicht zustimmen würde. Die Folien sind nicht geheim, jeder auf der Welt kennt sie. Wir wollen sie Yra zeigen, aber wenn wir jetzt durch Lantika spazieren, um uns eine Kopie anzusehen, könnte das ziemliche Unruhe hervorrufen. Ihrem Chef wäre es bestimmt lieber, wenn wir ohne öffentliches Aufsehen einen Blick auf die Originale werfen."

Die Fuller sah unschlüssig aus. Sie schien tatsächlich nicht mit Myers kommunizieren zu können, und sie war es offensichtlich nicht mehr gewohnt, eigene Entscheidungen zu treffen. Der Weg zu einer ferngesteuerten Marionette war nicht mehr weit.

„Und?"

„Erstes Kellergeschoss, Raum A4. Ich werde Anweisung geben, Sie hineinzulassen."

„Sehr vernünftig. Ihr Chef wird zufrieden mit Ihnen sein."

Vor Raum A4 standen zwei Leute vom Sicherheitsdienst. Als Anne, Yra und Walter ankamen, gaben sie einen Code in die Tastatur ein, die neben der Tür in die Wand eingelassen war. Die Tür öffnete sich geräuschlos, gleichzeitig ging das Licht an.

Der Raum war nicht besonders groß, quadratisch mit kahlen, weiß gestrichenen Wänden. Fenster oder eine zweite Tür gab es nicht. Ein Lüftungsgitter unter der Decke und zwei Überwachungskameras in gegenüberliegenden Ecken; Standardüberwachungskameras, die nur Bilder aufzeichneten, erkannte Anne. Gut so.

Die einzigen Gegenstände im Raum waren drei gläserne Vitrinen mit je einer golden schimmernden Folie.

Erinnerungen bahnten sich ihren Weg. Anne musste daran denken, wie sie zum ersten Mal die Platte gesehen hatte, die an einem Mondfelsen angebracht war und die Folien schützte. Es war der erhabenste Moment in ihrem Leben gewesen. Zum ersten Mal hatte sie vor den Erzeugnissen einer fremden Zivilisation gestanden. Fast hätte die Bergung in einer Katastrophe geendet, weil Olaf in der Aufregung nicht daran gedacht hatte, dass man die Schrauben der Lantis rechtsherum drehen musste, um sie zu lösen. Das war ihr erst im letzten Moment aufgefallen, bevor der elektrische Schrauber zu Bruch ging. Auch danach hatten sie die Folien fast noch das Leben gekostet. So etwas vergaß man nie.

Anne bedauerte, die Folien nicht berühren zu können, aber das war unmöglich. Sie waren durch zentimeterdickes Panzerglas geschützt und mehrfach alarmgesichert. Auch wenn die Kopien weltweit verbreitet waren, waren die Originale ein Vermögen wert.

Anne wusste, was darauf stand. Sie hatte die Folien jahrelang so intensiv studiert, dass sie selbst die kleinsten Kratzer mit geschlossenen Augen lokalisieren konnte. Trotzdem war sie jedes Mal aufs Neue fasziniert, wenn sie vor einer Folie stand; und jetzt vor den Originalen erst recht.

Wichtiger noch als der Anblick der Originale war ihr jedoch die Reaktion Yras, denn diese sah die Folien zum ersten Mal.

Yra ging schweigend um die Vitrinen herum.

Anne ließ ihr Zeit. Sie war schon sehr gespannt auf das nächste Zusammensein mit Yra, wenn sie über ihre spezielle Verbindung etwas von ihren Empfindungen nachspüren konnte. Wie mochte es Yra gehen, wenn sie jetzt zum ersten Mal etwas von „zu Hause" sah, eine fünfundsechzig Millionen Jahre alte Botschaft von ihrem Volk?

Yra beugte sich immer wieder vor, um Details anzuschauen. Manchmal nickte sie beifällig, manchmal schüttelte sie den Kopf.

„Was fällt dir auf?", fragte Anne.

„Sehr gut geschrieben. Und sehr verlockend."

Walter war sofort hellwach. „Was soll das heißen, sehr verlockend?"

„Ich wusste gar nicht, wie selbstlos unser Hoher Rat war", sagte Yra spöttisch. „Wie gut, dass sie das aufgeschrieben haben."

Yra sah Walter an. „Hast du etwa alles geglaubt, was auf den Folien steht?"

Walter wirkte, als hätte jemand ohne Vorwarnung einen Rammbock in seinen Magen gestoßen. Überraschung, verblüfftes Erkennen, das etwas furchtbar wehtat, und am Ende die Erkenntnis, dass alles ganz anders war als er geglaubt hatte.

Jetzt schien er die Tragweite von Yras letzter Bemerkung tatsächlich zu verstehen. Er nickte langsam. „Wir hatten keinen Grund zu zweifeln. Warum hätten wir das tun sollen? Das Erbe existiert; die Folien haben uns hingeführt. Die Menschheit hat schon unendlich viel von dem Wissen und den Technologien der Lantis profitiert. Die Begründungen, die Erklärungen, alles, was auf den Folien steht, ist schlüssig. Und das hältst du für - unglaubwürdig? Warum?"

„Sie sind wirklich gut gemacht, das muss ich zugeben." Yra deutete auf die letzte Zeile der dritten Folie. „Diese Folien stammen von Burla. Sie war die beste Redenschreiberin des Planeten."

„Woran erkennst du das?", fragte Anne.

„Sieh dir die Anfangsbuchstaben der letzten fünf Worte an. Burla unterschreibt nie, denn sie arbeitet für andere, aber sie hinterlässt immer eine Spur."

Tatsächlich ergaben die letzten fünf Anfangsbuchstaben ein Wort: Burla.

„Ja und?", sagte Anne. „Es ist klar, dass euer Hoher Rat den Text nicht selbst entworfen hat. So etwas gibt man immer in Auftrag und segnet es dann später ab."

„Richtig. Aber was ihr nicht wisst: Burla war die Redenschreiberin von Korgh."

Das hatte Anne befürchtet, in dem Moment, in dem Yra mit ihrer Erklärung begonnen hatte. Korgh. Schon wieder dieser Name. Er schien sie zu verfolgen, sogar bis zu den Folien, die die Welt verändert hatten. Millionen Menschen verehrten sie und setzten ihre Hoffnung auf eine bessere Zukunft darauf. Und jetzt stellte sich heraus, dass sie quasi aus der Feder des Lantis stammten, den Yra als das böseste und gefährlichste Wesen bezeichnete, das je auf diesem Planeten gelebt hatte.

Bei diesem Gedanken ging es Anne gar nicht gut. Sie sah, wie Walter blass wurde. Auch er hatte verstanden.

„Trotzdem sind es die Folien des Hohen Rates", sagte er. Es hörte sich fast so an, als würde er nach einem Strohhalm Ausschau halten, der ihre Hoffnung erhalten würde.

„Ja, das sind sie", sagte Anne. „Kannst du aber jetzt noch das reine Gute in ihnen sehen?"

Walter zögerte. „Nein", sagte er dann. „Aber was ich jetzt in den Folien sehen soll, weiß ich auch nicht."

Anne deutete der Reihe nach auf die Folien. „Hinter jedem geschriebenen Wort steht ein Autor, der es geschrieben hat, gleichgültig, ob der Text zehn Minuten alt ist oder zehn Millionen Jahre. Und jeder Autor hat seine eigenen Gedanken und Motive. Weil wir nichts über die Autoren der Folien wussten, haben wir *unsere* Gedanken hineingelegt, vielleicht auch unsere Wünsche. Das war ein Fehler."

„Verdammt! Ich hätte misstrauischer sein sollen. Manchmal habe ich mich gefragt, ob das nicht alles zu schön ist, um wahr zu sein. Aber dann habe ich es verdrängt. Es passte einfach alles so gut zusammen."

„Du hättest nichts geändert, Misstrauen hin oder her", sagte Anne. „Die Menschen *wollten* das herauslesen, was ihnen gefällt. Sie *wollten* einen Schatz finden, etwas, das ihr Leben und ihre Zukunft besser macht."

„Aber wenn ich Yra richtig verstehe, könnte das Erbe auch eine Falle sein, im schlimmsten Fall ein vergifteter Köder."

Walter ging langsam um eine der Vitrinen herum.

Anne sah sich noch einmal die letzte Zeile an. „‚Könnte sein' ist zu ungenau. Was die Sache schwierig macht, ist, dass die Folien tatsächlich vom Hohen Rat kommen. Der hatte eine Motivation. Durch Yra wissen wir, dass Burla und damit Korgh seine Finger im Spiel hatte, und der hatte wahrscheinlich noch etwas anderes im Sinn als der Hohe Rat. Aber was?"

Walter war an der gegenüberliegenden Seite der Vitrine stehengeblieben und sah Anne und Yra über die Folie hinweg an. In seinem Kopf arbeitete es auf Hochtouren.

„Denken wir noch etwas weiter", fuhr Anne fort. „Korgh war ein bedeutender Lantis und genoss das Vertrauen des Hohen Rats. Wenn außer Yra noch mehr Lantis in den Containern den Sprung in unsere heutige Zeit gemacht haben, ist es nur wahrscheinlich, dass Korgh dabei ist."

„Das wäre richtig übel", sagte Walter. „Und wenn er dazu einen Plan hat, gefällt mir das ganz und gar nicht. Wir können aber nicht zu Myers gehen oder an die Öffentlichkeit und sie warnen, nur weil Yra ein schlechtes Gefühl hat, wenn sie den Namen ‚Korgh' hört. Das ist ein bisschen dünn. Wir brauchen mehr Informationen. Aber woher sollen wir die nehmen, wenn Yra sich nicht erinnern kann? Sie ist der Schlüssel."

„Ich habe eine Idee, wie wir an die Informationen kommen", sagte Anne. „Hier sind wir auf jeden Fall fertig."

„Und wie willst du das machen, ohne dass Myers alles mitkriegt?" Walter deutete auf die Überwachungskameras. „Myers wird sich die Aufzeichnung ansehen. Er wird schnell merken, dass wir etwas herausgefunden haben, was er noch nicht weiß. Du kennst ihn nicht. Er wird Himmel und Hölle in Bewegung setzen, um alles herauszufinden. Er wird alle Grenzen und Gesetze vergessen. Du wirst keine Sekunde recherchieren können, ohne dass dir Myers im Nacken sitzt.

Anne lächelte und ergriff Yras Hand. „Da haben wir unsere ganz speziellen Methoden, bei denen uns garantiert niemand belauschen wird. Und du wirst eine Wüstentour für uns buchen."

14.

Es war alles einfach gewesen. Eigentlich viel zu einfach. Hawker konnte kaum glauben, dass in dieser relativ kurzen Zeit eine komplette Analyse seines Gehirns stattgefunden hatte. Die einzigen Nebenwirkungen waren ein trockener Hals, weil er wegen des Nasenstöpsels durch den Mund atmen musste, und ein eingeschränktes Hörvermögen durch die Ohrenstöpsel gewesen. Beides hatte ihn wenig gestört, denn er hatte sich für die Zeit des Gehirnscans in das kleine Gästezimmer hinter seinem Büro zurückgezogen. Sollte diese unausstehliche Charlotte Fuller vorne seine Arbeit machen, er hatte Wichtigeres zu tun als Termine vorzubereiten, die er vielleicht nicht mehr wahrnehmen würde. Er musste sogar eingeschlafen sein, denn er konnte sich nicht erinnern, wie die Zeit verstrichen war. Verrückte Träume hatte er gehabt, und alle möglichen Gedanken waren ihm durch den Kopf geschossen, aber er konnte nichts davon greifen. Eine Minute nach dem Aufwachen war alles in diffusem Nebel verschwunden.

Wenn das alles war … Hawker betrachtete die drei Stöpsel und das kleine Rekorderkästchen. Darin befand sich jetzt die Analyse seines Gehirns. Kaum zu glauben. Er hätte zu gerne gewusst, was man der Analyse alles entnehmen konnte. War sein Gehirn anders als andere? Vielleicht sogar besser? Eigentlich müsste es besser sein, er besaß schließlich enormes Wissen, war Professor und international anerkannte Führungspersönlichkeit. Damit stach er aus der Masse der gewöhnlichen Menschen heraus - und das musste sich doch irgendwie in seinem Gehirn widerspiegeln. Zu seinem großen Bedauern kam er an die Daten nicht heran, und wahrscheinlich hätte er auch nichts damit anfangen können. *Noch* nicht, denn bald würde er das erforderliche Wissen haben. Auf seiner inneren To-Do-

Liste trug er „eigenes Gehirn analysieren" ein. Das würde er als Erstes machen. Ob ihm noch mehr Optimierungen einfallen würden? Wie weit konnte man die Sache treiben? Waren die Lantis, war Korgh schon an Grenzen gestoßen?

Die Lantis waren ja keine unendlich überlegene Rasse, wie es sie manchmal in Science-Fiction-Filmen gab. Ihre Technologie war extrem leistungsfähig, aber auch die Menschen machten jährlich rasante Fortschritte in der Miniaturisierung von Technik. Eine moderne Smartwatch oder eine Datenbrille besaßen eine Rechenleistung, für die man zu seinen Jugendzeiten einen Großrechner benötigt hätte. So war eben Fortschritt. Es tat gut, sich das in Erinnerung zu rufen, damit man nicht zu ehrfürchtig vor der Technik der Lantis wurde. Sie waren nicht überlegen, sie waren bloß ein paar Jahrzehnte weiter.

Hawker sah noch einmal auf das Kästchen in seiner Hand. Auch ohne die Lantis würden die Menschen so etwas entwickeln. In einigen Jahren. Aber dann hatte er nichts mehr davon. Er brauchte die Ergebnisse jetzt.

Um das Gästezimmer zu verlassen, musste er an Charlotte Fuller vorbei.

„Ich muss ins Labor", sagte er.

„Schon wieder?"

Hawker meinte, einen unwilligen Unterton in ihrer Stimme zu hören. Wahrscheinlich hatte sie keine Lust, die Arbeit hier oben alleine zu machen. Das geschah ihr recht - und war ein Grund mehr, abzutauchen.

„Heute Abend muss ich nur kurz dort vorbeisehen, aber morgen werde ich länger dort sein. Ich will ein Sprachlernprogramm der Lantis testen."

„Sie persönlich? Muss das sein?"

„Ich bin Wissenschaftler und kein Verwaltungsfachangestellter, falls Ihnen Myers das nicht gesagt haben sollte. Und zu einem Wissenschaftler gehört es, neues Wissen zu erlangen. Das tut man für gewöhnlich in Laboren."

Innerlich lächelte er über seine Formulierung über das Sprachlernprogramm. Sie war nicht falsch, aber die Fuller hatte keine Ahnung, worum es sich dabei tatsächlich handelte.

Er sah sie in gespielter Langeweile an. „Sie können mir ja beim Vokabellernen zusehen."

Die Fuller blickte unfreundlich zurück. Ob Myers das durch die Datenbrille auch mitbekam? Wohl kaum.

Wie er nicht anders erwartet hatte, begleitete sie ihn. Dienstanweisung vom großen Chef.

Hawker machte extragroße Schritte und ging schnell. Seine Begleitung hatte Mühe, mit ihren Pumps auf gleicher Höhe mit ihm zu bleiben. Es musste ziemlich anstrengend sein. Hawker überlegte, ob er einen unangekündigten Rundgang durch die oberen Labors machen sollte, oder, besser noch, einen kleinen Abstecher durch die Wüste? Ein bisschen Rache für ihre penetrante Anwesenheit würde ihm bestimmt guttun. Andererseits hatte er Wichtigeres zu tun als Nadelstiche auszuteilen.

Wenig später bereute er seine Entscheidung. Er hätte doch den Wüstenspaziergang einschieben sollen, vielleicht wäre die Fuller dann nicht mit ins Labor gekommen. So machte sie nicht, wie häufig, an den Aufzügen kehrt, sondern klebte an seiner Seite und fuhr mit ihm in die Kelleretage.

Jetzt musste er versuchen, trotz seiner Überwacherin eine unbeobachtete Minute mit Korgh zu finden.

Auf den ersten Blick sah er ihn nicht. Ob er in einem der Nebenräume war? Dann fiel Hawker auf, dass *zwei* Gestalten von der Größe Bakshis im Labor herumliefen. Eine davon hatte grüne Hände, was Hawker aber erst bei genauerem Hinsehen bemerkte. Das musste der Lantis sein. Er hatte einen Kittel von Bakshi übergezogen, und da seine Haare genau so schwarz wie die des Inders waren, konnte man die beiden von hinten kaum noch unterscheiden.

Der Lantis stand bei Meng Kang und verhandelte irgendetwas mit ihr. Bakshi sprach mit Cathy Waringer, und Möbius saß vor einem Lantis-Computer und studierte eine technische Zeichnung.

Arman starrte auf einen flachen Teller, der vor ihm auf dem Tisch stand. Er hatte einen Holzstab in der Hand, mit dem er gelegentlich in etwas rührte, das wie eine Wasserlache aussah. Wasser konnte es aber nicht sein, damit hätte Arman sich wohl kaum beschäftigt.

„Was machen Sie da?", fragte Hawker.

„Es stammt aus den oberen Labors", sagte Arman. „Einer von Myers' Leuten hat es eben mitgebracht für den Fall, dass wir Langeweile haben. Ich habe Langeweile."

Er rührte wieder mit dem Stab.

„Bei unbekannten Proben muss man vorsichtig sein", warnte Hawker. „Auf keinen Fall anfassen. Bakshi soll sie untersuchen."

„Das ist doch nur eine Pfütze", sagte Arman. „Der Typ von Myers meinte, dass das Zeug harmlos ist. Nur was zum Spielen."

Ehe Hawker ihn daran hindern konnte, tippte Arman mit dem Finger hinein.

„Au! Verdammt!", rief er.

Er zog den Finger hektisch zurück, wobei sich ein paar Tropfen der Flüssigkeit auf dem Tisch verteilten. Seinen Finger wischte er an seiner Hose ab.

Bakshi kam herbeigeeilt. „Was ist hier los?"

„Die Pfütze hat mich gebissen", beschwerte sich Arman.

Bakshi sah sich die Flüssigkeit an. „Das ist ein Madrax, ein Schleimpilz der Lantis. In dieser Größe ist er ungefährlich, aber wenn er größer wird, frisst er Sie auf."

Arman sah seinen Finger an, an dem aber noch alles dran war.

„So schnell geht das nicht", sagte Bakshi. „Zuerst versetzt er Ihnen einen elektrischen Schlag, um Sie zu überraschen. Das wird gewesen sein, was sie gespürt haben. Dann fließt er um Sie herum und injiziert Ihnen ein Mittel, das Sie dauerhaft lähmt, und dann löst er Sie ganz langsam auf." Er sah Arman prüfend an. „Bei Ihnen würde das wahrscheinlich zwei bis drei Wochen dauern. Ob Sie den Anfang bei Bewusstsein erleben würden, wissen wir nicht, aber wie ich schon sagte, dieser hier ist zu klein dafür. Sie könnten ihn mit einer Maus füttern, vielleicht schafft er auch eine Ratte."

Arman verzog das Gesicht. „Dieses Viech werde ich sicher nicht füttern." Er ballte seine Rechte zu einer Faust. „Dieser Dreckskerl von Myers hat mich verarscht. Das wird er mir büßen."

Er starrte die Fuller wütend an, als ob sie etwas dafür konnte, dass einer ihrer Leute sich einen Scherz mit ihm erlaubt hatte.

„Vor allem sollten Sie lernen, Ihre Finger nicht in Sachen zu stecken, die Sie nicht kennen", sagte Hawker. „Ein Labor ist kein Spielplatz."

Bakshi nahm den Teller mit dem Madrax vorsichtig vom Tisch. „Darum werde *ich* mich kümmern. Sie putzen die Tropfen weg, aber mit Handschuhen."

Endlich hatte Hawker Zeit für Korgh, aber noch keine Idee, wie er ihm die Sensoren und den Rekorder geben sollte, ohne dass die Fuller etwas davon mitbekam. Immerhin ging Meng Kang, sie wollte zusehen, was Bakshi mit dem Madrax macht. Das bedeutete einen Beobachter weniger.

„Wie geht's?", fragte Hawker den Lantis.

„Alles okay", sagte Korgh. „Nur ein bisschen stickig hier unten."

Hawker verstand die Anspielung. „Alles nur eine Frage der Zeit."

„Hoffentlich. Und wie geht es dir?"

„Alles bestens. Ich freue mich auf das nächste Experiment."

„Experimente sind immer gut", sagte Korgh und lächelte die Fuller an. „Wie sollte man sonst klüger werden?"

Er öffnete eine Schublade, legte einen Block hinein und ließ sie dann wie zufällig einen Spalt offen.

Er denkt mit. Ein wirklich cleverer Kerl.

Hawker trat einen Schritt zur Seite, neben die Schublade. Jetzt brauchte es nur noch eine unauffällige Bewegung ... Aber das war gar nicht nötig. Möbius kam ihm zu Hilfe.

„Stör mich nicht dauernd!", herrschte er Fred Brown, ihren Physiker, an. „Ich muss mich konzentrieren."

Als alle für einen Moment zu Möbius sahen, ließ Hawker die Sensoren und den Rekorder durch den Spalt in die Schublade fallen und drückte sie dann mit einer leichten Bewegung seines Mittelfingers zu. Dann erst ging er zu Möbius.

„Was ist los?"

„Dieser Typ soll seine Fragen für sich behalten. Ich muss die Pläne erst selbst verstehen."

„Was sind das für Pläne?"

Hawker konnte auf dem Monitor nur ein Geflecht von Linien erkennen. Sie waren zwar durch Farben voneinander unterschieden und schienen sich auf verschiedenen Ebenen zu befinden, aber die dreidimensionale Darstellung machte es sehr unübersichtlich.

„Das sind die Konstruktionspläne des Brüters. Der Lantis hat sie mir gegeben. Er will wissen, ob ich sie verstehen kann."

„Und können Sie?"

„Es ist nicht einfach. Die Lantis machen mehr in 3D als wir, daran muss ich mich erst gewöhnen. Natürlich werde ich sie verstehen, aber nur, wenn man mich lässt."

Er warf Brown einen bösen Blick zu.

Hawker ging auf Brown zu. „Halten Sie sich in der nächsten Zeit von Möbius fern", sagte er und fügte dann leise hinzu: „Wir sind doch alle froh, wenn Möbius beschäftigt ist und keine Tassen durchs Labor wirft."

„Sicher", nickte Brown.

Hawker spürte ein in der letzten Zeit selten gewordenes Gefühl. Er war zufrieden. In Anbetracht der miserablen Umstände oben lief hier unten alles gut. Wenigstens in seinem Sinn. Und morgen würde es ihm noch viel besser gehen, wenn auch die Kopfschmerzen nachließen.

In Hawker wechselten sich gespannte Erwartung und Sorgen in immer kürzeren Abständen ab. Das Ganze wurde untermalt durch eine beständig vorhandene Müdigkeit. Er hatte wenig geschlafen, seine Gedanken wollten einfach nicht zur Ruhe kommen, als ob sein Gehirn beweisen wollte, dass es auch ohne Tuning denken konnte.

Sein Gehirn scannen zu lassen oder einen Eingriff zu wagen, waren doch zwei verschiedene Welten. Außerdem war das Verfahren vollkommen unerprobt an Menschen. Ein Testlauf mit irgendeinem ungebildeten Bauarbeiter aus der Barackensiedlung wäre Hawker sehr recht gewesen, aber dazu hatten sie keine Zeit. Myers konnte jeden Tag von seiner Anhörung vor dem US-Senat zurückkehren, und wer wusste schon, welche Entscheidungen er dann über die zukünftige Leitung von Lantika treffen würde. Hawker hatte die ganze Nacht mit sich gerungen. Die Chancen konnte er sich in den prächtigsten Farben ausmalen, über die Risiken wusste er nichts. Da gab es nur die Aussage von Korgh, dass er alles beherrsche. Aber das konnte jeder behaupten. Gab es wirklich keine Risiken?

Aber die Bilder von einem erfolgreichen Upgrade waren einfach zu großartig. Hawker stellte sich das Gesicht Al-Qummis vor, wenn er den Scheich in fließendem Arabisch ansprach. Er sah sich auf einem Podium stehen, von dem er zu chinesischen Wissenschaftlern sprach. Aber vor allem – und das war das Beste – sah er sich von Einladungen der Reichsten der Reichen bedrängt. Alle würden sein Gehirntuning haben wollen und jeden Preis zahlen. Wenn er sich dann vorstellte, wie groß seine eigene Yacht sein würde, klopften plötzlich wieder die ganzen Zweifel an seine Gedankentür. Dieser Kreislauf verfolgte ihn bis unter die Dusche und bis zum Zähneputzen nach dem Frühstück. Erst das mürrische Gesicht von Charlotte Fuller beendete ihn.

Sie öffnete die Tür zu ihrem Zimmer nur einen Spalt breit, als Hawker klopfte. Offensichtlich war sie noch nicht zurechtgemacht und trug auch keine Datenbrille.

„So früh?", fragte sie. „Sie sind eine Stunde vor der vereinbarten Zeit hier."

„Der frühe Vogel fängt den Wurm", sagte Hawker. *Und du siehst aus, hättest du gerade einen Wurm gefressen.* „Sie können mir ja ins Labor nachkommen."

„Sie wollen den ganzen Tag im Labor verbringen?"

„Das hatte ich so gesagt, wenn Sie so freundlich wären, sich zu erinnern. Ich will ein Lernexperiment durchführen."

„Warten Sie hier vor der Tür!" Sie schloss sie energisch.

Hawker dachte, die Fuller würde erst wieder Rücksprache halten, aber anscheinend hatte sie selbst entschieden. Ein Mann, den Hawker als Agent der NSA wiedererkannte, kam um die Ecke des Flurs gebogen.

„Ich soll Sie ins Labor begleiten."

Zur Hawkers Überraschung war General Haishan anwesend. Das konnte kompliziert werden. Haishan unterhielt sich angeregt mit Korgh, der nur kurz aufsah, als Hawker das Labor betrat.

Hawker ging näher heran, aber er konnte kein Wort verstehen. Sprach dieser kleine grüne Kerl etwa auch Chinesisch? Klar, natürlich tat er das. Der Lantis hatte sich gründlich über die Verhältnisse auf der Erde informiert und musste herausgefunden haben, dass neben Englisch Chinesisch die dominierende Sprache war. Und die zu lernen, kostete ihn den Bruchteil einer Nacht.

Morgen werde ich auch Chinesisch sprechen.

Da sowohl Haishan als auch Korgh ihn ignorierten, ging Hawker zu Bakshi.

„Ist der General schon lange hier?"

„Etwa zwei Stunden. Sie sind gerade von oben gekommen."

Bakshi zeigte zur Decke.

„Beide waren oben? So früh?"

„Meng Kang war auch dabei. Der Lantis wollte die Sonne begrüßen."

„Was haben sie da gemacht?"

„Keine Ahnung. Ich bin hier unten geblieben. Was soll ich bei denen, wenn ich kein Wort verstehe?"

Hawker würde den Lantis gleich fragen. Haishan schien sich zu verabschieden. Er nickte Hawker kurz zu und verschwand.

Sobald Haishan außer Sicht war, nahm Hawker den Lantis beiseite. Meng musste nicht unbedingt mithören.

„Was wollte der General von dir?"

„Sich erkundigen, welche Fortschritte wir machen. Sonst nichts."

Hawker wollte nachhaken, aber Korgh ließ ihn nicht zu Wort kommen.

„Willst du Geschichten hören, oder sollen wir anfangen? Ich will endlich hier raus. Im Moment sind wir ungestört."

Letztlich war es auch egal, was Haishan mit dem Lantis besprochen hatte. Hauptsache, er würde jetzt sein Upgrade bekommen. Nichts konnte wichtiger sein.

„Fangen wir an. Was muss ich tun?"

„Nichts, außer ruhig liegenzubleiben und dich zu entspannen. Den Rest mache ich. Wir gehen dazu am besten ins Krankenzimmer."

Hawker sagte Bakshi Bescheid, dass er mit dem Lantis ein Lernexperiment durchführen wollte, bei dem sie länger nicht gestört werden durften. Wie erwartet gab es keinen Widerspruch, aber einige Fragen.

„Später", wiegelte Hawker ab. Dieses ‚später' würde es nie geben. Bakshi war der Letzte, dem er etwas von seinen Plänen erzählen würde.

Der Lantis brachte seinen Computer mit in das kleine Zimmer.

„Leg dich auf die Liege."

Hawker legte sich.

„Und jetzt?", fragte er.

„Nichts, habe ich doch gesagt. Nervös?"

Ja, Hawker war nervös. Und wie. Aber er sagte: „Nein."

Korgh führte ihm etwas in die Ohren und in die Nase ein. Ob es die gleichen Sensoren wie zum Scannen waren, konnte Hawker nicht erkennen. Sie fühlten sich jedenfalls so an, aber das musste nichts heißen.

Korgh machte sich an seinem Computer zu schaffen, und mit einem Mal begann es, in Hawkers Kopf zu kribbeln.

Er zuckte zusammen.

„Ruhig", sagte der Lantis.

Hawker konnte es wegen der Ohrstöpsel kaum verstehen, aber es konnte nichts anderes bedeuten.

Das Kribbeln wurde stärker. Es war, als würden tausend Ameisen in seinem Kopf einen Tanz aufführen. Hawker zwang sich, still liegenzubleiben. Er wollte sich vor dem Lantis nicht blamieren.

Die tausend Ameisen bekamen Verstärkung, gleichzeitig wurde ihr Tanz wilder. Still liegenzubleiben funktionierte nicht mehr, Hawker zitterte am ganzen Körper.

Korgh sagte wieder etwas, das Hawker nun gar nicht mehr verstand.

Er sah, wie der Lantis einen Befehl in den Rechner eingab, das Zittern ließ nach. Es ebbte ab, bis es ganz verschwunden war. Hawker war erleichtert. So lange, bis er bemerkte, dass er überhaupt kein Glied mehr bewegen konnte. Er wollte etwas sagen, aber auch das funktionierte nicht mehr. Seine Zunge lag wie ein Stück totes Fleisch in seinem Mund, sein Kiefer blieb trotz aller Anstrengung bewegungslos, als wäre er einbetoniert. Es war, als ob der Lantis seinen Bewegungsapparat ausgeschaltet hätte.

Hawker spürte, wie sich Panik in ihm breitmachte, aber er konnte sie nicht hinauslassen. Er wollte schreien, sich losreißen, wegrennen. Nichts ging. Jede Sekunde fürchtete er darum, dass auch seine Lunge ihre Arbeit einstellte, und danach das Herz.

Der Lantis lächelte ihn an, zeigte auf die Uhr, und drückte ihm die Augenlider zu. Hawker war mit seiner Angst allein.

Hawker stöhnte laut auf. Ganz vorsichtig versuchte er, die Augenlider zu öffnen. Es war, als würde eine Blendgranate auf seiner Netzhaut explodieren. Reflexartig hielt er sich die Hände vor die Augen.

Ich kann mich bewegen.

Der Gedanke schoss durch seinen Kopf wie eine materielle Kugel. Er zog seine Bahn quer durch seinen Schädel und hinterließ eine Spur aus Schmerzen.

Solche Kopfschmerzen hatte er noch nie gehabt. Als hätte man seine Schädeldecke aufgeschnitten, Rasierklingen hineingestopft und würde alles jetzt heftig schütteln. Er griff sich an die Schläfen, um sie zu reiben. Die leichte Berührung war unerträglich. Er nahm die Hände sofort wieder herunter. Dann sah er eine kleine grüne Faust auf sich zukommen. Sie klopfte gegen seine Stirn. Ein Erdbeben Stärke 11 erschütterte seinen Kopf, Wellen aus Schmerz wogten zwischen den knöchernen Wänden seines Schädels hin und her. Hawker bäumte sich auf und würgte einen erstickten Schrei heraus.

„Tut es weh?", fragte jemand neben ihm.

In langsamster Zeitlupe drehte Hawker sich zur Seite. Neben ihm saß Korgh und wartete auf eine Antwort.

„Merkst du das nicht?", fragte Hawker krächzend. Auch das Schwingen seiner Stimmbänder tat weh. „Ich muss mich gleich übergeben."

Der Lantis sah zur Seite auf seinen Monitor.

„Nein, musst du nicht. Kotzen musst du erst ab Schmerzlevel neun Komma sechs, du hast erst neun Komma zwei."

Hawker drehte sich stöhnend zurück. „Erst neun Komma zwei", murmelte er, „was für ein Trost."

„Du wolltest möglichst viel Wissen in kurzer Zeit. Es ist doch klar, dass die Eingriffe umso tiefgreifender werden, je mehr du haben willst. Du wolltest viel, und das ist der Preis."

Hawker wollte seinen Kopf anheben, schaffte es aber nicht. Es tat einfach zu weh, also blieb er reglos liegen.

Plötzlich war sie wieder da, die Angst, die er am Anfang der Behandlung gespürt hatte, als er sich nicht mehr rühren konnte. Als er dachte, er müsste sterben. Wieder kroch die Furcht in jede Zelle, und er bekam kaum noch Luft. Sein Atem wurde schnell und hektisch.

Er hob eine Hand vor die Augen und bewegte die Finger. Tatsächlich. Es funktionierte. Er war nicht gelähmt. Trotzdem ließ die Angst kaum nach, sie war zu elementar.

Korgh beobachtete ihn neugierig, als wäre Hawker ein Versuchstier in einem Labor - und so hörte sich seine Feststellung auch an.

„Interessant, wie viel Angst du haben kannst."

„Was hast du mit mir gemacht?"

„Du hast so stark gezittert, dass die Gehirnprojektoren aus Sicherheitsgründen gar nicht gestartet sind. Ich musste dich ruhigstellen. Deshalb habe ich alle Bewegungsimpulse blockiert, außer denen, die für die Vitalfunktionen unbedingt erforderlich sind."

Hawker dachte daran, dass er nicht einmal die Augenlider hatte schließen können. Furchtbar. Und dann hatte Korgh sie zugedrückt, wie bei einer Leiche.

„Und das machst du einfach so?"

„Ein simpler Computerbefehl." Korgh drehte sich zu seinem Rechner. „Soll ich noch mal?"

„Nein!", sagte Hawker heftig, was einen erneuten Schmerztsunami durch seinen Kopf jagte. Er stöhnte. „Ich brauche ein Schmerzmittel. Schnell. Und stark."

Korgh schüttelte den Kopf. „In der nächsten Woche auf keinen Fall. Die angestoßenen Prozesse dürfen nicht durch Medikamente beeinträchtigt werden."

Ein Hoffnungsschimmer weniger. Hawker schloss die Augen.

„Hat es wenigstens funktioniert?", fragte er leise. „Ich habe nicht den Eindruck, besser denken zu können."

„Ich frage mich, ob du überhaupt schon denken kannst. Dann wüsstest du, dass ein Upgrade kein Wunder ist, sondern ein komplexer biologischer Prozess. Das Gehirn denkt mit Hilfe von Neuronen, die über Synapsen miteinander verbunden sind. Dazu kommt die gleiche Masse an Gliazellen, die wesentlich zur Signalweiterleitung beitragen. Ein Upgrade bedeutet eine Vermehrung der Neuronen, mehr und bessere Verknüpfungen, und eine optimierte Arbeit der Gliazellen. Das alles zaubere ich nicht in deinen Kopf, es muss wachsen. Ich gebe nur die richtigen Impulse, den Rest der Arbeit übernimmt dein Gehirn, wie du ja spürst."

Korgh tippte wieder gegen Hawkers Schläfe. Das schien ihm Spaß zu machen.

„AU! Lass das!"

Korgh grinste.

„Ein Arzt sollte sanfter mit seinen Patienten umgehen."

Hawker atmete tief ein und aus. Jetzt ging es wieder besser.

„Und das zusätzliche Wissen?"

„Ich bin kein Arzt. Ich bin - Korgh." Er tat so, als wollte er wieder gegen Hawkers Schädel klopfen und freute sich über dessen erschrockene Reaktion.

„Kannst du mich jetzt verstehen?", fragte er in einer fremden Sprache.

Hawker nickte vorsichtig.

„Das war Chinesisch. Es hat also funktioniert. Du musst deine neuen Fähigkeiten aber intensiv nutzen. Neue Verknüpfungen im Gehirn sind sehr dünn. Werden sie nicht genutzt, baut das Gehirn sie wieder zurück. Das nennt man ‚vergessen'."

Hawker wollte sich aufsetzen, aber das klappte noch nicht.

„Ich habe eine Menge zu tun, und du hast eine halbe Stunde Zeit. Danach will ich dich stehen sehen, dann reden wir weiter."

Hawker wunderte sich nur kurz, was Korgh alles zu tun hatte. Die nächste Schmerzwelle wischte den Gedanken zur Seite. Worüber Korgh reden wollte, war ihm klar, was er selbst sagen konnte, dagegen nicht. Wenn er doch nur jetzt schon schneller denken könnte.

Die halbe Stunde verging viel zu schnell. Zu Hawkers großem Bedauern hatten die Kopfschmerzen kaum nachgelassen, allerdings konnte man sich in begrenztem Rahmen daran gewöhnen. Er hatte abwechselnd versucht, Chinesisch und Arabisch zu sprechen. Prinzipiell funktionierte es, wenngleich er lange nach den richtigen Vokabeln suchen musste. Vor allem weigerte sich seine Zunge, gewisse Bewegungen auszuführen. Sie und die restlichen Gesichtsmuskeln mussten sich noch an die ungewohnte Lautbildung gewöhnen, aber das würde er üben. Er hatte nicht vor, auch nur eine Vokabel seines neuen, kostbaren Wissens zu vergessen. Er erinnerte sich an das Schlusswort seiner Dissertation, da hatte er die Bedeutung von Wissen hervorgehoben. Irgendwie passend. Er versuchte, sie ins Arabische und Chinesische zu übersetzen und hatte den Eindruck, dass es ganz passabel gelang.

Hawker wartete auf das Glücksgefühl wegen seiner neuen Fähigkeiten, aber außer den rasenden Schmerzen in seinem Kopf und dem Empfinden, ausgebrannt zu sein, war da nichts.

Als Korgh hereinkam, war Hawker gerade so weit fortgeschritten, dass er auf der Kante der Liege saß.

„Hinstellen!", sagte Korgh.

„Geht noch nicht."

Korgh trat hinter ihn und gab ihm einen Schubs.

Hawker schrie auf. Seine Füße berührten den Boden, er spürte die Schockwelle von unten nach oben durch seinen Körper rasen. In seinem Kopf traf sie wieder auf die Rasierklingen, die er immer noch in seinem Schädel glaubte, und schüttelte sie mächtig durch. Er kam ins Wanken. Nur die Vorstellung, welche Schmerzen ein Sturz bedeuten würde, half ihm, das Gleichgewicht zu wahren.

„Siehst du?", sagte Korgh. „Geht doch."

„Hör auf, mir ständig wehzutun", beschwerte sich Hawker.

„Gut. Dann lass uns über den Preis für meine Behandlung reden. Wann komme ich hier raus?"

Das war die Frage, die unweigerlich kommen musste und auf die Hawker immer noch keine Antwort besaß. Er sah sich im Krankenzimmer um. Zwei Überwachungskameras hingen an gegenüberliegenden Seiten der Decke. Daran hatte er überhaupt nicht mehr gedacht. Konnte man sich so an Überwachung gewöhnen, dass man sie nicht mehr wahrnahm? Hatten Myers' Leute alles beobachtet und mitgehört, was in den letzten Stunden hier im Krankenzimmer geschehen war?

„Wir können hier nicht reden", sagte Hawker mit einem unauffälligen Fingerzeig zu den Kameras.

„Können wir doch", widersprach Korgh. „Wenn wir beobachtet würden, hätte ich dich nicht hier behandelt. Myers sieht das, was *ich* will, nicht das, was er will." Er tippte ein Menüsymbol auf seinem Monitor an. Daraufhin erschien ein Bild des Krankenzimmers. Hawker erkannte sich, wie er mit Kopfhörern auf der Liege lag. Neben ihm saß Korgh am Computer und machte Eingaben.

„*Das* sehen Myers' Leute. Ein langweiliges Lernexperiment, wie du sagen würdest. Sie werden dabei einschlafen."

„Wo hast du das her?"

„Diese Bilder generiert der Computer und überlagert damit die Kamerasignale."

„Myers' Leute sind Profis. Denen wird auffallen, wenn sich das gleiche Bild wiederholt. Diesen Trick gibt es schon zu lange."

Korgh sah Hawker mitleidig an. „Du hältst mich immer noch für einen Primitiven. Was du hier siehst, ist keine sich wiederholende Schleife. Das ist ein Film, den die künstliche Intelligenz in dem Rechner erzeugt. Sie kann alle normalen Abläufe simulieren und Standardgespräche zu zwölf verschiedenen Themen entwickeln."

Damit hatte Hawker tatsächlich nicht gerechnet. Diese Eröffnung schaffte ganz neue Perspektiven, aber sie zeigte auch, wie intelligent dieser kleine grüne Lantis war und welche Möglichkeiten er besaß. Sicher hatte er sein eigenes Gehirn maximal upgegradet.

„Was ist jetzt?", fragte Korgh. „Ich habe meinen Teil unserer Abmachung erfüllt. Jetzt bist du dran. Wann komme ich hier raus?"

Hawker dachte so fieberhaft nach, wie es seine Kopfschmerzen zuließen. Er war schon häufiger zeitlich in Verzug geraten; so neu war die Situation also nicht.

„Ich arbeite daran", sagte er. „Die Lage in Lantika ist komplex und ich muss viele Leute unter einen Hut bringen. Das braucht genauso seine Zeit wie ein Gehirnupgrade."

Korgh hob eine Augenbraue. „Wenn du glaubst, mich mit so einem Geschwafel beeindrucken zu können, muss ich das als Beleidigung auffassen."

„Ich habe nicht vor, dich zu beleidigen. Dein Wunsch ist eben schwieriger, als du denkst."

„Du beleidigst mich, indem du mich für dumm verkaufst. Dabei hast du selbst noch überhaupt nichts begriffen. Ich verstehe nicht, wie jemand wie du Wissenschaftler werden konnte - aber vielleicht hilft ja das Upgrade irgendwann."

Hawker spürte seinen Blutdruck steigen. Der beschleunigte Puls verbündete sich mit den Kopfschmerzen zu einem penetranten Hämmern.

„Du solltest vorsichtig sein", sagte er. „So redet man nicht mit mir. Vergiss nicht, dass du mich brauchst."

Der Lantis sah ihn mitleidig an. „Dich brauchen? Ich habe eine Verwendung für dich, aber brauchen tue ich dich nicht. Um mir herauszuhelfen, taugst du nicht. Du bist erbärmlich schwach und kannst gar nichts bewirken."

In Hawkers Kopf knallte jeder Pulsschlag wie ein Pistolenschuss. „Ich zu schwach? Ich glaube, da verwechselst du etwas. *Ich* leite eine ganze Wissenschaftsstadt, und *du* bist ein Lantis, der in einem geborgten Kittel herumläuft."

Korghs Augen wurden zu schmalen Schlitzen. „Das ist das letzte Mal, dass du so respektlos mit mir redest. Merk dir das!"

Hawker wollte etwas erwidern, aber Korgh schnitt ihm das Wort ab.

„Sei still! Die Zeit für unnützes Geschwätz ist abgelaufen. Ich wollte nur überprüfen, ob du dich tatsächlich windest wie ein Schleimfisch. Das hat die Persönlichkeitsanalyse durch mein Programm ergeben, aber weil du eine andere Spezies bist, wollte ich das verifizieren. Es ist tatsächlich so."

Hawker wollte empört protestieren, aber Korgh schnippte mit seinem Finger gegen Hawkers Schläfe - und glühend heiße Blitze zuckten durch sein Gehirn.

„Kürzen wir das Ganze ab", sagte er, was Hawker wegen des Unwetters in seinem Kopf kaum verstand.

Korgh deutete auf seinen Computer.

„Glaubst du etwa, ich würde einen Gehirnscan machen und wüsste danach nicht, was du denkst? Ich kenne deine Geheimnisse. Ich weiß von Amelie, ich weiß um deine Bonbons."

Hawker spürte Magensäure aufsteigen. Gleich musste er wirklich kotzen. Amelie, die süße Studentin an der Sorbonne mit den langen feuerroten Haaren und den noch viel längeren Beinen. Wer wen verführt hatte, konnte er im Nachhinein nicht mehr sagen. Umso klarer war allerdings, warum sie jetzt *Doktor* Amelie Lemercier war und einen gut dotierten Posten in Brüssel besetzte.

Ob Korgh auch von den anderen wusste?

Die Magensäure erreichte seine Geschmacksnerven. Ekelhaft.

Und die Bonbons. Korgh konnte nur die meinen, die mit Kokain gefüllt waren und die ihm immer wieder halfen, lange Verhandlungsnächte durchzustehen.

Korgh beobachtete ihn genau, und er war noch nicht fertig. „Vor allem sehe ich, dass an der Stelle in deinem Gehirn, wo ein Plan für meine Flucht stehen sollte, nichts ist als ein schwarzes Loch. Du hast nicht die geringste Idee, was du tun sollst. Du willst einzig deinen eigenen Hals retten und das Beste für dich selbst aus dieser Situation herausholen."

Hawker stellte sich vor den Lantis, der ihm gerade bis zur Brust reichte.

„Und wenn schon. Was ändert das an den Verhältnissen? Ich habe, was ich wollte, und du hast nichts. Glaubst du wirklich, dass es Myers interessiert, wenn ich gelegentlich ein paar Aufputschmittel nehme? Der hat ganz andere Probleme. Ich brauche ihm gegenüber nur ein paar kritische Andeutungen machen, und du wirst hier unten bleiben, bis du verschimmelt bist." Hawker wandte sich ab. „Ich werde jetzt gehen, und du wirst hierbleiben. Du kannst dir ja auf deinem Computer mein Wissen ansehen, wenn du Langeweile hast."

Der Lantis schien überhaupt nicht verunsichert. Er lächelte plötzlich. „Warte noch einen Moment. Jetzt kommt erst der beste Teil. Darauf freue ich mich schon die ganze Zeit."

„Was willst du noch? Es ist alles gesagt."

„Fast alles", sagte der Lantis und zog etwas aus seiner Kitteltasche, das aussah wie ein Kugelschreiber.

Er hielt es vor Hawkers Gesicht. „Siehst du das hier?"

„Ich bin nicht blind."

„Wunderbar", sagte Korgh und drückte auf den Knopf am oberen Ende.

Ein kurzer Lichtblitz kam aus dem Stab, traf Hawkers Netzhaut und wurde von den Sehnerven in sein Gehirn weitergeleitet.

„Was soll diese Spielerei mit der Taschenlampe?"

Der Lantis ging nicht auf die Frage ein. Stattdessen wollte er wissen: „Du sprichst Französisch?"

Hawker sah ihn gelangweilt an. „So etwas solltest du nach deinem Scan doch wissen, oder ist der doch nicht so gut? Ich habe Vorlesungen an der Sorbonne gehalten und wissenschaftliche Fachartikel verfasst. Ja, ich spreche Französisch."

„Dann verabschiede dich auf Französisch."

„Was soll diese Albernheit?"

„Tu es einfach. Ich will es hören."

Hawker seufzte. „Wenn es dein letzter Wunsch ist; aber dann werde ich gehen."

Er öffnete den Mund - und stutzte.

„Ich höre nichts", sagte Korgh. „Geht Französisch auch lauter?"

Hawker holte tief Luft und versuchte es erneut. Nichts.

Verdammte Kopfschmerzen.

Er nahm alle Konzentration zusammen. „Je ... tout ... pour ... parler..."

„Fließend Französisch hört sich für mich anders an", sagte Korgh, und sein Lächeln war gar nicht mehr freundlich.

„Das warst du! Was ... was hast du gemacht?"

„Ganz einfach. Ich habe dein Französisch gelöscht."

„Du hast WAS?"

„Gelöscht. Verstehst du dieses Wort nicht?"

„Wie kannst du ...?"

Hawkers Verstand brauchte einen Moment, um diese unglaubliche Information zu verarbeiten und als Realität zu akzeptieren. Dabei war es eigentlich so klar. Wer Informationen aufspielen konnte, konnte auch Informationen löschen. Das machte jeder zu Hause mit seinem Computer - und der Lantis hatte es mit Hawkers Gehirn gemacht. Viele Jahre Französisch lernen und praktizieren waren weggewischt. Einfach so. In einer Sekunde. Unfassbar.

Hawker wurde schwindelig, er suchte Halt an einem Infusionsständer. Und immer noch diese furchtbaren Kopfschmerzen. Verdammt!

Korgh sah ihn erwartungsvoll an. „Soll ich noch etwas löschen, damit du es glaubst? Mathematik vielleicht? Es ist wirklich ganz einfach."

Der Lantis drehte sich zu seinem Computer um.

„Nein, nein", sagte Hawker schnell. Er tat einen hektischen Schritt, um Korgh aufzuhalten. Ein Blitz schoss durch seinen Schädel, die Strafe seines malträtierten Gehirns für die zu schnelle Bewegung. Scheiße, wo war er hier nur reingeraten?

Der Lantis drehte sich zurück. Er lächelte immer noch, die Situation schien ihm zu gefallen. „So ein Gehirn zu kennen und zu beherrschen, ist wahnsinnig spannend. Findest du nicht?"

Hawker sah ihn nur an. Er wusste nicht, was er jetzt noch sagen sollte.

„Du willst sicher wissen, wie ich das gemacht habe?"

„Natürlich. Ja, erzähl es mir."

„Das mache ich gerne", sagte Korgh. „Das gehört nämlich mit zum Spaß. Ich habe mir erlaubt, einen kleinen Trojaner in dein Gehirn einzubauen. Du weißt, was das ist? Das sind kleine Programme, wie man sie gerne heimlich in Computer einschleust. Niemand bemerkt sie, niemand findet sie, aber dann werden sie plötzlich aktiv. Manchmal an einem bestimmten Datum, manchmal durch einen äußeren Anreiz. Ich dachte, dass so ein winziges Zusatzprogramm in deinem Gehirn ein schönes Andenken an mich ist. Und vor allem eine starke Motivation, mich bei meinen Plänen zu unterstützen." Korgh sah Hawker unschuldig an. „Ich weiß, dass du jetzt denkst, du müsstest dich von mir fernhalten oder so etwas Ähnliches. Das denken sie alle – und sie täuschen sich. Wenn du fliehst oder mir ausweichst, weißt du, was dann passiert?"

Hawker ahnte es, und schon der Gedanke daran ließ seinen Magen rebellieren. Die Magensäure stieg seine Speiseröhre hinauf wie in einem Springbrunnen. Er kämpfte sie mit äußerster Mühe nach unten. Vor Korgh zu kotzen, diese Freude wollte er ihm nicht machen.

Korgh beantwortete seine Frage selbst: „Wenn du dich von mir unerlaubt fernhältst, wird das große Vergessen beginnen."

Er sah Hawker abwechselnd in das linke und das rechte Auge. „Erst degeneriert dein Gehirn auf das Niveau eines Neandertalers, dann eines Affen, vielleicht noch zur ... Schnecke."

Hawker zuckte bei jedem Wort zusammen. Und Korgh schien es zu bemerken - und zu genießen. Zuletzt lächelte der Lantis, als hätte man ihm ein Geschenk gemacht.

„Ich liebe dieses wachsende Verständnis in den Augen eines Partners. Es gibt kaum etwas Schöneres, als wenn sich die Erkenntnis der Konsequenzen ausbreitet und am Schluss in voller Klarheit in den Augen abzulesen ist. Die Erkenntnis: Du gehörst mir." Korgh wiegte fröhlich den Kopf hin und her. „Professor Geoffrey Hawker gehört jetzt Korgh. Verstehst du das?"

Hawker spürte, wie diese Erkenntnis eiskalt durch seinen Körper kroch. Jede Zelle schien einzufrieren.

Er zwang sich, zu nicken.

„Und die logische Folge ist, dass du ab jetzt nur noch *ein* großes Ziel und *eine* Leidenschaft in deinem Leben hast: Dass *ich* zufrieden bin. Verstehst du das auch?"

Hawker brachte erneut ein schwaches Nicken zustande.

„Diese Antwort stellt mich *nicht* zufrieden", sagte Korgh. „Ich will es hören. Laut und deutlich."

„Ja", sagte Hawker, und seine Stimme krächzte. „Ja, ich verstehe. *Du* sollst zufrieden sein."

„Noch nicht gut, aber schon besser." Korgh legte sich jetzt selbst auf die Liege, auf der Hawker bis vor Kurzem gelegen hatte, und reckte sich. „Um mich hier herauszuholen, bist du unbrauchbar, aber ich will einiges von dir wissen."

Hawker gefiel es nicht, neben dem Lantis zu stehen und Bericht zu erstatten, aber was blieb ihm anderes übrig?

„Wozu das?", fragte er. „Du hast doch mein Gehirn gescannt und weißt alles, hast du gesagt."

Korgh richtete sich auf, seine Wangenmuskeln spannten sich an. „Ich mag keinen Widerstand", sagte er kalt. „Auch nicht, wenn er sich hinter Fragen versteckt."

Plötzlich lächelte er wieder. „Aber weil das auch ein unterhaltsamer Teil deines neuen Lebens ist, erkläre ich ihn dir."

Hawker hielt die Luft an. Das klang nicht gut. Hörten die schlechten Nachrichten denn gar nicht mehr auf?

„Natürlich weiß ich alles, aber warum soll *ich* mir Arbeit machen, wenn ich *dich* habe? *Du* arbeitest für *mich*, und das ist jetzt eine kleine Übung, damit du dich daran gewöhnst. Vor allem musst du dich daran gewöhnen, klar und präzise zu antworten. Ich will Informationen, keine Schwafeleien oder Ausflüchte. Und noch etwas: Du wirst mich niemals anlügen und mir nichts verschweigen."

Hawker ahnte die Drohung schon, die Korgh dann auch aussprach.

„Ich bin nicht darauf angewiesen, dir zu glauben. Ich werde *wissen*, ob du die Wahrheit sagst. Du wirst der engagierteste und aufrichtigste Informant sein, den es auf diesem Planeten gegeben hat. Ich werde deine Antworten von Zeit zu Zeit überprüfen. Keine Stichproben, sondern *alle* deine Aussagen. Jedes Wort von dir wird gespeichert. Siehst du auf dem Monitor das zweite Symbol oben links?"

Hawker sah ein Gehirn mit einem Blitz. Er nickte.

„Dahinter steckt ein Programm, das dein Gedächtnis mit allem abgleicht, was du mir gesagt hast. Wenn es eine Abweichung vom Gedachten zum Gesagten feststellt, wird in dein Gehirn ein Blitz einschlagen." Korgh lächelte wieder vergnügt. „Und dann wird dein Gehirn zu einem Haufen stinkendem, grünen Matsch werden. Das passiert automatisch. Es gibt keine Ausreden oder Verhandlungen, es gibt keine Bitten um eine zweite Chance, also pass auf! Ich bin überzeugt, dass du die reine, lautere Wahrheit lieben lernen wirst. Wenigstens, wenn du mir gegenüberstehst."

Hawker fragte sich, ob er nicht sofort lügen sollte. War sterben nicht besser, als diesem Wesen in einem so ungeheuerlichen Maß ausgeliefert zu sein? Die schlimmsten Filme, an die er sich erinnern konnte, und seine übelsten Träume kamen an die perfide Bosheit dieses Wesens nicht heran. Er hatte diesen kleinen, grünen Lantis gewaltig unterschätzt, und jetzt war es zu spät.

Wahrscheinlich war es besser, zu sterben. Aber noch nicht sofort. Diesen Ausweg konnte er jederzeit wählen, oder es würde einfach passieren.

Korgh sah ihn herausfordernd an. „Wo waren wir stehengeblieben?"

15.

Anne konnte nichts Verdächtiges entdecken, obwohl sie sich sicher war, dass ihr Appartement mit Kameras und Mikrofonen gespickt war. Es spielte keine Rolle. Dieses Mal nicht.

Sie setzte sich Yra gegenüber an den Tisch. Für einen Moment bewunderte sie deren schöne, grüne Augen, die so wandlungsfähig waren. Wenn Yra wollte, konnte man ihre Gefühle darin lesen wie in einem offenen Buch. War sie aufgeregt und verärgert, meinte man, ein grünes, alles verzehrendes Feuer zu sehen. Dachte Yra an Korgh, wurden sie zu unergründlichen schwarzen Löchern. Jetzt waren sie gesprenkelt mit dunklen Flecken dazwischen. Yra war einerseits erwartungsvoll, andererseits unsicher, was kommen würde. Das war ziemlich selten.

„Haben alle Lantis solche Augen?", fragte Anne.

Jetzt lächelte Yra; die dunklen Flecken verschwanden. „Nein. Meine Augen sind einmalig. Unbehandelte Lantis-Augen sind einfach nur grün."

„Unbehandelt?" Anne zog die Augenbrauen hoch. „Dann sind deine Augen behandelt? Wer hat sie behandelt und wie hat er das gemacht?"

Yras Augen strahlten ein bisschen heller. Sie dachte an etwas Angenehmes.

„Sie stammen vom besten Iris-Designer meiner Zeit. Sie sind sein Meisterwerk; solche Augen hat er nie wieder erschaffen."

„Iris-Designer?" Anne musste schon wieder staunen, obwohl sie schon so viel von Yra wusste. Die Lantis, und vor allem Yra, waren immer wieder für eine Überraschung gut. „Du hast dir Augen designen lassen?"

„Ja", sagte Yra. „Ich habe ein Vermögen dafür bezahlt."

Anne stellte sich vor, jemand würde ihre Augen manipulieren. Eine Schauder lief ihr über den Rücken. „Iris-Design? Das könnte ich nicht."

„Du würdest es bestimmt tun, wenn es ginge. Jede Frau würde das tun. Auch ihr Menschen tut alles, was möglich ist, um schön auszusehen. Du schwärzt deine Wimpern, du färbst deine Augenlider; manche Frauen lassen sich sogar Gift spritzen, um ihre Falten zu bekämpfen, was du ja nicht tust. Glaubst du wirklich, die Frauen würden darauf verzichten, ihre Augen zu verschönern, wenn es risikolos ginge?"

Yra beugte sich vor und sah Anne tief in die Augen. „Ich wüsste schon, wie ich deine Augen designen würde. Du würdest phantastisch aussehen." Yra seufzte. „Aber leider kann ich das nicht."

Das fand Anne im Moment beruhigend. Sie war zufrieden mit ihren Augen, aber so ganz unrecht hatte Yra mit ihren Gedanken nicht. Vielleicht würde sie es tatsächlich tun, wenn es ginge.

Anne warf einen letzten Blick in Yras Pupillen, die sie gerade jetzt einladen wollten, darin zu versinken. Dann schloss sie ihre Augen.

„Wir sollten anfangen", sagte sie leise. „Wir haben eine schwierige Aufgabe vor uns."

Sie stützte die Ellenbogen auf die Tischplatte und bot Yra ihre geöffneten Handflächen. Sie spürte, wie Yra die Handflächen gegen ihre drückte, sanft und doch überaus intensiv.

Das Prickeln begann.

Anne schob alle Gedanken zur Seite, um nur noch Yras Hände zu spüren. Sie atmete tief aus und ließ alles in sich los. Langsam bildeten sich Muster in dem Prickeln. Die Muster verschmolzen zu Bildern und Gedanken, ähnlich wie bei jemandem, der ein Buch las und nicht mehr einzelne Buchstaben und Formen sah, sondern Worte erkannte, deren Sinn verstand und in seinem Kopf miterlebte, was er las.

„Was hast du vor?", fragte Yra lautlos über ihre Hände.

„Deine Erinnerungen erkunden", antwortete Anne ebenfalls lautlos.

„Wie willst du etwas finden, das ich selbst nicht finden kann?"

Selbst zu ‚sprechen' war relativ einfach. Anne musste ihre Gedanken nur klar formulieren, aber dann nicht aussprechen, sondern sich vorstellen, wie sie durch ihre Arme in die Handflächen und Fingerspitzen liefen. Umgekehrt Yras Signale aufzunehmen, forderte von Anne dagegen höchste Konzentration, wobei sie gleichzeitig alle anderen Reize zurückdrängen und vollkommen entspannt bleiben musste. Anfangs hatte sie dieser innere Spagat fast zur Verzweiflung getrieben. Nur der brennende Ehrgeiz, diese Gabe zu lernen, hatte sie durchhalten lassen. Trotz mehrerer Stunden Übung täglich kam sie sich vor wie ein Blinder, der gerade erst das Alphabet der Blindenschrift beherrschte. Und jetzt wollte sie sich an diese Aufgabe wagen? Ganz am Anfang, noch vor der ersten Mondmission, hatte Olaf ihr gesagt, dass sie das Wort ‚unmöglich' aus ihrem Wortschatz streichen müsste. Jetzt war wieder ein solcher Moment.

Anne spürte, wie diese aufkeimende Erinnerung schon zu viel war. Der Kontakt zu Yra wurde schwächer, aus dem sprechenden Prickeln wurde ein undeutliches Rauschen.

Sie drängte die Gedanken über den Mond energisch beiseite. Sie musste bei Yra bleiben. Nein, eigentlich nicht nur *bei* Yra, sie musste in Yra *eintauchen.*

Wie sie sonst den Schmerz mit ihren Gedanken eingefangen und in eine Kiste gesperrt hatte, stellte sie sich jetzt vor, sie würde sich selbst und Yra einfangen und einsperren.

Jetzt gab es nur noch sie und Yra. Alles andere war draußen in einer anderen, fernen Welt.

„Ich kenne Korgh", dachte Anne. „Die Erinnerung an ihn war in dem Kristallsplitter, den ich lange getragen habe."

„Ich weiß, aber das ist zu wenig."

„Vielleicht nicht. In dir scheint etwas zu sein, das alle Erinnerungen an Korgh blockiert. Das muss nicht für mich gelten."

Anne spürte, wie Yra zögerte.

„Lass es uns versuchen."

Die Verbindung wurde wieder schwächer. Dieses Mal von Yras Seite aus. Sie wollte sich zurückziehen.

„Bleib!", dachte Anne intensiv.

„Das ... das ist sehr privat."

Zusammen mit den Worten kam eine Gefühlsmischung herübergeströmt, die Anne nur schwer deuten konnte. Eine Mischung aus Angst vor Entblößung, Erregung, Scham? So kannte Anne Yra nicht.

Yra Herzschlag wurde schneller, die Signale kamen nur noch zögerlich.

„Bleib!", dachte Anne wieder. „Bleib bei mir!"

In Gedanken drehte Anne den Schlüssel zu der Kiste, in die sie sich mit Yra eingeschlossen hatte, ein weiteres Mal im Schloss um. Sie würde Yra nicht gehen lassen. Und sie spürte, wie Yra nicht mehr gehen konnte.

Yras Puls beschleunigte weiter. So etwas hatte Anne noch nie erlebt.

Einen Moment herrschte gedankliches Schweigen. Yra focht einen inneren Kampf aus. Dann dachte sie: „Komm!"

Anne sah sich wieder auf der Dachterrasse in Yras Wohnung. Ihr Blick schweifte über den nahen Dschungel und die entfernte Brachiosaurierherde. Die warmen Strahlen der Sonne beschienen ihre nackte Haut und luden ihre Zellen mit Energie auf. Sie fühlte sich gut, entspannt und voller Erwartung. Sie ging in die Hygienenische und genoss das herabrieselnde Wasser mit dem leichten Geruch von Minze.

Der warme Luftstrom aus den verborgenen Gebläsen streichelte ihre Haut und trocknete sie. Dann hörte sie, wie Korgh die Wohnung betrat.

Sie verließ die Hygienenische und ging ins Wohnzimmer. So leise, dass selbst Korgh sie nicht bemerkte. Da lag er auf der Couch, auch schon nackt.

Das ist also Korgh.

In dem Moment, in dem man jemanden sah, betrat man gleichzeitig einen Raum der Erinnerungen in seinem Gedächtnis. Sie alle zusammen sorgten für das Erkennen und für die Gefühle, die man damit verband. Das alles geschah unbewusst und im Bruchteil von Sekunden. Auf diesen winzigen Spalt in der Mauer um Yras Erinnerungen hatte Anne gewartet. Sie schlüpfte blitzschnell hindurch.

Ein weites Feld tat sich auf. Korgh war mit Yra zusammen, er war Berater des Hohen Rats. Er liebte die Nähe zur Macht und die eigene Macht. Er herrschte über ein Imperium von Kliniken, neurologischen Kliniken. Er war reich, einer der reichsten Lantis überhaupt. Sein Spezialgebiet war die Neuroinformatik. Er hatte die Verfahren entwickelt, um Wissen in die Gehirne einzuschleusen oder um es zu extrahieren und in Kristallen zu speichern. In Lebenskristallen. Er war Herrscher über die Lebenskristalle, und das hatte ihn reich gemacht. Aber er wollte mehr. Er war nie zufrieden. Und er barg ein Geheimnis. Diesem Geheimnis war Yra auf der Spur.

Der winzige Spalt schloss sich wieder. Der Raum der Erinnerungen machte der Realität Platz, der Realität vor fünfundsechzig Millionen Jahren, als Yra Korgh entgegenging, der ungeduldig auf der Couch wartete. Mit sichtbar erregtem Geschlecht.

Anne spürte Yras Herzschlag. Oder war es ihr eigener? Konnte man das überhaupt noch trennen?

Allein dieser letzte Gedanke brachte den Konzentrationsfaden zum Reißen.

Anne versuchte eilig, ihn wieder herzustellen. Vergeblich. Sie öffnete die Augen, gleichzeitig mit Yra. Sie spürte, wie ihr Atem schwerer ging. Die Empfindungen aus der Vergangenheit klangen nach. Ihr war heiß.

„Ich brauche eine Pause", sagte sie. Sie schwitzte tatsächlich, trotz Klimaanlage im Appartement.

„Was ist?", fragte Yra. „Hast du etwas entdeckt?"

Yra schien tatsächlich nichts mitbekommen zu haben, sie wirkte vollkommen ruhig. Es war also ihr eigener Herzschlag gewesen, angeregt durch Yras Erinnerungen, an die sie selbst nicht herankam.

Wie konnten fremde Erinnerungen bloß so intensiv sein? Anne horchte in sich hinein. Sie spürte ihren Gefühlen nach, ihr Puls beruhigte sich nur langsam. Nein, es war nicht gewesen wie eine Erinnerung. Es war, als hätte sie das gerade selbst erlebt.

In diesem Moment bekam sie Angst vor der Fortsetzung. Und gleichzeitig sehnte sie sich danach.

Du hast eine Aufgabe zu erledigen!

Anne versuchte, die Gedanken und Empfindungen von sich zu schütteln. Es gelang ihr nur halb.

„Ich will wissen, was los ist", drängte Yra.

„Ich brauche einen Kaffee."

In der Küche stand ein Vollautomat. Anne ging hin und schaltete ihn ein, wenig später wurden die Bohnen geräuschvoll gemahlen. Allein das tat schon gut. Es war so normal.

Während Anne an dem heißen Kaffee nippte, erzählte sie Yra von ihren Erkenntnissen. Sie tat es so, dass ein unwissender Beobachter nichts mit ihren Worten anfangen konnte. Yra schon.

„Ja, ich erinnere mich", sagte Yra. „Diese Szene gab es. Und sie liegt nah bei dem Gefühl der Angst. Du bist auf dem richtigen Weg."

„An mehr erinnerst du dich nicht?" Anne hegte die leise Hoffnung, nicht noch einmal in Yras Gedächtnis eintauchen zu müssen.

„Nein, leider nicht", sagte Yra.

Sie betrachtete Anne aufmerksam, denn sie spürte, dass etwas in Anne vorging. Anne wusste, dass sie kaum etwas vor Yra verbergen konnte.

„Du hattest etwas vor", sagte Anne. „Du hattest einen Plan. Kannst du dich wirklich nicht erinnern, was du an diesem Abend wolltest?"

„Zum Teufel, nein. Ich kann es nicht. Das musst *du* herausfinden."

„Ich weiß nicht, ob ich das schaffe."

„Du musst es schaffen. Und du kannst es, das weiß ich. Du bist gut."

„Du hast keine Ahnung, was auf mich wartet."

„Du hast schon so viel geschafft, du wirst auch das schaffen."

„Es ist ... es ist sehr privat", sagte Anne.

„Das habe ich vorhin auch gesagt, und du hast mich nicht davonkommen lassen. Jetzt lasse *ich* dich nicht davonkommen. Ich will wissen, woran ich mich nicht erinnern darf."

Yra nahm Anne die Kaffeetasse ab und stellte sie auf die Anrichte. „Wir werden jetzt weitermachen."

Sie setzten sich wieder hin, Anne schloss die Augen. Es kostete sie größte Mühe, sich zu konzentrieren. Gedanken schossen ihr kreuz und quer durch den Kopf. Aber das Schwierigste waren die Gefühle. Jede Zelle ihres Körpers schien unter Spannung zu stehen. Erst nach dem dritten Versuch gelang es ihr, wieder in Yras Erinnerungen einzutauchen.

Sie kam aus der Hygienezelle, umweht von einem leichten Hauch von Minze. Da lag Korgh auf der Couch, nackt und voller Erregung.

Sie sah, wie sich seine Muskeln spannten. Neben die Gier in seinen Augen trat Wildheit.

„Ich habe nicht viel Zeit", sagte er mühsam beherrscht.

Andere hätten sich jetzt beeilt, hätten Angst gehabt, wenn sie Korghs Blick gesehen hätten. Ein gereizter Velociraptor. Yra dagegen freute sich auf ein berauschendes Erlebnis.

Sie ging betont langsam auf ihn zu. „Du wirst so viel Zeit für mich haben, wie ich brauche."

Jetzt streckte sie die Hand aus, um ihn zu berühren. Seine Haut war weich, die Muskeln darunter hart.

Anne wollte ihre Hand zurückziehen, aber sie konnte nicht, weil Yra es nicht tat. Sie war nur Beobachterin und musste Yra folgen. Überall hin.

Es sind nur Erinnerungen, sagte Anne sich. Aber es fühlte sich so echt an, so als würde sie in diesem Moment einen anderen Körper berühren. Den eines Lantis. Den von Korgh.

Yras Hand berührte seine Brust, fuhr über die Brustwarzen.

Korgh zitterte leicht. Erregung, verbunden mit aufgestautem Ärger, weil es so lange dauerte.

Yra setzte sich rittlings auf seinen Bauch und massierte jetzt beide Brustwarzen. Korghs Augen verlangten nach mehr. Er öffnete den Mund.

„Kein Wort!", sagte Yra.

In Zeitlupe rutschte sie nach hinten, Korghs mächtiges Glied glitt in sie hinein. Aber nur ein Stück, dann hielt sie an. Korgh wollte nachhelfen.

„Lieg still!"

Korgh versuchte es trotzdem.

„Sonst gehe ich."

Korgh stellte seine Bewegungen ein, aber seine Hände waren zu Fäusten geballt.

„So ist es gut", sagte Yra.

Sie wartete - und rutschte dann ohne Vorankündigung so weit nach hinten, wie es ging und nahm ihn dabei ganz in sich auf.

Korgh stöhnte auf.

Yra wartete ab.

„Weiter!", forderte Korgh.

„Sei still!"

Korgh gehorchte.

Yra beherrschte tatsächlich *alle* Nerven ihres Körpers. Jetzt sandte sie Impulse an die intimste Stelle. Dort gab es eine extrem hohe Konzentration besonders sensibler Nerven. Yra lud sie permanent auf. Stoßweise gab sie die Spannung an Korgh weiter, dahin, wo auch er am empfindlichsten war. Bei alldem bewegte sie sich keinen Millimeter. Korgh zitterte unter ihr, auf seiner Stirn bildeten sich Schweißperlen.

Er wollte sich wieder bewegen, seine Beherrschung stieß an seine Grenzen.

„Lieg still!", forderte Yra wieder, aber das war nicht mehr nötig. Sie spürte, wie sie die Kontrolle über seine Muskeln bekam. Er *konnte* sich nicht mehr bewegen, selbst wenn er wollte.

Yra bewegte sich einmal vor und zurück.

Korgh stöhnte auf, aber er rührte sich nicht.

Yra erhöhte die Ladung in ihren Nerven und begann gleichzeitig die Empfindlichkeit von Korghs Nerven zu steigern.

Korghs Mund öffnete sich, aber es kam kein Laut heraus. Er konnte auch nichts mehr sagen.

Jetzt erhöhte sie die Spannung in ihren Fingerspitzen und jagte Impulse in seine Brustwarzen.

Sie spürte, wie die Anspannung in seiner Muskulatur stieg. Seine Muskeln waren wie Federn, die man immer weiter spannte.

Anne wollte sich bewegen. Alles in ihr schrie danach. Sie konnte nicht. Sie war gefangen in Yra.

Yra bewegte sich wieder, einmal vor, einmal zurück.

Aus Korghs Mund drang ein gurgelndes Geräusch, seine Hände zuckten unkontrolliert.

Yra wartete ab, bis die Kontraktionen nachließen. Ein Nervenimpuls von Yra folgte auf den nächsten, mit steigender Intensität. Dann eine erneute kurze Bewegung.

Anne hielt es nicht mehr aus. Sie wollte selbst schreien. Sie konnte nicht mehr sitzen und ihre Hände gegen Yras pressen. Sie spürte, wie ihr eigener Schweiß an ihr herunterlief. Überall. Ihr Körper bebte, als würde Yra sie auch aufladen.

Yra machte unbeirrt weiter mit Korgh. Noch einmal. Und noch einmal.

Korgh öffnete die Augen. Es war ein Blick ohne Verstand. Nur noch Erregung. Verzweifelte Erregung.

Mit einem Mal schoss Yra eine geballte Ladung ihrer Nervenimpulse ab. Gleichzeitig bewegte sie sich heftig. Schneller und schneller.

Korghs Körper bäumte sich auf. Diese Muskeln waren nicht mehr zu kontrollieren.

Anne öffnete den Mund zu einem Schrei – und dann rollte die Woge heran. Sie traf Anne eine Zehntelsekunde, bevor ihre eigene Spannung sich in einem Orgasmus lösen konnte. Diese Woge besaß eine Urgewalt. Sie war schwarz, sie erschien riesengroß. Und sie war böse.

Anne war, als könnte sie nicht mehr atmen, als würde die Welle, die von Korgh ausging, alles in ihr ersticken. Dann hörte ihr Verstand auf zu arbeiten.

„Was ist denn hier los?"

Walter Bullrider hatte die Tür zu dem gemeinsamen Appartement gerade geschlossen und betrat das Wohnzimmer. Er erstarrte mitten in der Bewegung.

Annes Kopf lag auf dem Wohnzimmertisch, der ganze Körper war schweißnass, die Haare zerwühlt. Sie rührte sich nicht. War sie tot?

Yra saß ihr gegenüber. Sie sah Anne verwirrt an und schien gar nicht zu merken, dass er das Appartement betreten hatte.

Mit einem Satz stand Walter neben Anne.

„Was ist mit dir?"

Keine Antwort und keine Bewegung.

Jetzt sah Yra ihn an, sagte aber nichts.

„Was hast du mit Anne gemacht?", fragte Walter aufgeregt.

Weil Yra immer noch nichts sagte, rüttelte er Anne.

Jetzt holte sie tief Luft.

Walter war unendlich erleichtert. Sie lebte!

„Hol Wasser!", bat er Yra.

Er selbst legte Anne auf den weichen Teppich. Ihr Puls raste, ihr Gesicht war unnatürlich rot.

Er überlegte, einen Arzt zu rufen, aber da kam Yra mit einem Glas Wasser an. Vorsichtig träufelte er etwas in Annes Mund.

„Was habt ihr gemacht?", fragte er wieder.

„Anne hat meine Erinnerungen erforscht", erklärte Yra. „Sie war sehr erregt, und dann ist sie umgekippt."

„Ruf an der Rezeption an", sagte Walter. „Wir brauchen einen Arzt."

„Kein Arzt", flüsterte Anne. „Wasser."

Walter gab ihr einen Schluck. Dann noch einen.

Jetzt schlug sie die Augen auf.

Walter erschrak.

In Annes Augen stand das blanke Entsetzen.

16.

„Wie habt ihr Yras Körper entsorgt?", fragte Korgh. „Gibt es Bilder davon?"

Hawker sah Korgh verständnislos an. „Was soll diese Frage? Warum sollten wir Yras Körper entsorgen?"

Korgh zeigte schon wieder deutliche Anzeichen von Ärger. Das konnte bei ihm innerhalb von Sekunden geschehen.

„Bist du nicht in der Lage, einfachste Fragen zu verstehen? Ihr habt den Container 5 gefunden. Er war zwar beschädigt, aber ihr habt darin den Lebenskristall und die Gen-Schablone von Yra entdeckt. Das muss so sein, denn der Namen ist bei deinem Gehirnscan aufgetaucht. Ich weiß, dass ihr mit Yras Material experimentiert habt, aber alle Aufzeichnungen darüber sind aus eurem Netzwerk gelöscht. Das ist seltsam. Warum ist das so?"

„Myers und Haishan haben die Daten an sich genommen. Sie stehen unter höchster Geheimhaltung."

Korgh machte eine unwillige Bewegung. „Du wirst mir alles sagen, was du weißt. Also, was habt ihr mit Yras Körper gemacht?"

„Nichts haben wir damit gemacht. Laufenlassen mussten wir sie."

Zum ersten Mal erlebte Hawker Korgh überrascht. Mit dieser Nachricht schien er nicht gerechnet zu haben.

„Sie lebt? Und ist bei Verstand?"

„Allerdings", sagte Hawker und dachte an die vergangene Pressekonferenz.

„Das kann nicht sein", sagte Korgh. „Ihr Körper ist in einem Brüter für Tiere gezüchtet worden. Bei Hominiden ruft das schwere Schäden hervor. Aber vor allem hat er keinen Abnehmer für den Lebenskristall. Damit fehlen dem Lantis-Gehirn wichtige Funktionen. Falls der Körper überhaupt lebt, reduziert sich das Gehirn auf die Basisfunktionen und stirbt dann ab."

Jetzt war es an Hawker, erstaunt zu sein. „Das *sollte* passieren? Das hast du alles in Kauf genommen?"

„Was heißt ‚in Kauf genommen'? Das habe ich so geplant."

Hawker spürte, wie sich seine Eingeweide zusammenzogen. Was für ein Wesen hatte er hier bloß vor sich?

„Wenn du sie tot sehen wolltest, warum hast du sie dann überhaupt mitgenommen?"

Korgh zuckte mit den Schultern, als wäre das alles alltäglich. „Ihr Lebenskristall und die Gen-Schablone waren registriert, also mussten sie mit. Dann habe ich sie eben als Übungsmaterial für die Entdecker der Container platziert. Damit konntet ihr mit einem Lantis-Körper nach Belieben experimentieren und ihn kennenlernen, damit später bei meiner Erschaffung nichts schiefgeht."

Erneut wurde Hawker bewusst, wie tief er im Schlamassel saß. Dieser Korgh schreckte wirklich vor nichts zurück.

„Du hast etwas gegen Yra. Also hast du sie als Versuchskaninchen vorausgeschickt und damit gerechnet, dass sie niemals lebensfähig sein wird, womit sich dein Problem von selbst erledigt hätte. So war dein Plan - aber er ist schiefgegangen. Yra lebt."

Korgh schien zu merken, dass er sich eine Blöße gegeben hatte. Sein Gesicht verschloss sich wieder. „Irgendjemand hat meinen Plan sabotiert. Ohne Lebenskristall wäre Yras Körper bloß ein Zellhaufen gewesen. Der Kristall war zwar da, aber niemand konnte seine Bedeutung kennen, und eine Anleitung gab es nicht. Was ist passiert?"

„Anne Winkler ist plötzlich hier im Labor aufgetaucht. Sie wusste, dass der Lebenskristall fehlt, hat ihn genommen und Yra geholfen, die Daten in ihr Gehirn einzuspeisen."

Diese Informationen schienen Korgh mächtig aufzuwühlen, seine überhebliche Ausstrahlung war verschwunden. Jetzt stand er auf und ging umher. Offensichtlich musste er innere Spannung durch Bewegung abbauen. Hawker konnte eine gewisse Genugtuung nicht unterdrücken.

Korgh blieb vor ihm stehen. „Wenn ich nicht genau wüsste, dass du dich nicht zu lügen traust, würde ich dich umbringen. Du hast gerade Sachen gesagt, die eigentlich unmöglich sind. Yra ist eine der wenigen, die einen Lebenskristall auch mit ihren Händen auslesen können, aber das kann niemand in dieser Zeit wissen. Außerdem kann kein Mensch einen Lebenskristall in Händen halten, ohne zu sterben."

„Wir haben uns auch gewundert", sagte Hawker. „Einer meiner Mitarbeiter, der den Kristall gefunden hat, hat ihn angefasst, und jetzt ist er tot. Aber Anne Winkler hat ihn in bloßen Händen gehalten, als wäre es eine simple Glaskugel. Das habe ich selbst gesehen. Er hat ihr nicht geschadet, sie konnte Yra sogar beim Kristall helfen."

Korghs Lippen wurden zu schmalen Strichen. „Wer ist diese Frau?"

„Doktor Anne Winkler ist die Frau, die die Folien auf dem Mond entdeckt hat. In einer zweiten Expedition hat sie den Weg für die Bergung der Container freigemacht. Sie ist eine Wissenschaftlerin aus Deutschland."

„Eine Wissenschaftlerin."

So wie Korgh das Wort aussprach, klang es wie ein Stück Abfall. Da war sie wieder, seine herablassende Art.

Er sah Hawker an. „Ich kenne Wissenschaftler. Diese Frau weiß von einem geheimen Labor und spaziert dann einfach hier herein. Genau zur richtigen Zeit. Sie weiß, was hier passiert, und sie weiß Dinge, die sie gar nicht wissen dürfte. Sie kennt sich nicht nur mit Lebenskristallen aus, nein, sie trägt sie herum wie eine einfache Glaskugel. Sie rettet Yra das Leben, und dann verschwindet sie noch aus diesem Labor."

Korgh trat ganz dicht an Hawker heran und zeigte mit seinem Finger mitten in sein Gesicht.

„Professor Hawker. Diese Frau ist *keine* Wissenschaftlerin. Sie ist mehr. Viel mehr." Er sah Hawker sekundenlang starr in die Augen. „Ich will alles über sie wissen. Du wirst mir diese Informationen schnellstens besorgen. Wir müssen sie finden, diese Anne Winkler und Yra."

„Das ist leicht", sagte Hawker. „Die beiden sind hier in Lantika."

Korghs Zeigefinger sank herab. „Yra ist in Lantika? In aller Öffentlichkeit?"

„Und wie. Sie und Anne Winkler haben eine große Show abgezogen. Erst mit den Sauriern und dann in der Pressekonferenz."

Wie er selbst in der Pressekonferenz dagestanden war, musste er Korgh ja nicht auf die Nase binden. Dafür tat es zu gut, zu beobachten, wie auch Korgh durch Yra und Anne Winkler erschüttert wurde. Ob diese Genugtuung bei einem Gehirnscan auffallen würden? Er log ja nicht und verschwieg auch nichts.

„Ich will alles darüber wissen."

„Auch ganz leicht", sagte Hawker. „Es gibt jede Menge Aufzeichnungen davon. Die NSA-Leute werden das Material schon für unser internes Netzwerk freigegeben haben. Das sind ja keine Geheimnisse, sondern Bilder, die um die ganze Welt gehen."

Korgh saß noch in derselben Sekunde vor seinem Rechner.

Er fand das Gesuchte schnell. Jeder Tourist trat die Saurier-Tour kamerabewaffnet an, und so gab es unzählige Fotos und Filme aus allen Perspektiven. Die beliebteste Zusammenfassung der besten Aufnahmen hatte Klickzahlen in zweistelliger Millionenhöhe und stand deshalb bei den Suchergebnissen ganz oben. Korgh fügte der ohnehin hohen Klickzahl einen weiteren Klick hinzu.

Der Film startete bei den Sauriern, die den Jeep mit heftigen Stößen zum Zaun trieben.

„Idioten", kommentierte Korgh. „Wie kann man nur so beschränkt sein, Saurier für so dumm zu halten?"

Die Saurier interessierten ihn nicht. In schnellem Vorlauf sah Hawker, wie die Saurier den Bus attackierten, als wäre er ein Spielzeug.

Als Anne Winkler und Yra in Sicht kamen, hielt Korgh den Film an. Er zoomte die beiden bildfüllend heran.

„Nicht zu fassen", sagte er.

„Es ist ein Wunder, dass Yra lebt", sagte Hawker, „und es geht ihr gut. Damit haben wir so schnell nicht gerechnet."

„Das meine ich nicht, denn das weiß ich bereits. Ich meine das hier."

Er deutete zwischen die Frauen.

„Sie halten sich an den Händen", sagte Hawker. „Ja und? Kennt ihr keine gleichgeschlechtlichen Beziehungen unter Frauen?"

„So eine blöde Frage. Lantis-Frauen tun, was ihnen Spaß macht, wahrscheinlich mehr als eure Frauen. Aber darum geht es hier nicht. Zwischen Yra und dieser Frau läuft mehr ab als zwischen normalen Frauen. Und das dürfte es eigentlich nicht geben. Nicht mit einer Menschenfrau."

„Wovon sprichst du?", wollte Hawker wissen, aber Korgh ignorierte ihn einfach.

Korgh zoomte Yra so weit heran, dass nur noch ihr Gesicht zu sehen war. Hawker sah fasziniert auf die Augen. Solche eindrucksvollen Augen hatte er noch nie gesehen. Ihm fiel nichts ein, womit man sie vergleichen könnte. Es war, als könne man sich darin verlieren.

Hawker bedauerte, dass Korgh das Bild so schnell zu Anne verschob. Er würde sich diese Bilder noch einmal in

Ruhe ansehen. Er hatte sich bisher viel zu wenig mit Yra beschäftigt. Das hatte Korgh ja nicht verboten.

Korgh betrachtete Anne viel länger als Yra. Hawker fand sie auch attraktiv, aber sie war zwangsläufig nicht so auffällig wie Yra. Er zoomte immer weiter, bis nur noch Annes Augen zu sehen waren. Jetzt war die Auflösung des Films an ihre Grenzen gestoßen, mehr war nicht drin.

Hawker konnte nichts Ungewöhnliches erkennen, aber Korgh sah minutenlang in Annes Augen hinein.

„Wer bist du?"

Hawker war klar, dass das keine Frage an ihn war. Er wunderte sich nur, warum sich Korgh so sehr für sie interessierte.

Korgh ließ den Film weiterlaufen und sah zu, wie die Frauen auf die Saurier zugingen.

„Du hast tatsächlich keine Schäden zurückbehalten", murmelte er, und für Hawker klang es, als wäre er enttäuscht.

Der Film lief weiter, wobei Korgh sich voll auf Anne Winkler konzentrierte. Er hielt erst wieder an, als sie neben dem Saurier stand und ihr Kopf auf gleicher Höhe mit dem furchterregenden Maul war. Es war das Bild, das inzwischen auf vielen Postern, T-Shirts und Tassen zu sehen war, wie Hawker wusste. So etwas breitete sich rasend schnell aus, und wahrscheinlich nicht nur in Lantika, sondern in allen Städten der Welt.

Korgh studierte erneut alle Details. Dabei schüttelte er immer wieder den Kopf.

„Was verwundert dich so?", fragte Hawker. Er wollte die günstige Gelegenheit nutzen, um mehr über Korgh zu erfahren, und vor allem, warum ihn diese Frauen seiner Selbstsicherheit beraubten.

„Setz dich!" Korgh deutete auf einen kleinen Hocker in der Ecke des Krankenzimmers.

Hawker holte den Hocker heran und setzte sich neben den Lantis.

„Wir haben wenig Zeit", sagte Korgh, „und ich muss bald gehen. Deshalb werde ich dir einiges erklären."

Das klang interessant, dachte Hawker und entspannte sich etwas. Wenn es Erklärungen gab, würde Korgh ihn wahrscheinlich nicht sofort umbringen.

„Ich bin weder zufällig hier, noch ist das, was ich tue, zufällig. Ich habe dir auch dein neues Wissen nicht gegeben, weil du dir das gewünscht hast, sondern weil ich es brauche. Ich könnte dich jederzeit töten, aber was hätte das für einen Sinn? Ich wusste von Anfang an, dass du keine Macht hast. Macht kann man sehen und spüren. Myers hat Macht, genauso wie Haishan. Beide haben große Organisationen hinter sich, mit denen sich viel bewegen lässt. Diese beiden Frauen haben Macht, anders als Myers und Haishan, aber nicht weniger."

Hawker sah Korgh erstaunt an. „Wieso sollten sie Macht haben? Sie haben die Saurier gezähmt und sind deshalb berühmt, aber ansonsten sind sie allein."

Korgh seufzte. „Ich hoffe wirklich, dass das Upgrade etwas an deiner Unwissenheit ändert. Sieh dir diese Frauen an! Sieh dir Anne Winkler an! Wenn *du* dort neben dem Saurier gestanden hättest, hättest du keine fünf Sekunden überlebt. Anne Winkler strahlt Ruhe und Gelassenheit aus - neben einem T-Rex. Sie beherrscht ihn allein mit ihrem Willen. Noch nicht mal ein erfahrener Lantis hätte es gewagt, einem Hepa-Saurier entgegenzutreten."

„Hepa-Saurier?"

„Wachstumsbeschleunigte Saurier. Normalerweise würden T-Rexe Jahre brauchen, um diese Größe zu erreichen, und nicht Monate. Die Wachstumsbeschleunigung wirkt nur auf den Körper. Die Zellen vermehren sich extrem schnell, aber die Tiere entwickeln kein soziales Verhalten. Sie sind aggressiver und unberechenbarer, als sie es sonst schon wären. Ich kenne nur eine Lantis, die solche Saurier beherrschen kann - und jetzt noch eine Menschenfrau."

Er vertiefte sich wieder in das Standbild mit Anne und dem T-Rex.

„Das dürfte es eigentlich nicht geben, aber es ist so, und deshalb müssen wir es als Tatsache hinnehmen. Du siehst es nicht, aber du solltest mir glauben, dass diese beiden Frauen, auch Anne Winkler, eine Kraft und eine Macht haben, von der du nichts ahnst. Du musst das wissen, weil du demnächst alleine agieren wirst."

Korgh wollte ihn also allein lassen. Das konnte nur gut sein.

„Wenn ich das Labor verlasse, wirst du hierbleiben. Du wirst deine Rolle als Leiter von Lantika weiterspielen, wenn man sie dir lässt. Du wirst die Freiheit haben, um dein Wissen zu nutzen. Du kannst Sex haben, so viel du willst. Du kannst dir Einfluss verschaffen und reich werden. Das musst du sogar, denn nur dann habe ich Verwendung für dich. Ist das klar?"

Das war Hawker schnell klar, und bei dieser Sichtweise sah seine Zukunft doch nicht mehr so übel aus. Er sagte: „Ja. Du kannst dich auf mich verlassen."

„Ich weiß." Korgh grinste. „Ich kenne dich besser als du selbst."

Er wurde schlagartig wieder ernst. „Entscheidend ist, dass niemand etwas von unserer Vereinbarung erfährt. Deshalb: Spiel deine Rolle gut. Du hast nur einen Versuch. Und, was noch wichtiger ist: Geh diesen Frauen aus dem Weg. Du solltest unbedingt vermeiden, in einem Raum mit ihnen zu sein. Halte so viel Abstand wie möglich! Um diese beiden werde ausschließlich ich mich kümmern."

Hawker nickte. Es war etwas zögerlich, weil er nicht verstand, warum Korgh die Frauen so hoch einschätzte.

„Das ist ein Befehl!" Korgh sah Hawker so intensiv in die Augen, wie er eben Anne neben dem T-Rex analysiert hatte. „Wenn du zulässt, dass eine dieser beiden Frauen dich berührt, werde ich dich töten!"

17.

Annes Haare waren noch feucht, aber sie würden in der Wüstensonne schnell trocknen.

Walter und Yra waren schon fertig und sahen Anne erwartungsvoll an, als sie aus dem Bad kam. Sie brannten darauf, zu erfahren, was Anne herausgefunden hatte und weshalb sie so mitgenommen war.

„Geht es dir wieder besser?", fragte Walter.

„Einigermaßen", sagte Anne. „Bitte entschuldigt, dass ich gestern Abend nichts mehr erzählen konnte." Sie sah Yra an. „Ich habe zu viel in zu kurzer Zeit gesehen, und das musste ich erst mal sortieren. Außerdem waren die Umstände etwas speziell."

Yra nickte.

„Ich glaube, ich brauche jetzt dringend frische Luft."

Hier im Appartement konnte sie unmöglich offen reden. Den Leuten, die sich die Überwachungsvideos ansehen würden, hatte sie gestern Abend genug Show geliefert. Jetzt mussten sie nicht noch die Erklärungen dazubekommen.

„Hast du alles vorbereitet, Walter?"

„Der Jeep steht in der Parkgarage, wir können starten. Das Frühstück in der Wüste ist gebucht und schon im Wagen."

„Hoffentlich ist der Kaffee stark genug. Ich habe nicht viel geschlafen."

„Ich habe ihn schwarz wie die Nacht bestellt."

Die Fahrt ging den Boulevard entlang, der sich quer durch Lantika zog. Anne, Yra und Walter schwiegen. Die Leute von Myers hatten garantiert mitbekommen, dass Walter für den heutigen Tag einen Jeep gemietet hatte. Er war sicher nach allen Regeln der Kunst verwanzt, aber sie hatten sich nicht die Mühe gemacht, danach zu suchen.

Myers' Leute waren Profis und wussten, wie man etwas versteckte.

Anne konnte Walter anmerken, dass er schon ganz kribbelig war. Yra wusste immerhin etwas, aber er wusste gar nichts, und so etwas mochte er überhaupt nicht. Fast wäre er einem Touristenbus draufgefahren. Der Abstandswarner gab ein unangenehmes Piepsen von sich, das erst nachließ, als der Abstand wieder groß genug war.

„Wenn du weiter so fährst, sind wir nachher taub", beschwerte sich Yra.

Sie ließen die Hotels hinter sich und kamen in den Stadtteil für die Arbeiter. Direkt an der Straße lagen sichtbar billige Geschäfte, dahinter befanden sich endlose Reihen von Baracken. Anne konnte keine Klimaanlagen erkennen, es musste eine höllische Hitze darin herrschen.

Walter schien ihre Gedanken zu erraten. „Hier bin ich mit dem Viehtransporter hergefahren - auch ohne Klimaanlage."

Nach einer Stunde Fahrt verließ er die vorgeschlagene Touristenroute. Er bog einfach von der Straße ab und hielt auf ein kleines Tal zu.

„Du kennst dich hier aus?", fragte Anne.

„Ich nicht", sagte Walter, „aber Google Earth. Google kennt die Welt fast genauso gut wie Myers."

Der Jeep sprang mehr über die herumliegenden Steine, als dass er fuhr.

„Für diese Felsen hat die Auflösung von Google Earth anscheinend nicht gereicht. Anstatt Milch für das Müsli haben wir bald Butter."

„Man kann nicht alles haben", sagte Walter und gab kräftig Gas, um über die nächste Bodenwelle zu kommen. Dahinter setzte der Jeep hart auf. Unter ihren Sitzen schrammte der Fahrzeugboden über einen Felsen.

„Das ist im Preis drin", sagte Walter. „Für das Geld der Tour können sie sich fast einen neuen Jeep kaufen."

Endlich kamen sie an eine Stelle, wo die steile Wand einen ausgedehnten Schatten warf.

„Das sieht doch gut aus", meinte Walter.

Er parkte den Jeep in etwa hundert Metern Entfernung.

„Ein bisschen Bewegung wird uns guttun."

Anne nahm die Kühltasche mit den Getränken, Yra griff sich drei dicke Sitzkissen. Für Walter blieb der große Picknick-Korb, auf den er noch zwei alte Transistorradios packte.

„Wo hast du denn die her?", fragte Anne. „Bist du in der Nacht in ein Museum eingebrochen?"

„Es gibt tatsächlich einen Bazar in Lantika. Da bekommt man so etwas."

Auf halbem Weg stellte er die Radios auf dem felsigen Boden ab und schaltete sie ein. Es gab nur arabisch-sprachige Sender mit Musik, die nicht unbedingt Annes Geschmack entsprach. Walter wählte zwei verschiedene Sender und drehte sie laut.

„Damit unseren Freunde, die über ihre Mikrophone mithören, nicht langweilig wird."

Anne war froh, dass die Lautsprecher in Richtung Jeep zeigten.

Im Schatten war es noch erfreulich kühl. Die Musik aus den Radios hörte man, aber sie war nicht mehr aufdringlich.

„Jetzt will ich endlich wissen, was los ist", sagte Walter, während er Anne und Yra eine Tasse Kaffee eingoss. „Jetzt dürften wir ungestört reden können."

„Ich habe tatsächlich einiges herausgefunden", begann Anne. „Mehr, als mir lieb ist."

Walter setzte sich mit einer Tasse in der Hand auf das freie Kissen.

„Korgh war der herausragende Neuroinformatiker seiner Zeit. Er hat quasi das Programm des Gehirns entschlüsselt. Dann hat er Verfahren entwickelt, Wissen aus dem Gehirn zu extrahieren, oder umgekehrt, Wissen wieder einzuspielen, was die Grundlage für die Lebenskristalle ist. Korgh hatte quasi ein Monopol darauf, und damit ist er reich geworden."

Walter pfiff durch die Zähne. „Also ein ziemlich cleverer Kerl. Das erklärt auch, warum er für den Hohen Rat so wichtig war. Ohne Korgh keine Lebenskristalle, ohne Lebenskristalle kein Projekt für die Zukunft. So ein Monopol gibt einem sehr viel Macht."

„Und es erklärt, warum Yra sich nicht erinnern kann. Er hat irgendwann Yras Gehirn manipuliert."

„Erinnerungen gelöscht?"

„Nein, sonst hätte ich sie nicht aufdecken können. Sie sind noch da, aber Yra kommt nicht an sie heran. Vielleicht ist Löschen zu schwierig, oder er hätte zu großflächig löschen müssen, und das wäre dann aufgefallen. Auf jeden Fall hat er es anders gemacht, und im Normalfall wäre das ausreichend gewesen."

„Was hat er gemacht - mit mir?"

Yra wirkte nicht so selbstsicher wie sonst. Das war verständlich, denn schließlich hatte jemand etwas in ihrem Kopf manipuliert, und dieser Jemand hieß Korgh.

„Ich würde vereinfacht sagen, er hat die Suchfunktion blockiert."

Walter und Yra sahen Anne fragend an.

„Stellt euch das Gehirn wie ein gigantisches Buch mit einer Milliarde Seiten vor. Wenn ihr euch an etwas erinnern wollt, fangt ihr nicht bei Seite eins an und geht alles durch. Ihr denkt zum Beispiel an das Stichwort ‚Berge', und dann fallen euch alle möglichen Sachen zu Bergen ein, Bilder, Informationen, Erlebnisse."

Anne sah Walter an. „Oder denk ‚mein Sohn'. Jetzt siehst du ihn vor dir, erinnerst dich an den Klang seiner Stimme, und so weiter."

Walter nickte. „Korgh ist also hergegangen und hat seinen Namen als Suchmöglichkeit für Yras Gehirn gesperrt. Wenn Yra nach ‚Korgh' sucht, findet ihr Gehirn keine Treffer, weil es gar nicht danach suchen kann. Klingt logisch. Wenn Korgh genau weiß, wo diese Suchfunktion ist und wie sie funktioniert, ist das für ihn wahrscheinlich gar nicht schwierig."

„So ein Scheißkerl! Wenn ich den in die Finger kriege ..." Yras Augen glühten in einem giftigen Grün, sie ballte ihre Fäuste.

„Im Prinzip ist das aber eine gute Nachricht", sagte Anne

„Was soll daran gut sein?", fragte Yra so erregt, wie Anne sie noch nie erlebt hatte.

„Dass deine Erinnerungen noch alle da sind. Es fehlt nichts, du musst nur einen anderen Zugang suchen, ohne das Stichwort ‚Korgh'."

Yra schwieg verblüfft. Ihre Augen wechselten mehrfach die Farbe. „Verdammt. Du hast recht. Und warum komme *ich* nicht darauf?"

Anne legte ihr die Hand auf den Arm. „Wenn du deine Emotionen in den Griff bekommst, kannst du auch wieder klarer denken."

„Wie soll ich ruhig werden, wenn ich mir vorstelle, dass Korgh mein Gehirn manipuliert hat?"

Die Sätze kamen aber tatsächlich schon ruhiger. Das Glühen in Yras Augen wurde sanfter.

Anne versuchte, ihre beruhigende Ausstrahlung auf Yra zu verstärken. „Korgh hat dich manipuliert. Richtig. Aber er hat dir nur begrenzt geschadet."

„Nur deshalb begrenzt, weil *du* da bist." Sie streichelte Annes Arm mit ihrer anderen Hand. „Danke. Du musst mir alles erzählen, damit ich meine Erinnerungen wiederfinde."

„Wir können sofort ausprobieren, ob es funktioniert", schlug Anne vor.

„Was muss ich tun?"

In der Ferne hupte es einige Male. Alle drei sahen auf. Es waren aber nur Touristenjeeps, die einen Viehtransporter überholten. Nachschub für die fleischfressenden Dinos.

Walter sah die Frauen erwartungsvoll an.

„Das wäre eigentlich die Zeit, in der du mit Kopfhörern Musik hören solltest", sagte Anne.

„Wie damals auf dem Rückflug vom Mond?", fragte Walter. Er schüttelte den Kopf. „Das war euer privates Vergnügen, jetzt geht es um mehr. Ich bin ein erwachsener Mann."

„Eben", sagte Anne. Sie seufzte. „Na gut."

Sie wandte sich an Yra. „Denke an die Szene, als du nach Hause gekommen bist. Du warst erst auf deiner Dachterrasse, dann hast du geduscht. Du hast nach Minze gerochen und bist ins Wohnzimmer gegangen. Du hattest Besuch; auf der Couch lag ein nackter Mann. Kannst du dich erinnern?"

Yra horchte einen Moment in sich hinein, dann nickte sie. „Das war Korgh."

Sie wirkte erleichtert. „Ja, ich sehe ihn vor mir. Wenn ich so herum an meine Erinnerungen herangehe, funktioniert es."

„Sehr gut", sagte Anne. „Jetzt kommt das Wichtige. Es sollte kein normaler Abend mit ein bisschen Sex werden. Du hattest etwas Besonderes vor, du hattest einen Plan. Kannst du dich erinnern, was du wirklich wolltest?"

Yra blickte verschwommen, so als suche sie etwas in ihrem Kopf.

„Ja, da ist etwas, aber es ist noch nicht klar. Hast du noch ein paar Stichworte?"

„Du hast Korgh provoziert, bis er vor Ungeduld wütend würde. Dann hast du ihn sexuell so weit aufgeladen, bis er fast wahnsinnig geworden ist."

Yras Blick wurde klar. „Ja. Richtig. Ich erinnere mich." Einen Wimpernschlag später wurden ihre Augen fast schwarz. „Ja, ich erinnere mich", wiederholte sie leise.

„Dann erzähl uns, was du weißt."

Yra begann stockend, aber bald flossen die Worte nur so aus ihr heraus. „Ich war schon länger mit Korgh zusammen. Er war ein einflussreicher und interessanter Mann, er war anders als die anderen. Normalerweise kann ich vieles in einem Menschen erkennen, wenn ich ihn intensiv berühre, aber bei Korgh ging das nicht. Es war, als hätte er sein Gehirn mit einem Schutzwall umgeben. Ich bin immer wieder daran abgeprallt. Ich habe nur gespürt, dass da etwas war, etwas Geheimnisvolles, das nicht ans Tageslicht kommen durfte; und natürlich wollte ich wissen, was das ist. Es gab Gerüchte um Korgh, weshalb er kein Mitglied des Hohen Rates war, sondern nur Berater. Aber auch Berater genossen Immunität, und so gab es nichts Konkretes über ihn zu erfahren, was über Allgemeinplätze hinausging. Egal, wo ich recherchierte, ich griff ins Leere. Dabei musste ich höllisch aufpassen, damit Korgh nichts davon mitbekam. Er konnte sehr unangenehm werden, das war bekannt.

Ich wusste, dass im Hohen Rat in der letzten Zeit viele Pläne verfolgt wurden, die alle unter höchster Geheimhaltung standen, und ich habe vermutet, dass Korgh etwas damit zu tun hatte. Diese ganze Geheimhaltung war ungewöhnlich. So etwas hatte es über Jahrhunderte nicht gegeben. Kriege, Intrigen, Machtkämpfe - all das gab es schon lange nicht mehr. Alle wichtigen Parteien der Welt waren im Rat vertreten, und alle schwiegen."

Yra sah erst Walter und dann Anne an. „Das hat mich misstrauisch gemacht."

„Kann ich gut verstehen", sagte Walter, und auch Anne nickte.

„Ich wusste, dass an diesem Abend eine wichtige Sitzung im Hohen Rat anberaumt war und dass Korgh mit seinen Gedanken bei dieser Sitzung sein würde. Deshalb habe ich ihn provoziert, was bei Korgh sehr leicht geht. Dann habe ich ihn so weit gereizt, bis er es nicht mehr ertragen konnte. Es gibt einen einzigen Moment, da sind alle Männer schwach, selbst Korgh. Ich wollte, dass er die Beherrschung verliert und die Mauer um sein Gehirn einen Riss bekommt. Ich wollte unbedingt wissen, was er verbirgt."

„Das ist dir gelungen", sagte Anne. „Der Schutzwall um sein Gehirn ist für einen Moment durchlässig geworden. Ich konnte selbst hineinsehen. Es war furchtbar."

Trotz der stärker werdenden Wüstenhitze fröstelte Anne.

„Dann erzähl du weiter", sagte Yra. „Ich kann das nicht. Mein Volk ..."

Anne konnte Yra gut verstehen. Yra war viel näher an all den Lantis dran gewesen, um die es ging, Verwandte, Freunde, Nachbarn, all die anderen. Anne selbst, für die die Ereignisse in ferner Vergangenheit lagen, fiel es ja schon schwer, die Gedanken überhaupt zu denken, geschweige denn, sie auszusprechen.

„Es war nur für einen Sekundenbruchteil, so als ob eine Sicherung aussetzt und eine andere anspringt. Aber es hat ausgereicht."

„Was denn nun?", fragte Walter ungeduldig. „Sag es endlich. Ich will wissen, worum es geht."

„Ein Komet näherte sich der Erde", erklärte Anne. „Er hieß Druug. Genau wie heute war das damals nichts Ungewöhnliches, nur hatten die Lantis bessere Möglichkeiten als wir. Ihr Frühwarnsystem hatte den Kometen rechtzeitig entdeckt und seine Bahn berechnet. Er flog auf Kollisionskurs mit der Erde und würde eine furchtbare Katastrophe auslösen. Das war immer noch kein Grund zur Sorge, denn die Lantis waren fortschrittlich genug, einen Kometen von der Größe Druugs vom Kurs abzubringen. Für dieses Projekt war ein Berater mit Namen Forga zuständig. Forga war erster Berater, während Korgh nur zweiter Berater war, Forga war also sein größter Konkurrent, und dieses Projekt war seine Eintrittskarte in den Hohen Rat, schließlich ging es um das Überleben der Lantis."

Anne zögerte einen Moment, bevor sie die schreckliche Wahrheit aussprach.

„Korgh hat dieses Projekt sabotiert."

Walter sah sie ungläubig an. „Korgh soll dafür verantwortlich sein, dass der Komet auf der Erde eingeschlagen ist?"

Anne und Yra nickten.

„Unglaublich", sagte Walter. „Korgh soll schuld sein, dass die ganze Zivilisation der Lantis ausgerottet wurde? Millionen von Menschen? Und mit ihnen neunzig Prozent allen Lebens auf der Erde? Das kann ich nicht glauben."

„Es ist aber so", sagten Anne und Yra gleichzeitig.

„Wenigstens war das sein Plan, den ich in seinem Gedächtnis gesehen habe", erläuterte Anne. „Und wenn wir die historischen Tatsachen sehen, ist sein Plan aufgegangen. Der Komet ist in Yucatán eingeschlagen. Daran gibt es keinen Zweifel."

„Und Korgh war sich der Konsequenzen bewusst? Er hat nicht nur gedacht, dass der Komet einen kleineren Schaden anrichtet?"

„Er war sich über die Konsequenzen im Klaren, und er hat genau diese gewollt."

Walter schüttelte den Kopf. „Wie kann das sein? Was ihr über Korgh erzählt, macht nicht den Eindruck eines psychisch gestörten Attentäters, der sein Leben opfert, um irgendwann ins Paradies zu kommen."

„Korgh ist sicher psychisch gestört, sonst würde er so etwas nicht denken. Aber er ist andererseits absolut logisch. Er ist hochintelligent und denkt so strukturiert wie kaum jemand sonst."

„Aber der Komet würde auch ihn vernichten, er würde mit allen anderen Lantis sterben. Was hätte er davon gehabt?"

„Das ist der gravierende Unterschied zwischen einem Menschen und Korgh. Korgh wusste, dass er sterben wird. Jeder klar denkende Mensch würde dann die Finger von so einem Plan lassen. Korgh wusste aber auch, dass er wiederauferstehen wird. Und dann sieht die ganze Sache vollkommen anders aus."

Walter schwieg.

Anne ließ ihm die Zeit. Rein logisch waren die Zusammenhänge gar nicht so schwer zu verstehen, aber neben aller Logik gab es auch Gefühle, und die sträubten sich gegen das, was sie gerade erzählt hatte.

„So ein Monster", sagte Walter nach einer Weile.

„Verstehst du nun, warum ich Angst hatte?", fragte Yra. „Warum ich in Korgh das böseste und gefährlichste Wesen sehe, das auf diesem Planeten gelebt hat?"

„Wirklich unvorstellbar", bestätigte Walter. „Selbst Hitler, Pol Pot und Stalin sind harmlos gegen Korgh. Das hätte ich mir nicht vorstellen können."

Walter und die beiden Frauen schwiegen. Was Korgh getan hatte, lag wie eine bedrückende Wolke über ihnen.

„Ich verstehe nur nicht, warum er dich nicht umgebracht hat", sagte Walter dann zu Yra. „Dich am Leben zu lassen, war ein Risiko für ihn. Skrupel vor einem Mord kann ich mir bei Korgh nicht vorstellen."

„Sicher nicht", sagte Anne. Darüber hatte sie auch schon nachgedacht. „Ich vermute, dass Korgh gar nicht ahnt, was Yra wirklich über ihn weiß. Die Lücke in seinem Sicherheitswall bestand nur eine Zehntelsekunde oder weniger.

Und sie kam in einem Moment, in dem Männer ganz bestimmt nicht aufmerksam sind. Wenn du wüsstest, was Yra mit ihm angestellt hat, würdest du verstehen, dass selbst Korghs Verstand in dieser Zeit ausgesetzt hat."

Walter sah Anne fragend an.

„Nehmen wir es einfach als Tatsache", sagte Anne. „Hätte Korgh die geringste Ahnung, was Yra weiß, wäre sie tot. Aber sie lebt. Das ist der beste Beweis, dass er nicht mitbekommen hat, dass sie sein Geheimnis kennt. Bestenfalls hatte er eine schwache Vermutung, die aber keinen Mord gerechtfertigt hätte. Yra ist schließlich auch nicht irgendwer."

„Wer ist Yra dann?" Walter sah Yra an. „Du bist auch keine normale Lantis, nicht wahr?"

Yra pustete eine Spinne beiseite, die gerade auf ihre Hand geklettert war.

„Mein Vater war der führende Gentechniker unserer Zeit. Er hat die Grundlagen gelegt, aus einer Gen-Schablone ein komplettes Wesen zu rekonstruieren. Er hat die wesentlichen Verfahren zur genetischen Optimierung entwickelt."

„Jetzt wird mir einiges klar", sagte Walter. „Korghs Familie und deine Familie hatten zusammen die Technologien in der Hand, auf der die ganzen Planungen des Hohen Rats basierten. Ihr müsst eine Menge Macht gehabt haben. Und Geld, vermute ich."

Yra nickte. „Daran hatte es keinen Mangel."

Walter überlegte einen Moment. „Neben dem Hohen Rat stellten eure beiden Familien also das Machtzentrum der Lantis dar. Daher ist es kein Zufall, dass deine Gen-Schablone und dein Lebenskristall in den Containern gelandet sind. Bloß, warum ..."

„Schhhh", machte Yra und deutet kaum merklich nach oben. „Was da kommt, sind keine echten Vögel."

Anne sah unauffällig zu den beiden schwarzen Punkten, die sich schnell näherten. Walter konnte sie nicht sehen, da sie aus seiner Sicht von hinten kamen.

Anne konnte zunächst nichts Ungewöhnliches erkennen, aber Yra hatte schärfere Augen als sie und dazu ein viel besseres Gespür für die Natur. Dann sah sie es auch. Die vermeintlichen Vögel bewegten zwar ihre Flügel, aber nicht so fließend, wie es echte Vögel taten. Das hier waren Drohnen. Myers' Leute waren es wohl leid, nur die schräge Musik von zwei verschiedenen arabischen Sendern zu hören. Natürlich ahnten sie, dass hier in der Wüste Wichtiges besprochen wurde, und das wollten sie keinesfalls verpassen. Ab jetzt würde wieder jedes Wort auf Myers' Schreibtisch landen, und gestochen scharfe Fotos dazu.

„Willst du nicht etwas essen?", fragte Anne Walter.

Der machte ein saures Gesicht. Er hatte noch einen ganzen Berg Fragen auf den Lippen, aber die mussten nun warten.

„Vorher mache ich die Musik aus. Die verdirbt mir selbst leise den ganzen Appetit."

Er stand auf und ging zu den Transistorradios, was ihm gleichzeitig die Gelegenheit gab, selbst die Vögel in Augenschein zu nehmen. Die kreisten jetzt hoch über ihnen, so als würden sie in sicherer Entfernung auf die Reste des Wüstenpicknicks warten.

Das Quäken aus den Lautsprechern erstarb. Endlich war es so ruhig, wie es in der Wüste sein sollte.

Anne sah wieder nach oben. „Richtet eurem Boss aus, dass wir kommen", sagte sie laut. „Er soll sich gefälligst Zeit für uns nehmen. Persönlich!"

Walter zeigte ihr den erhobenen Daumen. „Aber vorher essen wir zu Ende."

18.

Charlotte Fuller fuhr mit ihrer Hand an einem Bügel ihrer Datenbrille entlang, um sie auszuschalten. Dann nahm sie sie ab und legte sie in eine Schublade. Sekunden später betrat Myers das Büro von Professor Hawker. Er hatte sich wohl über die Brille bei der Fuller angekündigt, aber dann wenig Interesse, selbst aufgenommen zu werden.

Anne, Yra und Walter Bullrider standen auf und begrüßten Myers.

„Bitte entschuldigen Sie die Verspätung", sagte er. „Wir mussten eine Warteschleife fliegen, weil General Haishan eine kleine Startverzögerung hatte."

„Ach, Haishan musste weg?", erkundigte sich Walter. „Wahrscheinlich hat er die gleichen Probleme wie du."

„Welche Probleme soll ich haben?", fragte Myers seinen ehemaligen Schulfreund.

„Vor deiner Regierung Rede und Antwort zu stehen, weil ihr eine Lantis erschaffen habt. Das kannst selbst du nicht mehr verbergen." Walter machte eine wegwerfende Handbewegung. „Aber wahrscheinlich wussten sie das schon. Also habt ihr nur gemeinsam überlegt, wie ihr die Situation in den Griff bekommt, und was ihr als nächstes anstellt."

„Mich mit meiner Regierung abzustimmen, ist mein Job. Reine Routine. Charlotte, ich könnte einen Kaffee gebrauchen."

Er wandte sich zu den Dreien. „Hat Frau Fuller Sie gut versorgt?"

„Ich kann keinen Kaffee mehr sehen", sagte Yra. „Wir warten schon ziemlich lange.

Myers musterte sie unverhohlen. „Jetzt sehe ich Sie zum ersten Mal in natura. Interessant. Und ganz schön intelligent und selbstbewusst. Sie haben Professor Hawker in der Pressekonferenz mächtig in die Pfanne gehauen. Alle Achtung."

„Ich lasse mich von niemandem benutzen, egal, wer es ist." Sie sah Myers aus grünblitzenden Augen an, und es war klar, wen sie außer Professor Hawker noch meinte.

„Und obendrein respektlos", stellte Myers fest.

„Respekt?", mischte sich Walter ein. „Weißt du überhaupt, was das ist? Hast du Respekt vor dem Leben anderer? Und vor Privatsphäre?"

„Wir haben Wichtiges zu besprechen", sagte Anne und deutete auf die Sitzgruppe.

Myers lachte. „Sie fühlen sich im Büro des Bürgermeisters von Lantika anscheinend wie zu Hause. Eine selbstbewusste Truppe hast du da um dich versammelt, mein Freund."

„Freund?", fragte Walter. „Das dachte ich mal. Bis mir klar geworden ist, dass du mir diese Winnie Bakers auf den Hals gehetzt hast. Sie sollte mich ausspionieren und ausbooten. Sie sollte mich zu deiner Marionette machen. Das verstehe ich nicht unter Freundschaft."

„So nachtragend?" Myers ließ sich in einen Sessel fallen. „Ich hätte dich auch anders ausschalten können. Ich hätte nur einem Praktikanten sagen müssen: Mach den Bullrider fertig. Ein paar Posts auf Facebook, ein paar Blogbeiträge, fehlgeleitete E-Mails, kritische Presse, verpasste Termine - und als I-Tüpfelchen eine Untersuchung deines Laptops, auf dem man die falschen Fotos findet ... Es wäre eine Leichtigkeit gewesen, dich so aus dem Verkehr zu ziehen, dass du froh gewesen wärst, noch einen Platz unter einer Brücke zu finden. Stattdessen schicke ich dir eine hübsche Frau, die sich rund um die Uhr um dich kümmert, verschaffe dir Erfolg und sorge dafür, dass du auf der ganzen Welt gefeiert wirst. Das ist doch ein Freundschaftsdienst."

„Dreckskerl", sagte Walter und setzte sich auch.

Myers lachte wieder. „Unbeugsam wie eh und je. Aber wenn ich Frau Dr. Winkler richtig verstehe, sind wir hier, um Wichtigeres als deine Karriere zu besprechen."

Charlotte Fuller setzte eine Tasse Kaffee vor Myers auf den Tisch.

„Danke, Charlotte. Ich glaube, es wäre an der Zeit, wenn du nach unserem Professor siehst. Ich habe schon lange nichts mehr aus dem Labor gehört; die Verbindung macht Probleme."

„Ich kümmere mich darum", sagte die Fuller.

Sie setzte die Datenbrille wieder auf und ging.

„So, jetzt sind wir unter uns. Frau Winkler, Sie haben in der letzten Zeit viel Energie darauf verwandt, mir auszuweichen. Jetzt suchen Sie plötzlich meine Nähe und zwingen mir einen Termin auf. Was wollen Sie?"

„Sie vor einem großen Fehler warnen und vor einer großen Bedrohung. Bei unserer ganzen Arbeit mit dem Nachlass der Lantis sind wir von einer Voraussetzung ausgegangen, die möglicherweise nicht stimmt. Wir haben gedacht, dass die Container ein Erbe der Lantis sind, das sie uns aus gutem Willen hinterlassen haben, oder weil sie die Natur retten wollten. Wir haben nie in Betracht gezogen, dass es auch andere Motive geben kann, aber davon müssen wir leider ausgehen."

Myers zeigte keinerlei Reaktion, wie jemand, der sich nicht in die Karten sehen lassen wollte, obwohl er selbst jeden anderen bis ins Letzte durchleuchten ließ.

„Unsere Annahme basiert auf den Folien, die Sie bestens kennen. Was sollte daran falsch sein? Sie selbst haben diese Annahme aufgestellt, und sie ist dutzendfach bestätigt worden."

„Wir haben nicht weit genug gedacht, das war unser Fehler. Für uns ist der Tod das Ende, und jemand, der den Tod vor Augen hat, kann nur noch etwas hinterlassen. Das ist dann die Angelegenheit der Hinterbliebenen. Soweit reicht unser übliches Denken. Für jemand, für den der Tod *nicht* das Ende ist, sieht es vollkommen anders aus. Er denkt nicht an Hinterbliebene, er wird an *sich* denken."

„Interessanter Aspekt", meinte Myers, „aber Sie wollen sicher keine philosophische Debatte führen. Was denken Sie konkret?"

„Wir glauben, dass die Lantis einen Plan haben, einen Plan für sich selbst. Und dass dieser Plan nicht gut für die Menschen ist."

„Wieso glauben Sie das?"

Anne deutete auf Yra. „Wir haben eine Lantis hier. Sie kann die Motive und das Denken der Lantis besser beurteilen als wir. Sie weiß, wer die Folien geschrieben hat."

Zum ersten Mal glomm so etwas wie Interesse in Myers' Augen auf. Informationen und Informanten, das waren Stichworte, denen kein Geheimdienstler widerstehen konnte.

„Erzählen Sie!", forderte er Yra auf.

„Die Folien, die ihr auf dem Mond gefunden habt", begann diese. „wurden von Burla geschrieben, der Mitarbeiterin eines Beraters des Hohen Rats. Ich kenne diesen Berater sehr gut. Er ist extrem gefährlich und bösartig. Er hat die Rettungsaktion sabotiert, die den Kometen von der Erde ablenken sollte. Welche Folgen das hatte, weißt du."

Myers nickte. „Dieser Berater ist also für den Untergang eurer Zivilisation verantwortlich, ganz allein. Und was hatte er für einen Plan?"

„Das weiß ich nicht", sagte Yra. „Es kann aber nichts Gutes sein. Das Einzige, das für ihn zählt, ist Macht. Wer ihm im Weg steht, wird ausgeschaltet, gleichgültig wer und wie viele das sind."

Myers begann, mit der Hand an seinem linken Ohrläppchen zu spielen. „Verstehe. Dieser Berater will Macht, und am meisten will er die Weltherrschaft."

„Ja", sagte Yra - und Anne wusste, dass die Sache schiefgelaufen war.

Myers lachte. „Schöne Geschichte. Tatsächlich. So etwas bekomme ich selten zu hören. Normalerweise kriege ich nur trockene Dossiers vorgelegt. Weltuntergang und Weltherrschaft ist mal was anderes."

„Fertig mit Lachen?", fragte Anne.

Myers sah sie freundlich lächelnd an. „Gibt es noch eine Fortsetzung?"

„Yra meint es ernst, auch wenn es in Ihren Ohren phantastisch klingt. Sie kennt sich in der menschlichen Psyche nicht so gut aus, um immer die richtigen Worte zu wählen. Oder, vielleicht besser: *Sie* müssten Ihren Geist erweitern, um auch undenkbare Sachen denken zu können."

Myers lächelte immer noch. „Ich glaube ihr sogar, dass sie es ernst meint. Aber glauben *Sie* mir, dass es mein Job ist, Informationen zu bewerten. Darum dreht sich alles in meiner Firma. Wir erhalten täglich Milliarden von Informationen, und weniger als ein Millionstel davon ist relevant. Unsere Hauptaufgabe ist, den Müll zu erkennen und auszusortieren, und das tue ich schon seit über dreißig Jahren. Das Einzige, das Sie in die Waagschale werfen können, ist Yras Erinnerung, und die ist reichlich vage. Über konkrete Pläne weiß sie nichts. Sie vermutet, dass ein Lantis die Weltherrschaft anstrebt, und der einzige Grund ist, dass sie ihn für böse hält. Erlauben Sie mir ein paar Zweifel. Wenn er tatsächlich so böse ist, warum lief er dann frei herum? Warum hat er dann Aufträge vom Hohen Rat bekommen? Wenn man aus der heutigen zeitlichen Distanz überhaupt eine Einschätzung treffen kann, dann muss ich als Erstes den Hohen Rat als seriös werten. Diese Weltregierung setzte sich unseres Wissens aus angesehenen und intelligenten Lantis zusammen, denen ich einiges an Urteilsvermögen zutrauen muss. Die haben ihn offensichtlich für vertrauenswürdig gehalten. Wer sagt mir andererseits, dass Yra vertrauenswürdig ist? Sie ist ein fremdes Wesen aus einer fernen Vergangenheit, mit dem ich heute zum ersten Mal rede. Sie könnte genauso gut lügen und uns hinters Licht führen wollen. Oder sie könnte sich etwas einbilden. Was meinen Sie, wie viele Leute heute etwas von einem Weltuntergang phantasieren, oder ein Komplott für eine Weltregierung verhindern wollen? Mit Dossiers darüber könnte ich ganz Lantika tapezieren."

Das nachsichtige Lächeln verschwand und machte einem ernsten Ausdruck Platz.

„Die NSA muss sich an Fakten orientieren und nicht an Vermutungen. Fakt ist, dass die Folien von der damaligen Weltregierung stammen. Wer den Text entworfen hat, interessiert wenig. Fakt ist, dass das ganze Container-Projekt ein Projekt der Weltregierung war und nicht das einer Einzelperson. Diese Sache spielt in einer anderen Liga, als Sie zu denken gewohnt sind. Deshalb sollten Sie die Sache mir überlassen."

„Wie weit ich denken kann, werde ich nicht mit Ihnen diskutieren", sagte Anne. „Die Informationen von Yra sind echt. Dafür verbürge ich mich. Ich weiß aber auch, dass Ihnen das nicht genügt. Beschränken wir uns also auf die Fakten."

Myers seufzte und sah auf seine Uhr. „Meine Zeit ist knapp bemessen, und eigentlich habe ich Ihnen schon zu viel davon zugestanden. Wenn Sie noch etwas sagen wollen, beeilen Sie sich."

Anne nickte. „Gut, machen wir es kurz. Fakt ist, dass Sie Lantis erschaffen."

„Das nehmen Sie nur an. Woher wollen Sie das wissen?"

„Lassen wir die Spielchen", sagte Anne streng. „Es ist Fakt. Richtig?"

„Ja."

„Es sind keine neutralen Muster, sondern konkrete Persönlichkeiten. Das ist ein weiterer Fakt, wie Sie an Yra sehen können."

Myers nickte.

„Jede Persönlichkeit hat eigene Erinnerungen, Motivationen und Pläne, sonst wäre sie keine Persönlichkeit. Das betrifft auch die Lantis, die Sie schaffen."

„Ja, das kann man annehmen", gab Myers zu.

„Ein letzter Fakt: Sie wissen nicht, was die Lantis denken."

Myers zögerte. Zuzugeben, etwas nicht zu wissen, fiel ihm nicht leicht. Es war aber zu offensichtlich, um es zu leugnen.

„So ist es", bestätigte er.

„Sehr gut", sagte Anne. „Dann will ich mal die Fakten in einem Satz zusammenfassen: Bei Ihnen im Keller sitzen Lantis, die etwas planen, und Sie haben keine Ahnung, was das ist."

Myers versuchte wieder das ausdruckslose Gesicht, aber in seinen Augenwinkeln zuckte es. „Sie haben eine sehr direkte Art, eine Sache auf den Punkt zu bringen."

„Reine Logik. Die entscheidende Frage ist: Welche Konsequenzen ziehen Sie daraus?"

Myers lächelte wieder. „Gut aufpassen. Das Labor ist Teil eines überwachten Sicherheitsbereichs. Ohne mein Wissen und ohne mein Einverständnis kommt niemand hinein oder heraus. Und selbst wenn ihm das gegen alle Wahrscheinlichkeit gelingen sollte, ist Lantika eine Insel mitten in der Wüste. Wie soll ein grüner Lantis von hier unbemerkt verschwinden?"

„Vielleicht, weil Sie nicht weit genug denken?" Anne sah Myers scharf an. „Heißt einer dieser Lantis vielleicht Korgh?"

Für einen Sekundenbruchteil war Myers erstaunt, bevor er sich wieder im Griff hatte. Aber es war zu spät.

„Sie haben Korgh erschaffen?", sagte Anne. „Ich fasse es nicht!"

Myers sah ein, dass Leugnen nichts brachte. „Mich wundert, dass Sie diesen Namen kennen. Das sollte eigentlich nicht sein."

Er erwartete wohl, dass Anne ihm etwas erklärte, aber sie sagte nur: „Reden Sie weiter!"

„Ja, so heißt der Lantis, den wir erschaffen haben. Es ist der Einzige bisher."

Yras Augen wurden wieder schwarz.

Walter sagte: „Scheiße!"

Anne schüttelte den Kopf. „Sie ahnen nicht, was Sie angerichtet haben."

„Nun kommen Sie mal wieder runter", sagte Myers. „Ja, wir haben Korgh erschaffen. Und wenn ich Ihre Reaktion richtig deute, ist er der böse Bube, von dem Sie denken, er hätte die Zivilisation der Lantis vernichtet und will jetzt die Weltherrschaft an sich reißen. Wissen Sie, was er für *mich* ist? Ein nackter Lantis, für den unsere Welt fremd ist, der weder jemanden kennt, der ihm hilft, noch irgendwelche Ressourcen hat. Er befindet sich in einem abgeschlossenen Labor unter der Wüste. Verstehen Sie, warum ich mir trotz aller Pläne, die er haben könnte, keine Sorgen mache? Ein einezlner Lantis gegen den Rest der Welt. So sehen die Fakten aus."

Myers blickte in die Runde.

„Es ist nicht *ein* Lantis", sagte Yra. „Es ist Korgh."

„Ihre Sorge in allen Ehren", sagte Myers. „Aber wir haben in unserer Zeit wahrlich Erfahrung mit bösen Jungs. Wir wissen, wie wir damit umgehen müssen."

Myers' Handy klingelte. Er stand auf. „Entschuldigen Sie mich bitte, es ist dringend."

Myers ging ein Stück zur Seite. Anne konnte nicht hören, worum es ging, aber sie sah, wie er unruhig wurde.

„Ich komme sofort", sagte er zum Schluss.

„Schlechte Nachrichten?", fragte Anne.

Myers zögerte. Informationen zu teilen, war er nicht gewohnt.

„Das war Charlotte Fuller. Das Labor ist leer. Der Lantis ist verschwunden."

Für einen Moment herrschte Stille.

Anne sah in die Runde, sie hatte etwas Ähnliches befürchtet. Yra war fassungslos, bei Walter spürte sie aufkochende Wut.

„Wir kommen mit Ihnen", entschied Anne.

Myers sah sie kritisch an. „Gut. Kommen Sie mit."

Der Aufzug fuhr dank Überrangcode ohne Unterbrechung bis in die Tiefgarage für privilegierte Personen. Der Tesla, den Myers am liebsten fuhr, parkte in der Nähe der Aufzüge.

Der Verkehr in Richtung Wissenschaftsareal war überschaubar, denn dieser Bereich war Sperrgebiet und blieb somit von den Touristenströmen verschont. Anne hatte gedacht, bei den Toren zum Sicherheitsbereich würden sie durch Kontrollen aufgehalten werden, aber da hatte sie sich getäuscht. Myers' Wagen war offensichtlich mit den Sicherheitssystemen vernetzt. Sobald sie sich den Toren näherten, glitten diese zur Seite. Myers musste nur geringfügig das Tempo drosseln, weil die Torflügel nicht schnell genug auseinanderglitten. An den Straßenrändern standen Soldaten und salutierten.

Myers fuhr bis unmittelbar vor den Eingang von Block C1, unter dem das Labor lag. Auch hier wussten die Wachen schon Bescheid. Sie grüßten Myers und sahen Anne, Walter und Yra neugierig an, vor allem Yra.

Vor den Aufzügen wartete Charlotte Fuller.

„Berichten Sie!", forderte Myers.

„Wir hatten Schwierigkeiten, nach unten zu kommen. Die Aufzugsteuerung wollte die Labor-Etage nicht akzeptieren. Bis die Techniker das hinbekommen haben, hat es etwas gedauert. Deshalb die Verzögerung."

„Sabotage?"

„Das liegt nahe, aber sicher sagen können wir es erst nach einer gründlichen Untersuchung des Aufzugrechners."

„Okay. Fahren wir runter."

Das Labor bot einen gespenstischen Anblick. Auf dem Boden lagen Leute, Fred Brown war an seinem Arbeitsplatz zusammengesackt, Cathy Waringers Kopf lag auf der Tastatur eines Rechners. Es sah aus, als wären sie von einer Sekunde auf die andere ausgeschaltet worden.

Anne war erschrocken. Walter hatte schon Kriegsszenen erlebt. Er sah sich aufmerksam um.

„Nichts anfassen!", warnte Myers. „Unsere Spurensicherung wird alles untersuchen."

„Leben die Leute noch?", fragte Anne.

Charlotte Fuller nickte. „Unser Ärzteteam ist schon unterwegs."

Anne entdeckte Aroon Bakshi. Er lag zusammengekrümmt an der Stelle, wo früher der Brüter gestanden hatte, in dem Yra zur Welt gekommen war. Sie lief hin und musste dabei über Professor Hawker steigen.

Anne drehte Bakshi vorsichtig auf den Rücken. Sein Puls ging langsam, aber es gab ihn, und das war das Wichtigste. Anne nahm Bakshis Hand in die ihre. Mit der anderen Hand berührte sie seinen Nacken. Sie versuchte, Kontakt zu seinem Nervensystem aufzunehmen. Es dauerte einen Moment, aber es gelang.

Bakshi, verstehen Sie mich?

Bakshi zuckte zusammen, aber nur innerlich. Äußerlich regte sich nichts.

Frau Winkler! Was machen Sie?

Das ist jetzt nicht wichtig. Wie geht es Ihnen?

Ich kann mich nicht bewegen.
Das wird wieder. Was ist passiert?
Ich weiß nicht. Plötzlich war alles weg. Ich kann mich an nichts erinnern.
Okay. Entspannen Sie sich. Wir sind bei Ihnen, Ihnen wird nichts geschehen.

Das Ganze hatte nur Sekunden gedauert, wie eine kurze Überprüfung, ob jemand noch lebt.

Yra beobachtete Anne. Sie wusste als Einzige, was Anne gemacht hatte. Sie kannte Bakshi, er hatte über sie gewacht, als ihr Körper im Brüter gezüchtet wurde, und er hatte sie vor dem übermäßigen Ehrgeiz des Professors geschützt.

Als Anne aufstand, fasste sie Yras Hand. Gemeinsam betrachteten sie den daliegenden Bakshi. Dass sie sich dabei über seinen Zustand austauschten, merkte man ihnen nicht an.

„Bleib bei ihm", sagte Anne. „Ich kümmere mich um den Rest."

Yra kniete sich hin und begann, Bakshi zu streicheln. Mit einer Hand griff sie in seinen Nacken.

„Wer fehlt?", fragte Myers gerade.

„Meng Kang, Möbius, ein chinesischer Wächter und natürlich der Lantis."

„Haishan!", sagte Myers. „Dieser Dreckskerl steckt dahinter."

Er sah Charlotte Fuller an und damit auch direkt in die Kameras der Datenbrille. „Ich will wissen, wo sein Flugzeug ist. Wir dürfen seine Spur auf keinen Fall verlieren."

„Ist klar", sagte die Fuller, wobei sie anscheinend nur etwas aus ihrem Ohrhörer weitergab.

„Woran hat Möbius zuletzt gearbeitet?"

Es dauerte einen Moment, bis die Fuller sagte: „Unseren Aufzeichnungen nach hat er sich mit Konstruktionsplänen von Lantis-Geräten befasst."

„Welche Geräte?"

„Das können wir aktuell noch nicht sagen."
„Was fehlt an Geräten?"
„Der Abgleich meiner Bilder mit der Inventarliste ist noch nicht abgeschlossen. Bisher ist klar: Der Brüter ist weg, der Computer, an dem Korgh gearbeitet hat, und einige Transportbehälter, die wir bisher nicht öffnen konnten."
„Scheiße!", fluchte Myers.
„Ich befürchte, dass noch etwas Wesentliches fehlt."
Anne deutete auf den Sicherheitsraum, dessen Tür einen winzigen Spalt weit offenstand.
Sie gingen hin.
„Sie sind weg", sagte Myers.
„Was ist weg?", wollte Anne wissen.
„Zweimal zwölf Lebenskristalle mit den dazugehörigen Gen-Schablonen."
„Ich fasse es nicht", sagte Anne. „Sie lassen sich vierundzwanzig Lebenskristalle stehlen, einen dazu passenden Brüter und darüber hinaus jede Menge Material, von dem Sie noch nicht einmal wissen, was es ist? Und das von einem einsamen, nackten Lantis aus einem gesicherten Labor? Wenn er das ohne Ressourcen angestellt hat, was wird er jetzt *mit* jeder Menge Ressourcen anstellen? Glauben Sie immer noch, dass Yra hysterisch ist oder übertrieben hat?"
„Ich habe diesen Korgh unterschätzt, das gebe ich zu. Umso wichtiger ist es, die Sache schnellstmöglich in den Griff zu kriegen."
Sechs Leute kamen ins Labor und meldeten sich bei Myers. Jeder trug einen Koffer aus Aluminium.
„Nehmen Sie sich das Labor vor!", befahl Myers. „Drehen Sie jedes Staubkorn um, ich will alles wissen. Wie hat er die Kameras manipuliert? Wie hat er den Code zum Sicherheitsraum geknackt? Was hat er angerichtet, was wir bisher noch nicht wissen?"

Drei Männer und eine Frau verteilten sich im Raum.

„Und Sie kümmern sich um die Leute, die hier herumliegen", wandte sich Myers an die beiden, die noch vor ihm standen. „Spritzen Sie Bakshi wach. Er ist der Leiter des Labors, ich will wissen, was hier passiert ist."

„Sie lassen Bakshi in Ruhe!", sagte Anne. „Sie werden ihn nicht anrühren."

„Ich bin hier der Boss!", fuhr Myers auf.

„Der die Lage bisher absolut falsch eingeschätzt hat. Bakshi weiß nichts, und die anderen auch nicht. Sie werden in einer halben Stunde von selbst wach werden. Dann können Sie die Leute fragen. Außer Bakshi. Der gehört mir."

Myers sah Anne scharf an. Anne erwiderte seinen Blick eisig.

Myers' Augen wurden zu Schlitzen. „Woher wissen Sie das von den Leuten?"

„Das ist meine Sache. Sie sagen mir auch nicht, woher Sie Ihre Informationen haben."

In Myers arbeitete es. „Wir warten dreißig Minuten. Nicht eine Minute länger."

Er wandte sich an Charlotte Fuller. „Wo ist das Flugzeug? Unsere Leute müssten es längst entdeckt haben."

Die Fuller horchte wieder auf eine Meldung. Ihr Gesicht sah nicht glücklich aus. „Wir haben es über dem Indischen Ozean entdeckt. Da ist es in der Luft betankt worden, aber danach hat es rapide an Höhe verloren."

„Was soll das heißen? Ist es abgestürzt?"

„Danach sieht es aus. Es ist jedenfalls von den Radarschirmen verschwunden."

Ende

~~~~~

Yra hat Gesellschaft bekommen, allerdings keine angenehme. Es ist damit zu rechnen, dass es jede Menge Schwierigkeiten geben wird. Lesen Sie davon im nächsten Roman, in **„Die dunkle Seite des Erbes"**.

Möchten Sie wissen, wann das nächste Buch erscheint?

In meinem Newsletter informiere ich Sie über Neuerscheinungen, Gewinnspiele oder anderes Wichtige zu meinen Büchern. Schreiben Sie einfach eine E-Mail an **neu@kseibel.de**.

Hat Ihnen das Buch gefallen?

Dann bitte ich Sie um ein paar Minuten Ihrer Zeit. Bitte schreiben Sie eine Rezension. Sie muss nicht lang sein, einige kurze, ehrliche Sätze genügen. Als unabhängiger Autor bin ich auf die Unterstützung meiner Leser angewiesen.

Bitte empfehlen Sie meine Bücher auch Ihren Freunden.
Ich würde mich sehr darüber freuen.
Klaus Seibel

Weitere Bücher des Autors

Die dunkle Seite des Erbes

Die Fortsetzung von „Die erste Menschheit lebt".

„Die dunkle Seite des Erbes" ist wie der Vorgänger als E-Book ein Bestseller und hat inzwischen mehr als einhundert 4- und 5-Sterne-Rezensionen.

„Überragende Handlung und raffinierte Zusammenhänge!"
                                    Stefanie B., September 2016

Krieg um den Mond

Mehr als zweihundertfünfzig 4- und 5-Sterne-Rezensionen

„Krieg um den Mond" war monatelang in den Bestsellerlisten und zeitweise das bestverkaufte Science-Fiction E-Book in diversen Shops. Hier erfahren Sie die **Vorgeschichte zu der Serie: „Die erste Menschheit"**.

Ein Rover der NASA macht eine Entdeckung: Auf der Mondoberfläche liegt eine kaputte Schraube. Das Problem: Sie dürfte nicht dort sein. Ein Wettlauf beginnt. Jeder will die Entdeckung um jeden Preis.

Klaus Seibel

Schwarze Energie

CERN - das größte Experiment der Welt.
Das „Gottesteilchen" ist gefunden. Kommt jetzt noch ein Teil für den Teufel? Manche befürchten es, ein teuflisches Schwarzes Etwas, das die Erde verschlingt. Die Wissenschaftler sagen: „Es kann unmöglich etwas passieren."
Haben sie wirklich alles bedacht? Können Menschen überhaupt alles bedenken? Lassen Sie sich in eine Geschichte hineinführen, an die Sie ganz bestimmt nicht gedacht haben.

Zehntausend Augen

Der Mann ist ein genialer Hacker und leidenschaftlicher Spieler. Computer, Handy, Internet sind seine Werkzeuge, und Menschen seine Spielfiguren, die Polizei eingeschlossen. Sein Spielfeld ist die Welt, alle Menschen dürfen seinem Spiel live zusehen. Der Preis ist hoch: Es geht um Menschenleben. Die Regeln sind klar: Bei jedem Level wird es schwieriger.

„Zehntausend Augen" ist mehrfach im Inforadio RBB empfohlen worden.

„Dieses Buch hat mich begeistert und das Potenzial, ganz oben in den Charts zu stehen." Hanni Münzer, Autorin auf der Spiegel-Bestseller Liste.

Klaus Seibel

Strafe - Alte Sünden

Simon Cassellas ist Priester mit einem dunklen Fleck in seiner Vergangenheit. Er hat Ministranten missbraucht, ist dafür aber nie ernsthaft bestraft worden. Das ändert sich jetzt, wobei die Täter Methoden aus der kirchlichen Vergangenheit anwenden. Mittelalterliche Rechtsprechung platzt in unsere moderne Zeit.

Die SoKo „Foltermord" ermittelt unter Hochdruck; schneller sind nur die Täter, die bereits das nächste Opfer für seine Strafe vorbereiten.

www.kseibel.de